小林康夫

知のオデュッセイア

教養のためのダイアローグ

東京大学出版会

ACADEMIC ODYSSEY IN
ARTS AND SCIENCES

Yasuo KOBAYASHI

University of Tokyo Press, 2009
ISBN 978-4-13-013026-4

知のオデュッセイア／目次

サイエンスの海へ

アートの空へ

サイエンスの海へ

UTオデュッセイア　二〇〇七—〇八

前奏

駒場の大きな樹の下で夕陽を浴びながら

二月にしては穏やかな夕方だったので、庭に出ようということになった。駒場キャンパスに二〇〇四年の春オープンしたレストランの庭である。大きな樹がある庭先のテラス、冬枯れの繁みを通してちょうど真横から差し込む夕陽を浴びる配置になったのは、なかなかふさわしい偶然の演出だったか。

わたしの前で小さなディジタル・ヴィデオを構えているのは、フランスから来た演出家パスカル・ランベール。かれは今年のアヴィニョン演劇祭で「Before/After」という芝居を上演することになっており、そのために世界数カ国をまわってさまざまなタイプの人々六〇〇名あまりにインタヴューをしているという。かれが皆に聞くのはいつも同じ二重の問いで、それは「もしこのつぎ世界に聖書やギルガメシュ叙事詩が語っているような大洪水ないしは大災厄が起こったとして、そのときあなたは、その後の世界（After）に前の世界（Before）から、何を残して伝えたいか、また反対に何を残したくない、伝えたくないか?」というものだった。言わば来るべきノアの箱舟になにを積み込み、なにを積み込まないのか、ということである。ポルトガルの田舎から東京の繁華街まで行く先々で、かれはこの問いを人々に聞いてまわっているのだった。そうして9・11以後の世界の人々が抱く気分を探知・測量して、それをヴィデオ画面と役者による劇を組み合わせることで舞台で表現し、問いを発したいとかれは言う。

あらかじめある程度はその問いについて知らされていたから、電車のなかでぼんやり考えなかったわけではないが、しかしこのようなゲームのルールとしては直接的な反応でないとおもしろくない。わたしのその場の反応は、少しひねくれているが、まずはつぎのようなものだった。

——大洪水もそうだったのかもしれないが、つぎに大災厄が起こるとしたら、わたしは確信しているのだけど、かならず人間からやってくる。人間の愚かさ、人間という種の傲慢さからやってくる。とすれば、今ここに箱舟があるとして、そこになにを積み込むか、と問われたならば、はっきりしているではないか、われわれ自身はそこに乗り込むべきではないことが。われわれ以外のすべてを積み込むべきだろう、魚も動物も樹も草も……そして風も雲も山もすべてを。しかしわれわれはわれわれ自身を積み込まず、ただ黙って他のすべてを載せた船が静かに岸を離れるのを見送るべきなのだ、と。

今このように美しい夕陽が差し込む岸辺から箱舟が——あるいは空に向けて、ということになるのかもしれないが——静かに船出するのを茫然と佇立して見送る人間のイメージは確かにパセティックにすぎるが、しかしこうした断念だけが最後に人間という存在にその究極の希望ないしは尊厳を与え返してくれるように思われた。

しかしそのような光景を脳裏に思い描きつつインタヴューに答えているうちに、わたしの心のなかになにか愛惜とでも言うべき感情が束の間湧き上がってきた。人間の終わり、人間の歴史の終わりにほかならないこの場面に自分を立たせて、それまでの何百万年いや何億年の人間という種の歴史を振り返ってみたとして、いったい何を惜しむか。そのときのわたしの心の反応は、自身にもいささか思いがけないもので、それは「個人」だ、というものだった。人類の終わりに臨んで、われわれ自身が乗り込まない箱舟を見送りながら、わたしはそれでもあまりに人間的な、と言われもしよう「個人」という存在のあり方を惜しむ、というわけである。

そこでわたしはパスカル・ランベールに第二の答えを思いついたのでそれも言いたいと断り、つぎのように語った。

——大災厄の後の世界、ありうべきつぎの世界に向かう箱舟にどうしても積み込みたいもの、そして同時にどうしても積み込みたくないもの、それは奇妙なことに同じもので、個人なるものだ。というのは、人間という種は、ほかの生物の種とは異なって「個」という存在の仕方に向けて途方もなく努力し続けてきたように見えるからだ。もちろんどんな生物にも個体はあるが、しかし生物は個として存在しているわけではない。人間は生物であるにもかかわらず個として存在するという矛盾に満ちた努力をずっと積み重ねてきたように思える。われわれの文化がどれほど固有名詞で充満しているか見てみればいい。個への尽きることのない憧憬、欲望、意志が人類を貫いているではないか。だが、同時に、個人というあり方に人間はけっして成功しなかった。失敗し続けたのだとも言える。個の輝きもあるが、しかし個がもたらす悪もある。残酷も暴力もある。わたしは個人というこの奇妙な存在概念を惜しむと同時に、その失敗こそが世界に破滅をもたらすひとつの原因でもあろうと怖れる。人類の痕跡あるいは形見としてもっとも残したいものは、もっとも残してはならないものでもあるかもしれない。だが、つねに失敗した夢だったからこそよけいに、それを断念するのは難しい。わたしはそれを惜しむ。

これを語り終えるころには夕陽もすっかり落ちて二月の冷たい夜が落ちて来はじめていた。わたしは別の所用があってすぐにその場を立ち去らなければならなかったので、若いフランス人の演出家がこれらの答えをどう受け止めたのかはしらない。

わたし自身は後になって自分の即興的な反応を振り返ってみて、個人という言葉が口をついて出たのには伏線があったな、と思い当たった。というのもその一〇日ほど前、教養学部を中心に今、出版を準備しているブックガイドのために座談会が行われ、そこで宇宙物理の佐藤勝彦さん、生命科学の浅島誠さん、歴史学の木畑洋一さん、社会学の山本泰さんと今日における教養のあり方について親しくお話しする機会があったからである。物理的な宇宙、地球における生命、そして人間が人間にとっての意味を形成する歴史と社会――それぞれの次元における人間の位置を自覚することこそが教養のひとつの核であるという話をしてきて、最後に司会役だったわたしがまとめとして提示したのが、教養とはほかでもない、まさに個人の力を養い、それに目覚めることにあるという考えだった。

個人が、みずからのうちになにか養い、目覚めさせるべき未知の部分を備えているということがないかぎり、教養という言葉はその十全な意味を発揮しない。自分のなかに耕すべき未開の深さがあるからこそ、けっしてなにか別のもののためではない、――ミシェル・フーコーなら「自己への配慮」とでも言うだろうが――端的にみずからのためにこそ、みずからの深さにおいて、なにかと出会い、なにかを知り、なにかを理解することが必要となるのである。

天体の歴史があり、地球という惑星上での生命の歴史があり、そして言語を持ち、道具を使い、みずからの環界をみずから形成する人間の歴史がある。より下の基層をなす生命の歴史のほうから見れば、人間の歴史は本来は無名の歴史、つまりそれぞれの細胞の名が意味を持たないのと同様に、個人の名前が意味を持たない多様な社会組織のダイナミズムの歴史である。だが、このような見方は実際は難しい。ほとんど統計的なまでに無名のこうした歴史のあり方――そのような歴史をこそ唯物論というのではなかったか――を見る眼をわれわれは持ちにくい。

それは、われわれが決定的なまでに、歴史の内に住んでその内側から歴史に出会っているからである。個人についてあの先駆的で啓発的な仕事（『個人主義論考』）を上梓したルイ・デュモンが提示した「世俗外個人」と「世俗内個人」という二分法にならっていうなら、われわれはみな「歴史内個人」である。そして「歴史内個人」は、一方では無名の歴史のなかにまったく埋没しているのではあるが、他方では、それぞれの特異な場において、内側から歴史に衝突している。歴史は、そこではつねに個人と歴史とのたえざる内的葛藤の空間となるのだ。だから生命とは反対の側から歴史を見るなら、歴史とは、いわゆる有名無名を問わず、無数の個人が歴史のダイナミズムに押し流されながら、しかしそこでまるで波のカーヴに対して微小接線を引くように「歴史外個人」を夢見る――そのようなつねに挫折を運命づけられた無数のカタストロフィーの歴史として現れる。個人という観念のなかには、つねに絶望的に歴史を超えていこうとする方向が刻み込まれている。しかし波がどれほど海から離脱しようと空のほうへ盛り上がっても、しかし波は海の一部であり、まさに海として崩れ落ちていくしかないのと同様に、個人も結局は、歴史の重力圏を脱することはできない。いや、その個人の憧憬に導かれた運動こそが、まさに本来は歴史などというものを知らない人間の社会組織の無名の生に、時には津波のように打ち寄せる運動としての歴史を与え返すのだ。

「海は、われわれの魂と同じく、限りなく、また無力な憧憬、落下によって絶えず打ち砕かれる飛躍、永遠にして甘美な嘆きである」と書きつけていたのはマルセル・プルーストである。『楽しみと日々』に収められた断章のなかで、かれはこう書いて、その直後に、この海の運動を音楽へと結びつけていた。そのどちらも事物の言語からは自由になって、「われわれの魂の運動を真似るのだ」と。「われわれの心は、波とともに飛躍し、波とともにまた落下する。そうしながら、われわれに固有の無力を忘れ、みずからの悲しみと海の悲しみのあいだの内密のハーモニーのうちで慰められるのだ。そこでは人間の運命と事物の運命とがひとつに溶け合っている[1]」とかれは書いている。

駒場の大きな樹の下で冬の終わりの夕陽を浴びながら、そしてそれをいくぶんかは――『楽しみと日々』のなかの別の断章のタイトルであった――「内的な夕陽」のように感じながら、わたしがパスカル・ランベールに個人について語っていたとき、その言葉のどこかには、このマルセル・プルーストの発語が通奏低音のように重なり響いていなかったわけではない。そのときわたしが考えていた個人とは、まさに魂、すなわちプラトン＝ソクラテスの言う「プシュケー」、ジャン＝ピエール・ヴェルナンが正しく注意しているように、「自我」ではなく、「わたしたち一人ひとりのなかにある非人称的な――あるいは超個人的な――実体である。それはわたしの魂というよりも、わたしのうちなる魂なるもの」(2)にほかならなかったのかもしれない。

とすれば、わたしの最初の応答と二番目の応答とは、結局は、同じ応答だったのだろうか。人間の歴史そのものを終わらせてしまうような巨大なカタストロフィー、しかもかならずや人間の歴史の内部からやって来るだろうその大災厄とは、まさに海のすべてがもはや返ることのない、ただひとつの巨大な波となって砕け散るということにほかならない。だが、それは、実はわれわれのそれぞれが個人として、それぞれの生ごとに経験していることなのだ。同じ位相なのである。それぞれが、波として、小さな波として、けっして免れることのできない落下と断念を生きなければならないのだ。

そうであれば、個人とは、おそらくわれわれの意思にはかかわりなく、後の世界に船出するものであると同時に、けっして船出することなくそこに残り、滅びるものでもあるということになる。非人称的な実体としてのプシュケーは船出する。しかし自我という個の幻想は肉体とともに岸辺にとどまるのだ。われわれは、われわれ抜きの箱舟が不死のプシュケーとして出発するのを静かに見送る。

「死は静謐のうちにこそ」と死に臨んだソクラテスが言う(『パイドン』)、そのようにである。

とすれば、個人としてのみずからのうちに非人称的な、ほとんど物質としてあるこの不死のプシュケーの海のように塩辛い味に目覚めること、それこそ「教養」という奇妙な言葉が指示することなのかもしれない。そのためには、まずは海に入ってみなければならない。教養とは、そのような広大な海への誘いにほかならない。(3)

(1) Marcel Proust, *Les plaisirs et les jours*, 1924 より拙訳。
(2) ジャン゠ピエール・ヴェルナン「都市国家における個人」(ポール・ヴェーヌ他『個人について』、大谷尚文訳、法政大学出版局、ウニベルシタス叢書五一七、一九九六年、四二ページ)。
(3) このテクストは、筆者も編者の一人である『教養のためのブックガイド』(東京大学出版会、二〇〇五年)のために書かれたものである。

第1歌

帰還への漂流

「全褒全貶、海のごとく闊く山のごとく幽し」（夢窓疎石[1]）

ムーサよ、とはじめることをおゆるしいただきたい。

言うまでもなくパロディである。原テクストは以下のように続いていた——「わたくしにかの男の物語をしてくだされ、トロイアの聖なる城を屠った後、ここかしこと流浪の旅に明けくれた、かの機略縦横なる男の物語を[2]」と。いや、ホメロスを気取ろうという傲慢はわたしにはない。「機略縦横なる男」にみずからをなぞらえようという計略もない。だが、およそあらゆる物語の原型のひとつとでも言うべきこの『オデュッセイア』が語る「放浪」としての、「漂流」としての、しかしなお、「帰還」の物語が遠い記憶の彼方からよみがえってわたしに星の瞬きのような「目配せ」を送ってくる。

帰らなければならない。「帰去来」。「田園まさに蕪《あ》れなんとす[3]」とまでは言わないにしても、しかし故郷にいるつもりが気づかぬうちに、いつからか砂漠化が進んでいたのか、それともこちらが漂流していたのか、見渡すばかり異郷の土地ではないか。耕すべき土地がどこに残っているのか。「耕す」という人間の身の丈に応じた営みがどのようにまだ可能なのか。それを知るためにはとりあえずは、「還る」という行為を即刻、今、はじめてみるしかないではないか。

　そんな焦燥だけが、ただひとつの確実。それ以外には、展望もなければ、計画もない。これは文字通り「狂言」となることは必死と言うべきだろう。そうならば、はじめに古代ギリシアの英雄を持ち出すよりは、むしろ憂い顔の騎士、ラ・マンチャの男の物語を呼び出すべきだったかもしれない。ついでに思い出しておくなら、それはこうはじまる――「おひまな読者よ」。なんと素敵なはじまりだろう！「おひまな読者よ。わたしの知能が生み出した息子ともいうべきこの書が、想像しうる限り、最も美しく、愉快で、気のきいたものであれかしと著者のわたしが念願していることは、いまさら誓わなくでも信じていただけよう。しかしわたしもまた、蟹は甲羅に似せて穴を掘るという自然の法に逆らうことはできなかった[4]」。「乏しい才知」という「甲羅」に似せて掘ったその「穴」とは、「やせて干からびた、気ままな息子、いまだかつて誰ひとり思いついたことのないような雑多な妄想にとり憑かれた息子の物語」でしかなかったと、セルバンテスは哄笑しながら宣言している。

　もののはずみでもうひとつ、さらに三〇〇年近く時計の針を進めると、これも狂気と理性のあわいのフィギュアー（人物）の物語だが、その「序説」に聞かれる「太陽」への呼びかけ――「わたしも、おまえのように下りてゆかねばならぬ。わたしが下りて訪れようとする人間たちが〈没落〉と呼ぶもの、それをしなければならぬ[5]」。言うまでもなく、「万人にあたえる書、なんびとにもあたえぬ書」と副題を付けられた『ツァラトゥストラ』である。これは人間という故郷への帰還の物語。だが、そのまさしく頂点（クライマックス）は最終部の「正午」と題された断章だが、その直前、ツァラトゥストラの「影」が次のように言うことをわたしは忘れているわけではない——「わたしの故郷をさがすこの探求。おお、ツァラトゥストラよ、あなたは知っているか、この探求がわたしに取りついた禍なのだ。それはわたしを食いつくす。どこにあるのか——わたしの故郷は？ それをわたしは問う、さがす、さがしたのだ。しかしそれを見いだすことはできなかった」。

　はずみというのはおそろしい、ずいぶんと大げさな道具立てになってしまった。おひまな読者よ、笑ってくださってよいのだが、ただ、それでもこんな時代遅れの「bouffon（道化）」体の奥に、畢竟、時間錯誤（アナクロニズム）の夢とは承知の上だが、ただ一本の「考える葦」の「考えること」がいったい、（ここは思いっきり俗っぽく）「なんぼのものか」ということを身をもって、ということは、なんと恥ずかしい！ 身をさらけ出すようにして味わってみたい、という真摯な欲望が燃えていることは解っていただきたい。この燃える火を、わたしはとりあえずのこととしてフィロソフィアと呼ぶ。御心配なく、立派な「哲学」などではなく、まだ「学」にもならない、もっと野蛮な——（と書く瞬間には「まさかバターを頭に塗りはしないが」[6]という確かランボーのフレーズが頭を横切り、その上にかつて読んだ、ダン・スペルベルというフランスの人類学者が書いた「バターを頭に塗る」[7]ことの意味についての論文の記憶が重なるのだが……）——もっと野生の「ソフィアへの愛」、野生のパンセだ。

さらに臆面もなく自分自身も引用しておくなら、少し前にわたしはこう書いていた――「だが、少なくとも、この《いま》が突きつけるわたしと《人類》とのあいだの、つまりわたしの小さな、限定された生世界とわたしの経験がもはやほとんど意味を失うこの多層多元多数世界とのあいだの、広大な裂け目こそ、火として燃えあがらなければならないと思うだけである[8]」と。

その思いは少しも変わっていない。高度に微細に専門化し、ほとんどあらゆるところで「人間の尺度[9]」をはるかに超えたスケールの部分知が、また途方もない量において集積されていく今日の「知の大陸」にあって、ただ一本の野生の「考える葦」が生息する余地がまだあるのか。別の言い方をすれば、レフェランスをニーチェからさらに数十年進めて、四〇年ほど前に、ミシェル・フーコーが『言葉と物』の最後の頁に記した、まるで古代の神託のようにも響くあの預言[10]のイメージに重ね描きするなら、「知の岸辺」があるとして、そこには、まだ「人間」の「顔」が、打ち寄せる波にかき消されることなく、残存しているのだろうか、それがわたしのただひとつの関心事だ。故郷イタケの浜辺の砂浜に刻まれた「顔」の運命を確認するためには、行き着くのであれ、そうでないのであれ、もう一度、みずからをただ一本の根こぎの「葦」と思いなして、セイレン、キュクロプス、ナウシカア、キルケたちの棲むこの多島海UT[11]、――とりあえず、これを「知」の群島と見なしておこう――この「自律分散（非）協調系」をふらふらと横切ってみることが必要なのではないか。

聡明な読者よ、こうなれば、なぜこの文章がかくも冒頭からみずからを戯画化し、思いっきりはしゃいでいるようでいて、底に不安を隠しているかを理解してくださるだろう。これは、ロゴスの旅なのではない。ここではすべてはメタファーあるいはイマージュ。わたしとしては、本質的な「まれびと」として、ここで一枚、あちらで一枚、安易なデジカメでそれぞれの島の観光写真をスナップしてみよう、というだけのこと。そんなふうに島から島へ、ちょうどオデュッセウスのように、漂いながらなにかを夢のように考えてみたら、その夢のイマージュは、全体として、いま「人間」のプロフィールがどのくらいすでにかき消されているのか、それともまだしぶとく残り続けているのか、おぼろげに見せてくれるのではあるまいか。

「人間科学」の「危機」が密かに囁かれるようになってすでに久しい。「自然科学」の圧倒的な実証性と、ある種の「災厄」と化しつつある「歴史」の現実に挟撃されて、「人間」についての「（人間的な）思考」は、確かに、まるでイタケにひとり残されたペネロペイアさながら、テクストという織物を織っては、また解体し、そんな解体＝構築を果てしなく続けているだけのようにも思われる。しかし、同時に、言うまでもなく、「人間」とはつねにそのようなものでもあったのだ。「人間」という理念は、なによりも「危機」にこそ、その出生を負っているのでもある。それは元より、「危機」の相関者なのではないか。群がる求婚者の暴力を前にして、ペネロペイアが静かに織物を編むと、そこに一瞬、「顔」が浮かびあがるのだが、次の一瞬には、織物は脱構築されて、「顔」は消え、剝き出しの縦糸横糸、二重螺旋が白々と──（「ホラホラ、これが僕の骨だ」[12]という声が聞こえる）──横たわるのみ。現れては消え、消えては現れるそんな明滅する「顔」こそが、「人間」という理念＝イマージュであったとは、すでに百も承知で、──ロシナンテくらいそばにいてくれるといいのだが──そこに還って行こうと願うのだ。

還って行く、というのは老人の行為である。ジル・ドゥルーズは「哲学（フィロソフィア）とはなにか」という問いは、老いてはじめて可能になる、と語っていた[13]。そのように、これはすでにいくばくか思い出すべき記憶を保持している老人がもう一度、自分がなにであるかを確かめるために、自分がすでにそれであるところへと還って行くということなのだ。

というわけで、傍迷惑な老人の酔狂、前口上はこのくらいにして、それではははじめよう、「アゴーンを[14]！」。


とはいえ、いったいどんな「アゴーン」がはじまるのかと思われるのも当然。先のことは皆目見当がつかないが、とりあえず次回のこととしては、まずは「宇宙の果て」に流されてみようかと思う。理学部の須藤靖先生の研究室にお邪魔して、最近、刊行された『ものの大きさ』（東京大学出版会、二〇〇六年）をめぐって話をうかがってみようと考えている。願わくば、単なる研究室探訪記に終わらずに、少しはフィロソフィアの「漂流」が演出できればよいのだが……。とはいえ、わたしの「甲羅」ではたいした「穴」は掘れないかもしれない……。

（1）柳田聖山『禅の古典4　夢窓国師語録』講談社、一九三八年所収の『南禅寺語録』による。
（2）ホメロス『オデュッセイア』松平千秋訳、岩波文庫赤一〇二、一九九四年。以下、随所にわたしの記憶のどこかに眠っている、という意味での「古典」のテクストが引用されるだろう。手元にある版で註はおくっておくが、もとよりそれが典拠というわけではない。よって頁までは記載しない。むしろ曖昧な記憶のほうが、実は意味があるというのがこの漂流の非学問的な立場である。典拠を掲げない場合もあることをおゆるしいただきたい。ここでの漂流は多島的というより多孔的なわが「知の記憶」上の漂流でもあるのだから。

(3) 陶淵明『陶淵明全集』松枝茂夫・和田武司訳註、岩波文庫赤八、一九九〇年。

(4) セルバンテス『ドン・キホーテ』牛島信明訳、岩波文庫赤七二一、二〇〇一年。

(5) ニーチェ『ツァラトゥストラ』手塚富雄訳、中公文庫一〇四八、一九七三年。

(6) ランボーの『地獄の一季節』の冒頭近くに読める文である。筆者は一応のこととしてフランスの哲学・文学が「専門」なので、フランス語系の古典的レフェランスに関しては邦訳を介在させない仕方で引用することがあることをお断りしておく。

(7) ダン・スペルベル『象徴表現とはなにか』菅野盾樹訳、紀伊國屋書店、一九七九年。もちろん「バターを頭に塗る」ことの豊富な象徴性をそのときのランボーは理解しなかったのだ。「野蛮」の豊饒さ!

(8)「フィロソフィア、火」による。小林康夫編『いま、哲学とはなにか』未來社、二〇〇六年所収。

(9)「わたしは、世界というこの途方もない共約不可能なものを、渾身の力を振りしぼって〈人間の尺度〉――この言葉はティリエットのメルロ＝ポンティ論のタイトルであった――へともたらそうとするのである」(同前)。

(10) そこでフーコーが言っていたのは、「人間」を構成しているいくつかの「配置＝機構」dispositionsが一八世紀に突然、出現したように、ある日、突然、消滅するならという条件のもとで、「人間」は波打ち際の「砂の顔」のように消えてしまうだろう、というものだった。

(11) UTは、もちろん「東京大学」ということになる。まあ、わたしにとっては手近な「エーゲ海」なのである。

(12) 中原中也「骨」、『在りし日の歌』より。詩はこのあと、「故郷の小川のへりに」立って見ている眼差しを歌っている。ついでに告白しておくと、高校時代わたしは学校の図書館から、どちらも一巻本のパスカル全集と中原中也全集を常時借り出していた。その〈初心〉へ戻ろうということか。

(13)「『哲学とは何か』という問を立てることができるのは、ひとが老年を迎え、具体的に語るときが到来する晩年をおいて、おそらくほかにあるまい」――これがジル・ドゥルーズ、フェリックス・ガタリ『哲学とは何か』(財津理訳、河出書房新社、一九九七年）の冒頭の文章。その少しあとに、ドゥルーズは「老年が、永遠の若さではなく、反対にある至高の自由、ある純粋な必然性を与えてくれるようないくつかのケース」と言っている。わたしとしては、「漂流の自由」もそこにつけ加えておきたい。

(14) とはじまるのは、たしかロレンス・ダレルの『黒い本』だった。

第2歌

花粉と中性子星、あるいは暗黒エネルギーと神

「夜は、われわれもその一部をなす特別な創造の固有にして正常な状態なのだ」
（ヴィクトール・ユゴー[1]）

宇宙には中性子星というものがあるらしい。驚くべく高密度な存在で、もしスギ花粉が中性子星の密度をもつとすると、約10^{-3}cmのサイズの花粉が「なんと1トンの重さに達する」のだそうである。鼻の奥がかゆいような重いような気分がしてくるが、この引用にはわざわざ註がついていて、「やや意味不明のきらいはあるが見逃してほしい」と読める。のけぞりそうになった。昨年の秋、ベルリンへ行く飛行機のなかである。

原稿のこの部分を書いていたときにきっと著者は花粉症に悩まされていたにちがいないと推測はできるが、しかしたくまざるユーモアのセンスに畏れいった。人間の感覚を圧倒的に超えた宇宙の果ての事象の本質を、アナロジー的に転換して一挙に人間スケールへと落としこむ技は、ただ者とも思われない。いや、本のタイトルからして秀逸である。『ものの大きさ[2]』（図2-1）――こんな誰にでも

アクセス可能な切り口で物理学のある本質を見せてくれるというのは素晴らしい。なにしろ、先回りしてこの本のいちばん最後に触れておくと、「億劫」という佛教由来の数の単位が、一劫の一億倍で、「宇宙の年齢などはるかに超越した単位」をわれわれは日々口にしているという膝の力が抜けるような指摘で終わるのだ。

というわけで、わが漂流の最初の寄港地として、まず須藤靖さんに会ってみようと、一二月のある日の黄昏、安田講堂裏のまだ真新しい理学部1号館をぶらり訪れた。

とはいえ、忙しい研究者に融通をお願いした時間は約一時間、わたしが手にしているのは『ものの大きさ』一冊のみ。飛行機のなかで通読したとはいえ、数式まできちんと理解しているわけではさらさらない。いったい何をうかがったらよいのか、こちらから会おうと申し込んでおいていい気なものだが、はっきりとした質問があったわけではない。ただ思惑としては、ある意味では完全に「スペキュレーション（思弁）」に突入してしまっているように見える物理学の最先端に「（研究者として）いる」感覚がどんなものなのか、を知りたいということだったろうか。

実際、『ものの大きさ』の最後から二番目の章は「人間原理」であり、そこでは「物理屋、あるいはより一般的に科学者」の枠内にちゃんととどまりながら、しかし物理法則あるいは物理定数そのものの偶然と必然とを、思弁的に、問題にする可能性に言葉を与えている。そこには、自然の究極的な法則を見極めれば見極めるほど、人間の存在がまるで、奇跡的な出来事であることへの素直な感動が透けて見えるように思われる。

ここまで極端なことを言わずとも、本来は偏平な楕円であってもよいはずの地球軌道がほぼ円軌道であることが人間が存在するための安定な気候を保証しているし、宇宙の平均密度に対して25桁以上も濃い大気が地球を包んでいることが生命そして人間の誕生を可能とした。このように、人間の存在を保証するような環境は宇宙のなかではかなり例外的な状況に限られる。この「環境」という意味を、宇宙さらには物理法則そのものにまで拡張するのが人間原理の考え方の本質とも言えるのだが、はたして納得していただけたであろうか。

世界（宇宙）は人間にとって根源的にどのような意味があるのか、人間は世界の単なる偶然的な存在なのか、それともそこに必然性があるのか——かつてなら、まさにメタ・フィジック——、物理学を超えてフィロソフィアの独壇場であったはずである。だが、もはや数式を通らずして、ということは純粋に概念だけで、この「問い」についてスペキュレーションすることすら困難であるようだ。須藤さんとの対話でも、わたしが走り書いたメモの最初に「（われわれには）哲学は必要ありません！」と強烈な先制パンチをくらったことが残されている。宇宙物理学には、いまやあのカントの超越論的理性のア

図2-1 『ものの大きさ』書影

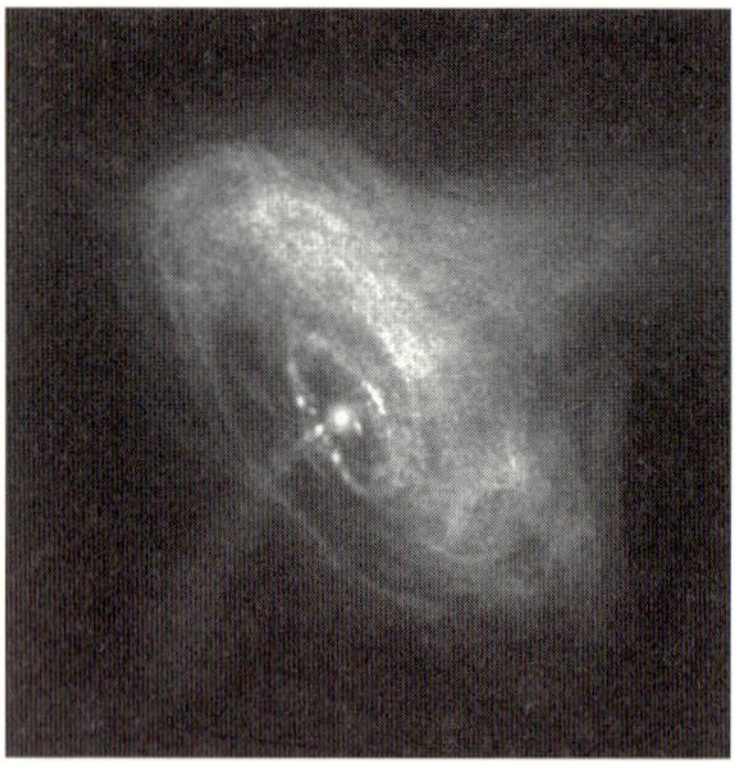

図2-2　かに星雲中心部のＸ線画像（『ものの大きさ』p. 91）

ンチノミーなど一顧だにせず、「サイクリック・ユニヴァース」や「マルチヴァース」といったさまざまなスペキュレーションが林立するが、すべては高度な数式の可能性の結果であり、そこにはフィロソフィアのための余地はほとんどない。

中性子星の存在は一九三二年頃にレフ・ランダウによって数理的に予見されたが、三〇年以上も誰も実在を想像しなかったのが、六七年ケンブリッジ大学の大学院生の電波パルスの観測からその実在が確認されたという。『ものの大きさ』には、かに星雲中心部に明るく輝く「かにパルサー」という中性子星の写真（図2-2）が載せられている。数式上の可能性が、時間を経て、観測と結びつき、未知の途方もない存在が確認されたというわけだ。

須藤さん自身の研究テーマのひとつは、土星型の系外惑星の研究で、「一〇年後の観測」によって確認されるような理論化を進めているのだ、と言う。この「一〇年後」がポイントで、きわめて遠い将来において検証されるかもしれないような理論化ではなく、近未来において観測が裏打ちをしてくれる可能性のあるようなぎりぎりの境界上で理論を打ち立てることで、物理学が進んでいくということなのだろう。検証不能の「クレージーな理論」は山ほどある、とかれは言う。

須藤さんのもうひとつの研究対象が暗黒エネルギー。『ものの大きさ』でも圧巻はやはり、第5章「宇宙の組成」。なにしろ「ヘリウムの水素スープ煮リチウム風味」などというおいしそうな（？）もののレシピまで載っているのだから！　その章の冒頭に、「現在最も確からしいと考えられるに至った宇宙の組成」図（図2-3）が載っているが、それによると、宇宙のエネルギー密度の大部分（76.5±1.5%）は正体不明の暗黒エネルギーであり、残る質量密度の大部分（全体の19.4±1.5%）はこれまた正体不明の暗黒物質、その残りのわずか（4.1±0.2%）が、バリオン――すなわち素粒子（クォーク）三個からなる核子が構成する「地上の」、「通常の」物質――なのだそうである。これほど物理学が発展して、そこではじめて、宇宙のほとんどが「見たこともないもの」で満たされている、という呆然とするような発見へと辿り着いたのはなかなか感動的である。

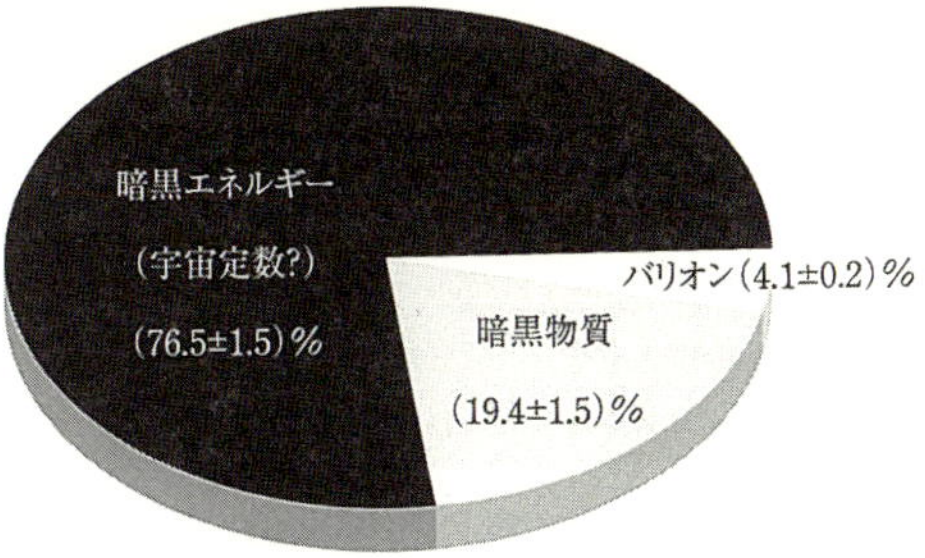

図2-3　宇宙の組成（『ものの大きさ』p. 99）

そのうち暗黒物質に関しては、須藤さんは次のように書いている。

> 非バリオン暗黒物質というのはあくまでも消去法によって得られた結論でしかない。したがって、暗黒物質を直接検出するまでは、その存在はしょせん机上の空論の域を出ないと思われるかもしれない。にもかかわらず、非バリオン暗黒物質の存在は

ほとんどの素粒子論および宇宙論研究者によって信じられている。

「信じられている」というのだから、物理学はもはやほとんど神学的な「信」の世界に近づいている。見たことのない暗黒物質の存在が、理論的に、演繹され、信じられている。須藤さんが先の「宇宙の組成」図に続いて、大地神ゲブと天空の女神ヌトを描いた「古代エジプトの宇宙像」と亀の上に三頭の像が並び立つ「古代インドの宇宙像の模型」（図2-4）を掲げているのもむべなるかな。暗黒エネルギーの上に暗黒物質が、その上にバリオンがのっている宇宙図とさほど変わりはないのだ。

しかし、——わたしの勉強の成果を発揮すれば——、ニュートリノのように熱い暗黒物質であれ、アクシオンや超対称性粒子のように冷たい暗黒物質であれ、物質は物質なのだろう。だが、暗黒エネルギーとは？

須藤さんはいう。「考えられるのは三つの解です。ひとつ目は、アインシュタインが一度導入してその後撤回した宇宙定数、つまり真空のエネルギーのようなものを考えること。ふたつ目は、相対性理論がまちがっている、という解。そして三つ目は、三次元を超えたより高次の空間の次元が〈にじみ出て〉いるという解」、と。須藤さん自身は本の記述からしても第一の解の方向で考えているようだ。完全な素人としてのわたしの勝手な妄想は第一と第三とが同じであるような方向へと膨らんでいくが、それはそれとして、「でも、そのダーク・エネルギーはいずれにせよ、星雲間物質のように遠くにあるのではなく、即今、ここにも〈ある〉んですよね？」とわたし。「もちろん、そう」と須藤さん。すべての真空を満たして遍在し、不可視のエネルギーであるもの。「では、そのようなものを、かつて人々は、――別の名でもよいのですが――〈神〉と呼んだりもしたのです」とわたし。物理学はもはや、あるいは、ようやく！　否定神学とでも言うべき地点へと差し掛かったということなのだろうか。

たぶんこの瞬間が、わたしにとっては、もっともスリリングだった。もちろん、物理学にとってはとんでもない言いがかりだろうが、暗黒エネルギーがなんであるのかわからないように、〈神〉もまた、なんであるのかまったくわからない。少なくともバリオンではなさそうなのだから、そこに〈アナロジーの魔〉が忍び込むチャンスはあるというものである。

図 2-4　古代インドの宇宙像の模型（大阪市立科学館蔵・石坂千春氏撮影）

須藤さんが本のなかでも、また対話でも強調していたのは、自然の階層性であったと思う。『ものの大きさ』を貫く方法そのものが、素粒子などの微細なレベルの質量や大きさと言った単純な法則が、いかに宇宙スケールの天体の存在や行動を――観測に先立って！――描き出すかを見せることで、自然の根源的な階層性と循環性を分かりやすく説くことであった。その意味では、この最初の寄港地に棲む怪物がいるとしたら、まちがいなくウロボロスだろう。10^{-30} cm のオーダーの素粒子の領域がそのまま 10^{+30} cm の宇宙の領域へと「垂直的に」循環的につながっているのである。このだいたい六〇桁に及ぶ宇宙の物質の階梯のなかで、個としての、身体としての人間がそれとして経験可能な範囲というのはせいぜい一〇桁くらいのスケールだろうか。

かつてイタリアのルネッサンスは、大げさに言えば、「自然（natura）」の一語に新しい意味を与えるところからはじまった。ジョルジオ・ヴァザーリが描いている、羊の番をしながら「ただ自然を師として」絵を描いていたジョットからすべてがはじまるというのが、わたしの変わらぬ作業仮説だが、それと同じように、いま「人間についての新しい思考」を試行するためには、おそらくは、この徹底的に階層的な、そして「垂直に」循環的な「自然」について、その意味を人間化するところからはじめなければならないのかもしれない。

須藤さんの研究室は、理系の研究室にわたしが抱いていた期待をあっさりと裏切るような、本の数ではたぶん二桁ほど差はあるが、わたしの研究室とそれほどちがいはない。コンピュータと書棚、ホワイト・ボード、ソファがあるだけのいたって平凡な空間である。しかし、書棚の隅に一カ所だけ怪しいオブジェ群がある。各種のフィギュアーの群。なかでもサザン・オールスターズのそれが入った箱は貴重なものなのだそうで、封も切られずに鎮座ましましている。明晰な物理学との鮮やかなコントラストにわたしとしてはそこでスナップ写真を一枚というところであった。

一二月の夜ははやい。1号館を出て見上げてみても銀杏並木の向こうに星々が見えるわけではないが、この宇宙、ほとんどは、本質的にダークな「夜」の物質と「夜」のエネルギーが満ちているのだと思うと、「わが胸のうちなる道徳法則」（カント）どころか、〈わたし〉もその「夜」の一部である、というロマン主義的な感覚が湧き上がらないでもない。

駒場でフランス語も教えているわたしは、初級文法の終わり頃に、教科書によっては条件法の例文に、パスカルの「たとえ宇宙が人間を押しつぶすことがあるにしても、人間は人間を殺すものよりもはるかに高貴なのであって、それというのも人間は自分が死ぬということ、そして宇宙が人間よりも優位であることを知っているのに、宇宙のほうはそんなことはなにも知らないからである」という文が出てくるといつも嬉しくなる。宇宙における人間の場所をこれほど端的に表現している言葉もないからだが、しかし今後は、つけ加えて、「宇宙よ、わたしはそれを知っているだけではない、おまえの基本定数がひょっとしたら偶然のセットにすぎず、どうやら宇宙なるものは、おまえ以外にもほかに無数あるらしいということまで、知っているのだ」と言わなければならないようなのだ。

（1）詩「海の労働者」の一節。アンドレ・デュ・ブーシエが一九五六年にユゴーの詩を再編して編んだ小アンソロジーからの引用。
（2）須藤靖『ものの大きさ』、東京大学出版会、二〇〇六年。
（3）言うまでもなく、ジョルジオ・ヴァザーリ『画家・彫刻家・建築家列伝』（一五五〇年）である。

第3歌

プラトン滅びず、あるいは「数」と「次元」

「イデア、形、存在、蒼空より出でて、落ちて」（シャルル・ボードレール[1]）

つらい日だった。恩師にあたる阿部良雄先生のご葬儀があった日。わたしの修士論文は、実は、ボードレールの散文詩を扱ったもので、指導教官が阿部先生だったのだ。通夜のときに、同世代の仏文学関係の友人・同僚たちと話しをしていて、文句なく「世界的」であったと言っていいこのボードレール学者に、ボードレールで修士論文を、たとえ名目的であろうとも、正規に指導してもらった数少ない者のひとりだと思い至った。どうもそのありがたさがわかっていなかったようで、わたしの論文は、先生のような歴史的実証主義に裏打ちされた手がたい研究ではなく、ハイデガーとベンヤミンをあしらった冒険的存在論（なにしろ「存在の冒険」というのがタイトルだったのだから）、正統のフランス文学研究などではさらさらなかった。それでも、提出された比較文学比較文化専攻の審査会で、「ボードレールだけを扱うのは比較ではない」という他の審査員からの教条的お言葉に、先生、きっ

図3-1　マネ「埋葬」（メトロポリタン美術館蔵）

ぱりと「日本人がボードレールをやるだけで比較です」とかばってくださった。

だが、同時に、当時の「一研」と呼ばれた研究棟のなかの薄暗い研究室にわたしを呼びつけて、観念だけで突っ走るのではなく、歴史と実証的に向かいあわなければならないと本気で説教してくださった。後にも先にも、学問研究の上であれほど怒られたことはない。もちろん、持って生まれた剣呑な性格、言うことなど聞きはしなかったのだが、そういうわたしを叱ってくださったことがありがたく、なつかしい。

阿部先生はエドゥアール・マネについても論じていらしたが、ボードレールのものと言われているその「埋葬」（図3-1）のように、葬列を従えた棺が静かに運ばれていくのを見送って、そのまま駒場へとって返した。一月の昼下がり、暖かな陽射しにふと見上げると、紅梅白梅どちらも、早くも枝先にちらほら花をつけているではないか。吹く東風に「主なしとて」匂ひおこしているのか、梅が隈どる一個の不在。ご存じだろうが、駒場キャンパスの南東域は梅の領分、北西域は櫻の領分。明るく澄んだ気品を漂わせるその梅林に面して数理科学研究科の建物がある。そのなかの研究室を訪ねる予定だったが、「引越の真っ最中で……」とおっしゃるので、結局、わたしが拠点リーダーをしているCOE[2]のオフィスにお迎えすることになった。わたしは、黒いネクタイをしめたままである。

図3-2　『多様体の基礎』書影

入ってらした松本幸夫さんを見て、第一印象、少年のように純粋な笑顔をなくさないでここまでいらしたんだ、と。この三月定年だそうで、引越はそのせいだったのだ。

初対面の挨拶もそこそこに、わたしから切り出したのは、「数ってなんでしょう?」というあられもない不躾な問い。

実は、このところ阿部先生以外にも葬儀が続いていて、名教科書の誉れの高い『多様体の基礎』[3]（図3-2）、いつも鞄に入れて持って歩いてはいたが、読む時間はほとんどなく、いや、読んだとして、まったく歯が立たない。いくらなんでも、いまから多様体の基礎をそれとして学ぶというほどの気概はないので、何をうかがったらよいのか、野辺送りの心からの切り替えもできず、頭はからっぽ、かなり窮していた。

ただひとつ、前回書いたことだが、宇宙から素粒子までの「ものの大きさ」のオーダーがだいたい六〇桁に収まる、ということがずっと気になっていた。ある意味、たかだか六〇桁である。たとえ直径が宇宙大の円をクォークの幅で描いたとしても、その円周率の実効あるオーダーはそのくらいの桁だということだろう。とすれば、無理数だから当然、無限に続く桁をもつπなる「数」はいったい「なに」だろう、それはどこに、どのように「存在」しているのか?

この乱暴な問いに、松本さんの最初の反応は、数学者は「数」を使って仕事をしているのであって、「数とはなにか?」とは考えない、と。こちらとしては、想定内の反応だが、そこをなんとか専門のフィールドから一歩出て、わたしのような異邦人との対話に踏み込んでほしいと食い下がる。すると、さすが数学者、

$$1+\left(\frac{1}{2}\right)^2+\left(\frac{1}{3}\right)^2+\cdots=\frac{\pi^2}{6}$$

という式をさらっと述べて、左辺は自然数だけなのに、右辺にはなんの関係もない幾何学的な数であるπが出てきてしまう。つまりπは、無数にある「数」のひとつというのではなく、ある特殊な個性を持っている。一般的に「数がなにか?」ではなく、そうした個性が問題なのだ、というわけである。

だが、このような計算操作は、世界内の現象に対応しているのではなく、あくまでも「人間の論理」だけに依拠している。松本さんは、数学は、きわめて精緻にではあるが、ごく常識的な論理だけを使って構成されている、という。その「人間の思考のなかで完結している」論理が、しかしなぜ宇宙を解明する物理学のツールとなり、いや、この宇宙どころか、マルチヴァースの他の宇宙においてすら等価対応物を見いだせると思われる超普遍的な理念性を持ちうるのか。そう、問いつめると松本さん、「それが不思議なんですよねえ?」と微笑む。わたしとしては、数学者の頭のなかに、この宇宙を超えた「高次元がにじみだして」くるというようなイメージを持つのだが、それはともかく、数学は「人間の思考」のなかには、人間も宇宙をも超えた論理が萌え出るということの明証ではあるようだ。

そこから話は転回して、次元の問題へと突入する。たとえば、一九五六年にジョン・ミルナーによって七次元の「エキゾチック球面」が発見された。わたしが理解した限りでは「エキゾチック球面」とは、滑らかな多様体であって、通常の七次元曲面と「同じ形」をしているが、滑らかさ（微分同相）の観点からは「同じ形」とはいえないものということらしい。七次元には、これが二八個あるのだそうである。まあ、形は同じだが、肌荒れしていたり、吹き出物が出ていたり、化粧のノリがちょいと悪いという感じかしら？　だが、このエキゾチックなやつは、数学的には断固として存在しているが、しかしそれが——数学の外で、あるいはわれわれの現実のなかで——いったい「なに」なのかという問いには答えようがない、ということらしい。

ペレルマンによって「ポワンカレ予想」が解決され、三次元までのトポロジーはだいたい完成された。とすると、残る最大の難問は四次元だそうである。素人考えでは、次元が増えればそれだけ複雑になるような気がするが、事態は逆で、松本さんの比喩を使えば、「牛に羽があれば柵を越えられる」ように、高次元は制約を解除するのが簡単だが、四次元はそうはいかない。

小林　でも、数学者の考える四次元というのは、われわれが生きている四次元の時空というわけではないですよね？

松本　喩え話で〈時間〉ということを言うことがあっても、とくにそれを考えているわけではないです。

小林　フィロソフィアにとっての変わらぬ最大の問題は、世界に、そしてとりわけ人間に、〈時間〉があるということなのですが、そこから逆転的に発想すると、数学という無時間的な論理内で、四次元がそのように特殊な困難を抱えた次元として立ち現れることこそ、あるいは世界に時間がある根拠ではないか……と考えたくなりますね。

松本　なかなかいい発想だと思います。実際、四次元というのは特殊なんです。数学は自己発展していますから、物理からの情報を用いないのですが、調べてみると四次元というのはとても特殊なんです。それを説明する論理はまだないんですけど……。

このあたりは、数学者の扱う「数」や「次元」をなんとか、それほどエキゾチックじゃない等身大の人間世界にも通底する意味に還元しようとする異邦人との迫真の攻防というべきか。話はそこから、ハミルトンの四元数へと走っていく。数学者によれば、統一的な目盛りの可能性が保証されているのは、一次元（実数）、二次元（ガウス平面＝複素数）、四次元（四元数）にあとは八次元だけ。奇妙なことに、三次元は不可能だそうで、松本さんは「簡単だから」といまにもその証明をしてくれかかったのだが、わたしのほうは、各次元はそれぞれが特殊な個性をもっていることを了解するだけで勘弁してもらう。

　四元数の基本は、

$$i^2 = j^2 = k^2 = ijk = -1$$

　実数がひとつと虚数が三つの組み合わせだから、空間が三つと時間がひとつの現実の時空に対しては奇妙な、意味深長な捩れとも思えるが、それは、ここ数ヶ月オイラーの公式を学び直して、虚数（＝想像的数）に思い入れの強いわたしの妄想かもしれない。しかし、素粒子論の先端やゲージ理論でこの四元数は大活躍をしていると松本さんは言う。

　いずれにせよ、ここまで来ると、「数」と「次元」とのあいだの相関が見えてきて、おぼろげながら、数学のうちに現れてくる論理構造が、根源的にこの世界を規定しているようにも感じられるのだが、松本さんは、アインシュタインが「〈現在〉がなにかがわからない」と言ったという例を引きながら、そのようなことをわかろうとして、数十年、数学をやってきて、「それがわからないことがわかった」とおっしゃる。

わたしのほうは、こうしてお話ししながら、ぼんやり例のプラトン立体のことを考えていた。立体は無数にあるがプラトン立体はたった五つしかないように、π や e という「数」は、ほかの無数の数とはちがってほとんど「イデア」として立ち現れてきているように思われる。[4] 松本さんが言うように、それぞれの次元の、またそれぞれの特異な数の輝く「個性」こそが、数学的思考の対象なのだ。そしてその対象を、数学者は、「形」として「見る」のだ。実際、博士論文を書いていたとき、七次元多様体が「形」として「見えた」そうである。「イデア」の原義は「見ること」に結びついていたはず。やはりプラトン滅びずですねえ、と思わずわたしは口に出していた。

最後に、今後の研究課題は？　とお訊ねしたら、やはり四次元。そこにエキゾチック球面があるかどうかが、まだわかっていないのだ、と。七次元以上には、一二次元をのぞいてたいていの次元にはある。六次元以下にはないことがわかっているが、四次元だけは「あるかもしれない」。「あるか、ないか、先生はどちらだと思うのですか？」と訊いたら、「ない」と。素人なのにそこは図々しく、「わたしも〈ない〉に賭けますが、〈ない〉理由はほかの次元における〈ない〉の理由とはちがうと思うな」とわたし。あくまでも四次元の数学的な特殊性を、強引に、時間の問題に結びつけたいわたしは「先送り」をこの次元の本質的な在り方と考えたいところである。四次元だけが、そのユークリッド空間に対して無数の相異なるエキゾチック・ユークリッド空間があるというお話しにとても嬉しくなって、それこそ人間のわずかな自由の根拠のようだと夢見るように言うわたしに、最後は、松本さん苦笑いだったと思う。

　学部が出している『教養学部報』（第四九九号）に松本さんは、定年の言葉を寄せているが、そのなかで、

> 残念ながら数理科学棟は文字通りキャンパスの片隅にある。数名の先生方と顔見知りになれた他は、駒場内での孤立感を払拭できぬまま十二年が過ぎてしまった。なんらかの方法で、数理の先生方と総合文化の先生方の交流が図られるのが良いのではないだろうか。

と書いてらっしゃる。あと二ヶ月あまりというところで、ほんの少しだけ「交流」が出来て、わたしはとても楽しかったが、はたして意にかなったかどうか。助教授時代は「一研」にいて数学三昧であったようで、それはちょうどわたしが阿部先生からしっかりと叱られていたのと同じ時期、駒場の梅林に近くわれわれの時空は、一瞬重なっていたのだ。

　実は、松本さんをお送りした後は、そのまま18号館ホールに直行。今学期の学術俯瞰講義「人間と学問」の最終回の講義がわたしの担当だった。これまでの先生方の講義への「反歌」みたいなものだが、まとめとして文系の学問における「解釈＝演奏」の意味の深さを一、二年生に向けて語った。途中、「根源的対話可能性」という根本理念に差し掛かると、多様体をめぐる数学者との対話の興奮が

残っていたせいか、歴史という人間的な次元を超えて、まさに析出してくる対話への呼びかけに応答することが文系の学問の使命。本質的他者との対話への準備がないものは大学を去れ！　と、いささかハイ・テンションの講義となってしまっていた。

（1）ボードレール『悪の華』所収の「取返しのつかないもの」より。
（2）Center Of Excellence（卓越した研究拠点）の略。「大学の構造改革の方針」（二〇〇一年六月）に基づき、文部科学省の事業（研究拠点形成費補助金）として、二〇〇二年度から21世紀ＣＯＥプログラム、それを継承・強化する形で、二〇〇七年度からグローバルＣＯＥプログラムが措置されている。
（3）松本幸夫『多様体の基礎』東京大学出版会、一九八八年。
（4）しかしこのイデアを「善のイデア」のように理念にまで拡大適用してよかったのか？

第4歌

ライプニッツの千年、あるいは「個体」と「普遍」

「過去、現在の形や運動が無限にあって、それがいまこの作品を書いている、わたしの動力因をつくっている」（ゴットフリート・ライプニッツ[1]）

如月の海が大荒れで、とても岸に漂着している間がなかったというべきか。もちろん言い訳である。天文物理学から多様体の数学へと漂流してきて、物理と数理の絡み合うこの海域、次はなぜか「重力」のことを考えたいと漠然と思ってはいたが、人文系の教師にとっての二月は、まさにポセイドンの神の怒りの爆発、「東風、南風、吹き荒ぶ西風、晴朗の上天に生れ、巨浪を転がす北風がともに起こって互いに撃ち合う[2]」は少し大げさだが、しかし卒業論文審査、修士論文審査、大学院入学試験に面接、それに学部生の成績評価は当然として、おまけにグローバルCOEの応募書類数十頁まで準備しなければならないとあっては、通常業務優先、漂流の余裕などなかった。

だから見立てとしては、今回は、異邦の島への寄港ではなく、わが船上でのシュンポシオン。荒れ狂う海にもかかわらず、いや、それ故にこそ、誰から頼まれたわけでもないのに、あえて「饗宴」を仕掛けた。客人を三名招待。テーマは「ライプニッツの千年」。いかにも怪しげなこのタイトルには、実は、歴としたいわれがあって、それはたとえば次のような一節。

第二に、彼〔ライプニッツ〕の哲学が（たとえば機械論的自然観その他の）近代哲学のスタンダードとされる準拠枠におよそおさまり切らぬことは、それが「近代」をまるごと相対化する（否定する、ではありません。早とちりをしないでください。念のため）深さをそなえている（「ポストモダン」などということばが色褪せて見えるほどに）こと（ライプニッツは千年単位の天才、カントは百年単位の天才、とわたくしがつねづね暴言を覚悟でくり返すゆえんです[3]）。

これは坂部恵[4]『ヨーロッパ精神史入門』からの引用。人口に膾炙したスタンダードに従えば、近代哲学の誕生の理解は、デカルトからカントへとつながる図式になるのが普通で、ご多分に漏れず、わたし自身かつてパリ第一〇大学に提出した博士論文では、そんな「常識」を踏襲していた。だからこそあっさりとカントは「百年単位」にすぎず、比べてライプニッツは「千年単位」と言われると、きれいなジャブをもらって膝ががくっと沈んだ感じか。同時に、もうひとつの「精神史」の世界もちらっと垣間見えて浮き立つ心もある。

後から思えば十分に機会があったにもかかわらず、わたしは坂部先生の授業に出たことがなかった。しかし、わたしの仕事をどこかで見ていてくださったのか、先生が中心となって『フランス哲学思想事典』（弘文堂、一九九九年）をつくったときに、青二才くらいでしかないわたしを編集委員に抜擢してくださった。それ以来のご縁ということになる。が、縁はやはり異なもので、とうとう去年には、われわれのＣＯＥが海外で組織した二つの国際シンポジウムに参加していただいて、春のミラノ、秋のベルリンを一緒に旅するという「味な」仕業になった。そんな旅の隙間の時間にお話しをしていて、今度いつか「千年単位のライプニッツ」について個人教授をして欲しいと図々しくお願いしてあったのだ。そうしたら、縁が縁を呼び、先生だけではなく、弟子筋にあたると言っていいおふたり、黒崎政男さんと山内志朗さんまで来てくださることになった。ライプニッツについての学会ではなく、その哲学をどのように「つかむ」か、その手がかりをざっくばらんに談話するという設定である。その司会をつとめながら、わたしとしては、わたしなりのグリップのためのヒントを得ようと臨んだのだ。

談話といいながら、それでもラテン語が飛び交い、最後には、ライプニッツと中国哲学との「交流」にまで話題が及んだ豊かな「饗宴」の全貌をここで再現する余裕はない[5]が、坂部先生の仕事の最大の魅力である、東西を含めたきわめて広大なスケールの「精神史」の流れのなかにそれぞれの先人の思考の可能性が位置づけられるという比類のない展望の力が、遺憾なく発揮されたものとなった。

黒崎さんも山内さんも若いときに一〇年以上にわたって坂部先生のゼミや研究会に通っていた「生え抜き」で、黒崎さんが、ライプニッツがキリスト教の「無からの創造」や中国の易経から発想して書いた「すべての数を0と1によって表す驚くべき表記法」（一六九六年）を元に、この二進法の発明こそ現代のディジタル技術の基礎！　と三〇〇〇年の時間を超えてライプニッツを現代につなげれば、山内さんは、「個体原理論」（一六六三年）を出発点にして、ライプニッツ哲学の中核が、スコラ哲学のドゥンス・スコトゥスを経由して、遠くイスラームの大哲学者・医者であったあのアヴィケンナ（イブン・シーナー）（九八〇―一〇三七）にまで遡ることを緻密に辿ってみせてくれた。ライプニッツは「隠れAvicennien」だったというわけである。ふたりあわせて、確かに「千年」！――坂部スクールの見事な連携プレーであった。

だが、感心してばかりいるわけにはいかない。なにしろ、こちらは生徒である。なにを学んだのか申し上げるのが、三博士への最低限の礼儀というもの。これこそ生徒の特権という言い訳のもとに、目を覆うばかりの粗雑さは承知の上で乱暴に言うなら、この日の議論の主軸は、やはりライプニッツ哲学の「中核」に潜む「共通本性」natura communis の問題だったと思う。それを山内さんは、アヴィケンナの『形而上学』からの引用の「馬性はそれ自体では純然たる馬性以外のなにものでもない」の「格率」から出発して、それがライプニッツにおいていかに力動的に発展的に再解釈されたかを示してくれた。「馬」という「普遍」がどのように「ある」のか？――この問題は、それだけ取り出すといかにもスコラ的！　と言いたくなるような、問題のための問題の趣もあるのだが、しかし翌日、電車のなかでぼんやり考えていて、「馬」だからピンと来ないが、「人間」だったらどうだ？　と自問した。途端に問題は切迫する。われわれの社会の哲学的な基礎のひとつは「人権」である。「人権」は、それをどのように考えようとも、「人間性」という「普遍」が「存在」することを前提としないわけにはいかない。「馬性」くらいまでは「オッカムの剃刀」(6)をつかって切り落とすこともできるかもしれないが、さすが「人間性」をすっぱりというわけにはいくまい。しかも、現代こそ、遺伝子というひょっとしたら「共通本性」の存在形態かもしれないものに、ダイレクトに技術が介入するという時代、「普遍」はますます危機に瀕しているのではないか。

わたしが理解した限りにおいては、この「普遍」と「個体」の（アリストテレスにまで遡るのだから）古くて、新しい問題に関して、ライプニッツの応答の革新性は、ひと言で言えば、「生成」によって両者の連続を保証したことにある。しかも、この「生成」は、形而上学的であると同時に自然科学的でもあった。なにしろ、ライプニッツは微積分の（ニュートンと並ぶ）もう一方の発明者である。微小変化Δのうちに、連続的な曲線のすべての可能性が現出しているのである。しかも坂部先生が扱ったホイヘンス宛の手紙（一六七九年）では、かれは微積分と並行する「位置解析」analysis situsの構想までを提示していたので、それは最終的にはトポロジーへとつながっていく……ということになれば、前回の多様体をめぐる漂流への遠い淵源とも言えなくもない。

いずれにせよ、ライプニッツ哲学の核心は、存在は無限に生成する力である、とつかむところにあり、その把握が同時に、けっして部分ではない微少なもの、この日学んだドゥンス・スコトゥスの素敵な言い方を借りれば「数的一性よりも小さい一」から生じてくる微少なものの可能的な全体性をダイナミックに理解する道を発見したところにある――というのが、わたしのこの日のグリップだった。

わたしが感じるのは、ライプニッツの眼である。精妙で優しい、独特な「自然を見る眼」である。東洋的文脈で似たものを探せば、華厳世界ということになるのかもしれないが、それは次のような

『モナドロジー』の一節によく表れている。とても好きなテクストなので引用しておく。

物質のどの部分も、草木のおい茂った庭園か、魚のいっぱい泳いでいる池のようなものではあるまいか。しかも、その植物の一本の枝、その動物の一個の肢体、そこに流れている液体の、一滴のしたたりが、これまたおなじような庭であり、池なのである。(7)

図 4-1　坂部恵先生（左）×小林康夫（右）

世界は多層多元の生成世界である。すべては0と1のあいだの連続的な生成である。そのことをライプニッツは美しく断言した。

坂部先生は、そのお話をライプニッツのかの有名な充足理由律、つまり「なぜ無ではなくて何かがあるのか」からはじめられた（図4-1）。当日は、頭の悪い生徒さながら、わたしは、この問いそのものがまちがっているのではないか、などと挑発してみたりしていたのだが、同時に「無の紐」から宇宙そのものが生成するという現代物理学のスーパーストリング理論やDブレーン理論を思い出しては、そんな現代物理学の仕事のなかにこそ、「ライプニッツの千年」の真の「表出」があるのかもしれないなどと秘かな思いに耽ってでもいたのである。

実は、この会には、もうひとつ趣旨があった。今年の一月に亡くなった、この三〇年あまり一貫して哲学系の書物を編集・出版してきた中野幹隆さん（哲学書房）を偲びつつ語る、というものだった。鎌倉円覚寺で営まれた葬儀では、坂部先生と葬儀委員長だった黒崎さん、それにわたしが弔辞を読み、山内さんも遠路新潟から駆けつけていた。実はその場で、われわれは故人に捧げるには最適のテーマとして、ライプニッツを語る会を開くことを決めたのだった。それ故、当日は、故人関係の編集者の方々も多数来てくださっていた。そのなかのひとりが後日くれたメールには、丁寧なお礼の言葉に続いて「久しぶりに知的な興奮を覚えました。アカデミズムへの信頼を少し取り戻しました」とあった。「饗宴」のホストとしては、これほど嬉しいことはないが、それでもまだまだわれわれには、優れた学問的対話への欲望が欠けていると反省するべきかもしれない。

（1）ライプニッツ『モナドロジー』（三六節）（下村寅太郎責任編集「世界の名著25」中央公論社、一九六九年）。
（2）ホロメス『オデュッセイア』松平千秋訳、岩波文庫、一九九四年。
（3）坂部恵『ヨーロッパ精神史入門』、岩波書店、一九九七年。
（4）坂部恵先生は、二〇〇九年六月に亡くなりました。哀悼の心深く、悲しい。
（5）UTCP（「共生のための国際哲学交流センター」）主催のこのワークサロンの全容は、『水声通信』第17号、水声社、に採録されている。
（6）この「剃刀」が〈近世近代の知〉を準備したことになっている。こうしたノミナリスムの流出に対して、レアリスムの「伏流」がここで問題になっていることである。
（7）『モナドロジー』（六七節）。

第5歌 豆腐で原子をつくる？　あるいは世界咲き出でるDブレーン

「雲門、僧の『如何なるか是れ佛』と問うに因って、門云く、『乾尿橛！』」（無門慧開[1]）

お手上げ。駒場のＥＡＬＥＩ（東アジア・リベラルアーツ・イニシアティブ）の活動の一環で、南京大学で表象文化論の集中講義をした帰り、北京で乗り継いだ飛行機のなかで、とうとう『Ｄブレーン』（図5-1）を取り出し、読み始めた。

冒頭はなんとかなった。粒子と波動という二つの物理学の根本概念の交叉するところにソリトン、すなわち「孤独な粒子」soliton という新しい概念があって、それが場の理論と相即して、まったく新しい理論展開が可能になる、という出発点までは理解した。一八三四年、エジンバラの運河の水面をわたる「孤独な波動」を見てラッセルがこの概念を着想したというエピソードがきいていて、なるほど「波の場」が粒子的なふるまいをするという観察を逆転させて、あらゆる粒子を「孤独な波動」に置き換えてしまうことで、ものの世界の統一的な究極理論に迫ろうとするのだな、とわかったつもりになった。

しかし、実際に、素粒子がソリトンに置き換わるその仕組みの説明に入るとわかるようでわからない。そのことは、ただ一文で「場の理論の対称性が自発的に破れるときにソリトンが生成される」と表現されており、簡単な「おもちゃの模型」を用いたその説明が続くのだが、数学的な内容がよくわからないということはもちろんあるのだが、それ以上のなにかが引っかかる。

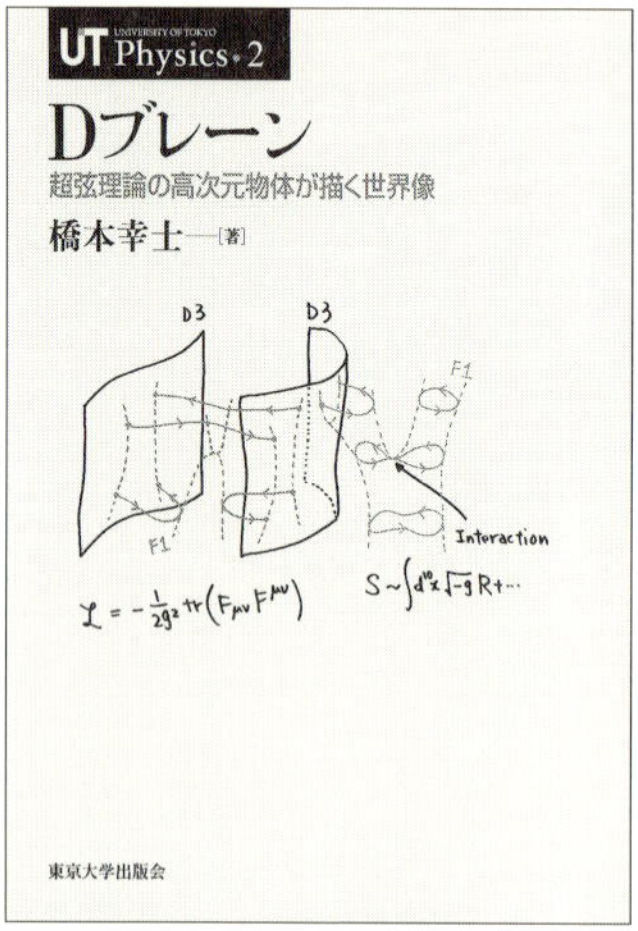

図 5-1 『Dブレーン』書影

まだ三〇頁にもいかないところだが、たとえば次のような文章。

ポテンシャルV(φ)は、二重井戸型ポテンシャルと呼ばれ、2つの場の値$\phi=\pm|m|/\sqrt{\lambda}$に底がある。図1・3[図5-2]を見てみよう。$\phi=0$あたりでは、ポテンシャルは上に凸になっている。つまり、理論は$\phi=0$で不安定なのである。ポテンシャルが上に凸であることは、m^2が負であるということと対応しており、タキオンが出てくるように見えるということとつながっている。理論はエネルギーが低く安定な状態を好むので、φは底に転がり落ちる。この底における場の値が、この場の理論の「真空」を表す。真空とは、量子論的に粒子が何もない状態を指している。(2)

いわゆる「真空凝縮」の説明ということになっているが、奇妙なのは、この引用のなかの「理論」という言葉の使い方だろう。なんだか、「理論」が「不安定」だったり、「理論」が「好み」を持っているという言い方には、物理学の理論こそ物質現象を客観的に正確に表現していると思いこんでいる者は面食らってしまう。まるで「真空」があって、それが方程式で表象されているのではなく、理論が（勝手に）「真空」を表象しているような趣向。いや、実際、後にそれでも苦労してわからないものを読みつつ（なんという表現！）本の最後まで辿り着いてみると、そこでも重大な課題として「弦理論の真空が決まっていない」という言い方がされていて唖然とさせられるのだ。

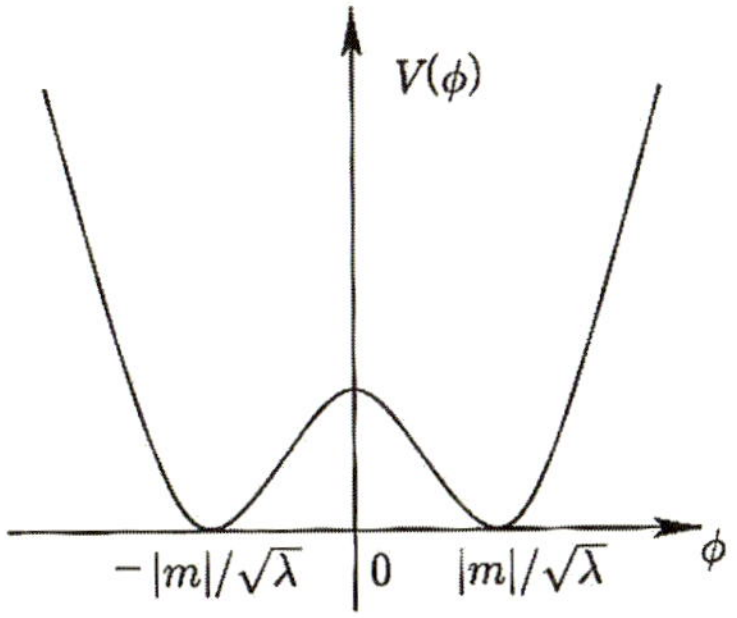

図 5-2　ϕ^4 模型で m^2 を負にした場合のポテンシャル（『Dブレーン』p. 27）
$\phi=0$ の点は不安定なポテンシャルの山の上にあり，真の真空はその右もしくは左に位置している。

で、ともかく著者の橋本幸士さんに会ってみた。これがまた唖然とするくらい若い。構内ですれ違ったらきっと修士課程くらいの学生だと思ったにちがいない。真空とまでは行かないが、がらんと殺風景な研究室に入るなり、すっかり老教授のわたしはもう論文審査みたいな気分になって、まずは「だいたいこの本を読んでわかるだろう人というのはどのくらいのレベルなのか？」と恨みがましく。すると入門したての禅僧のような真面目な顔で橋本さん、両膝に両手を揃えて「素粒子論専門の博士課程くらいになるとだいたいここに書いてあることはわかっているでしょうか、修士レベルでは全部わかるのは難しいでしょう」と。くそ、わたしにわかるわけがないじゃないか。

いずれにせよ、いまや物理学は現象から出発して理論化が行われるというより、むしろ理論の出発点を選んで、そこから理論がまるで生き物のように育ってくる境域に到達しているらしい。なにしろ「理論がDブレーンの上に住む」！ などという言い方がされるのだ。さまざまな理論が春の筍のように、うにょうにょ生え出て「ランドスケープ」をつくっているというのが橋本さんの研究領域の光景らしい。

そのすべての出発点として弦がある。物質の究極的な存在様態として、いわゆる標準模型のように点的な粒子を考えるのではなく、一次元の弦を考えれば、ということは振動する一次元を考えれば、それだけで多数の異なる粒子を一挙に説明できる。しかも開弦と閉弦という二つの根本様態を考えることで、重力というこれまで統一されていない第四の力まで統一する可能性が垣間見える。弦理論が究極理論への鍵となる、というわけだろう。そして、その弦がいまや、膜（membrane）になった。次元があがったのである。Dブレーンとは「弦の端が乗っている空間（物体）」なのである。

橋本さんの話をききながら、わたしは不覚にも、小学校五、六年生のときに物理学者のエンリコ・フェルミに憧れ、当時知られていた、μとかπとかすべての素粒子の名を暗記していた自分自身のことを思いだしてしまっていた。実は、理論物理学者を志して理科I類に入ったのだから、入学後の挫折というか転向というか、ともあれ六八年の方向転換がなかったら、今頃、わたし自身がすべての素粒子を、さらに空間をも、統一的に記述する「弦」や「膜」について語るほうの側だったのかもしれないのだ。物理の話をきいていると、わたしのなかの三つ子の魂がうずくのである。

その魂がもっとも感動したのは、やはり次元についての考え方。なにしろ、弦理論は基本的には一〇次元という高次元空間の話なのである（もうひとつ二六次元というボソン的弦理論というのもあるのだそうだが）。特殊相対性理論から要請されるローレンツ対称性を満たすようにすると数学的には一〇次元になる。これを出発点にして、ではどうやってこれをわれわれの経験的世界である四次元時空に落とし込むか。橋本さんの話では、実際にはいろいろな考え方があって、われわれの四次元がより高次元の一部であると考えるやり方もあるが、主流は、コンパクト化と呼ばれる残り六つの次元を「丸め込んでしまう」方法。実は、これは、かつて数年前にニューヨークからの帰りにやはり飛行機のなかで読みふけっていた *The Elegant Universe*(3) でイニシエーションは受けていて、そこに載っていた、われわれの世界で一次元と見えた紐もごく近くに寄ってみると蟻が乗っている高次元だという図になんだか「丸め込まれ」たことがあった。そのことを思い出しながら、橋本さんに、しかしわたしとしては、この六次元が空間的なものとして切り離されているのが気にくわない、むしろ時間という次元の「結果」としてこうした「丸め込み」が可能になると考えたいところだ、と言ってみる。すると、そうなんですよ、とあっさり同意してくれるのだ。いろいろな考え方のなかで橋本さんのポジションはむしろ、そっちの方向なのだと。わたし、単純に嬉しい。

しかし、なんであれ、弦理論の摩訶不思議なところは、双対性とか超対称性とか言われる新しい等価の関係がいたるところに現れるところだろう。つまり、粒子と波動、極度に小さなものと極度に大きなもの、ブラックホールと弦などが、同じ！　だとか、入れ替え可能だ！　という議論が頻出するのである。そこが面白いのだろうが、そこで常識が挫折する。そもそも弦という紐は点からできているはずなのに、点が紐からできているような言い方なのである。そこを訊いてみようと、「如何なるか是弦」。すると、橋本師、完爾として「豆腐が原子からできている、とこれは誰でもわかります、でも豆腐で原子もつくれるんです」と。即座に「豆腐」が出てくるところは、もはや禅の「室内」か。「どうするか、というと、そこだけ残してほかをとっちゃうんです」と。う〜ん、ここで「則、言下に大悟す」となるとわたしも浮かばれるのだが……この石頭ではそうはいかない。

で、窮したときは老獪に話題を換えて、橋本さん、どんな切掛けでこの道に入ったのか、と。すると、一九九四年に、エドワード・ウィッテンという弦理論の大学者が京都大学で講演をしたのだそうである。そのとき学生だった橋本さんは質問をした。その出会いが契機となって、数学から物理へと舵を切り直し、「弦」を奏でる道へと入った。その直後の九五年こそ、弦理論のソリトンであるブラックホールが実は、Dブレーンだというボルチンスキーによる大ブレークスルーが起こったのだから、やはり時代の「波」にも乗ったということだろう。

この本はウィッテンの「弦理論は21世紀の物理」という言葉で終わっているのだが、二一世紀には、われわれの世界の根本表象が、もはや四次元の時空のなかに物質粒子が存在するという「絵」ではなく、次元そのものが「出現する」という、もはや「絵」など不可能な表象へとドラスティックに転換するのだと予感させられる。これもやはり九五年に起こったことらしいが、ある種のDブレーンでは、一〇次元の理論であったものが一一次元の理論になってしまう（M理論）のだという。つまり、「この議論で重要なことは、時空の次元は理論を定めるときの本質的な要素ではなく、出現する概念である、ということである」。

時空のなかで出来事が起こるのではない。次元そのものが、紐から、膜から、出現する。つまり世界そのものが出現するのだと言っていいだろう。だからこそ、「真空」を定義することが問題になるのだ。わたしがぼんやりと理解したことは、すなわち、「真空」とは粒子的にはなにもないことなのだが、それでもなお、そこに重力がある！、つまり波動があるということ。重力とは、空間と別のものではない、ということになりますね、とまとめてみると、橋本さんは、「空間は重力の弱い波が満ちているんです」と、いちおう「合格」という顔をしてくれる。わたし、ますます嬉しい。ちょっと得意。まるで初心者が先生から「君、筋がいいねえ」なんて言われて喜んでいる感じになってきた。

『Dブレーン』は、凡俗のわれわれには理解することが簡単ではない本だが、しかし二重の意味で「若い」学問に特有のはじけるような熱気にあてられるだけでも、その頁を開く価値はある。「わかりやすく」なんてどうやってもなりようのない最先端の理論に取り組む興奮だけはそのまま伝わってくる。無数の理論をさらに統一する究極の理論[4]を求めて、まるで修道院の独房のような研究室で若い頭脳がじっと考え続けている、というのは「大学」という場の原風景であるだろう。最先端はいつでも若いのだ。

橋本さんの研究室のある16号館は駒場キャンパスの西北にある。すぐ裏は野球場で櫻の名所。その日はちょうど花も満開のうららかな日。研究室は、「色」は修行の妨げとばかりに、しっかりブラインドが降りていて外が見えなかったが、一歩出れば、櫻の海。枝垂れ櫻に染井吉野、無数の薄紅の次元が匂うがごとく咲き出でているではないか。

空即是色、(5) 世界は花咲く重力の場なのである。

(1) 秋月龍珉『公案』ちくま文庫、一九八七年所収、『無門関』第二一則に依る。この本のなかにいくつもの公案が紹介されているが、なかには有名な白隠の「隻手音声」ばかりか、「豆腐の上で四股を踏んでみよ」とか「虚空を粉にして持ってこい」などの例があげられている。ちなみに、「乾尿橛」はふつう「くそかきべら」と訳されたりする。また、「へら」ではなく、「くそ」そのものだという解釈もあるようだ。どちらにしても、まあ、わたし程度の境地では、佛性は、浄・不浄の相対的な価値判断を超えることそのものだぞ、と示す、くらいまでしか言い得ない。

(2) 橋本幸士『Dブレーン』東京大学出版会、二〇〇六年、二六頁。

(3) Brian Greene, *The Elegant Universe*, Vintage Books, New York, 1999. この本の一八六頁に影絵になった庭のホースの絵がのっている。遠くから見ると線だけど、近くにいくとそのホースの上に蟻がのっているのだ。

(4) 最初の稿ではここは「メタ理論」となっていたのだが、橋本さんから「業界」では「メタ」というのは「エセ」という意味になるのだと指摘された。なるほど、このあたりに「言語」の「体感」の違いが際立ってくる。

(5) これはもちろん、「色即是空」ではいけない。なぜか、道《い》え、道え。

第6歌

ガブリエルはいつやって来る？ あるいは複素数の方へ I

「我々は虚数である」（吉田武[1]）

もう五月。櫻が終わって、ほら、銀杏の並木がパステルの粉を掃いたようにうっすらと緑の靄に包まれたかと思うと、一〇日後には猛々しいまでの新緑のトンネル。今年の躑躅《つつじ》は少し遅いような気がするが、まだあどけなさを残した新入生たちもたくさん萌え出でて、キャンパスは若い生命で溢れかえる。悔しいから、一年生の初習のフランス語の授業で、第一日目に問答無用でアルチュール・ランボーの「Départ dans l'affection et le bruit neufs」（新しい愛情と物音への出発）、第三日目には、ステファヌ・マラルメの「La chair est triste, hélas! et j'ai lu tous les livres」（肉体は悲し、ああ、わたしはすべての書物を読んだ）を暗記させた。そうしたら、理Ⅱ、Ⅲのクラスだが、ランボー、ボードレール、マラルメを、もちろん翻訳でだが読破し、さらには教えてもいないアロイジウス・ベルトランの『夜のガスパール』まで読む女子学生がいて、わたしが教室に入っていくと、彼女、にっこりして、すらすらとテクストの一節を諳んじてくれる。もうひとつ総合科目の美術論では、ルネッサンスの受胎告知の作品群を展望しながら、この時代、人類にとってどのように「自然」という概念が立ち上がってきたのかを説明しつつ、ちょうど上野に来ているレオナルド・ダ・ヴィンチの作品に触れて「空間とは根源的に恐ろしいものなんだよ」と言い捨てておくと、講義のあとで、授業で扱った絵画作品の鉛筆画でノートをいっぱいにした学生が「無限と個の鏡像的関係」について質問にやってくる。ほんのわずかな刺激を与えるだけで、まだ染まっていない知性のスポンジが新しい世界の「物音」を驚くべき軽やかさで吸い込んでいく光景はいつでも驚愕だ。こちらも「肉体は悲し」なんて嘯いている場合ではない。まだ一冊も書物を読んでいないような気持ちになって勉強しなければならない。

この半年、一個の漂流者となってさまよっていたのは、厳密なる数理の法が支配する海域――そこでのわたしの関心は、究極的には、数理の道を通って、どのようにわれわれの経験的な世界の枠組みそのものが超えられるのか、を見定めたいということだったと思う。経験的な世界のもっとも根源的な表象として数理的な法則を探求する物理や数学の最先端において、どうやら世界の経験的な枠組みそのもの、たとえばアプリオリであるはずだった次元！　までもが、実証不能のイデアから解体的に演繹されるという事態が、「人間学」humanities に新しい思考の地平を開くのかどうか。わたし自身にはもうそんな探求が可能なわけではないが（それがわたしの「悔しさ」）、少しでも「未来」を見通してみたい、と切望したのである。

このような「海底人哲学者[2]」の蓮っ葉な憧れに似た思いに、真っ正面から答えてくれているのは、少し旧聞に属するのかもしれないが、やはりロジャー・ペンローズだろう。数理の側から人間の意識へと「橋」をかけようとしたあの『皇帝の新しい心』、『心の影』などの仕事は、その論点の最終的な是非を判定する能力はわたしには乏しいとはいえ、数理科学の学者が、人間を含みこんだ世界の全体像に対して「責任をとる」という確固とした姿勢は、「全体」としての科学のまさにルネッサンス的な根源を思い出させてくれてわたしを感動させた。いつかは、かつて若き日に、モーリス・メルロ＝ポンティの『知覚の現象学』やマルティン・ハイデガーの『存在と時間』といった世界の全体性をそのまま問おうとする無謀な哲学を興奮しながら読んだときのようにペンローズを読み、「人間学」の側から自分なりの応答をしたいとずっと思っていたのである。

だが、そのためにはどうしても乗り越えなければならない関門がいくつかあって、そのひとつが複素数である。

実際、『心の影』の第二部「心を理解するのにどんな新しい物理学が必要なのか[3]」に入った途端、光円錐の傾きの話に続いて、まるでこの本の守護神のように登場するのが、ジローラモ・カルダーノ（一五〇一―七六）なのだ。ダ・ヴィンチとも生きた時空が重なる「傑出した医師、発明家、ギャンブラー、著作家にして数学者」という嬉しくなるようなルネッサンス的大人物だが、ペンローズによれば、「現代量子論の二つの基礎的な構成要素である確率論と複素数の発明者」ということになる。ペンローズの説明を借りれば、われわれの人間的な経験と相即する「大規模の物理法則が成り立つ古典的レベル」では、物理的実在量は実数で扱えるので、複素数の出番はないように見えるが、量子と

いうきわめて小さなもののレベルでは、複素数なしにはまったく現象の絵が描けない。それは、たとえば電子のような粒子を考えた場合に、電子がどの位置にあるかは、可能な状態の重ね合わせによって記述されるような仕方で存在する。ペンローズが好むディラックの「ケット」の記号で、それが位置Aにある状態を「|A〉」と位置Bにある状態を「|B〉」とすると、

$$w|A\rangle + z|B\rangle$$

と書かれるような「他の状態が許される」。ただし、wとzとはここでは、実数ではなく（だから単なる確率ではなく）、複素数だというわけである。

ペンローズは、このAとBの二つの場所を「一挙に重ね合わせた状態に電子がある」とはどういう「意味」なのかを、「馴染み深い日常的な言葉で語ることはできない」と言うのだが、わたしなりの別な言い方をすれば、量子レベルでは、複素数がまさに「存在の意味」を表象している、ということになる。いや、存在は複素数的なのである。しかもこの量子レベルの存在の複素数性は、その「小さなもの」の世界に囲いこまれているどころか、むしろいまや——その徴のいくつかにはこれまでに触れてきているはずだが——われわれの経験論的な古典的レベルの世界像そのものに根底的な変更を迫りはじめているようにも思われるのだ。だから、なによりもまず複素数の存在論的感触を得たい——それがわたしの願望だった。

だが、出会いそこねるということもある。

異邦の他者であれば、まずは単純に出会うということもあろうが、なにしろ旧知の間柄、駒場で幾度もシンポジウムや会議で同席し、一杯飲むことだってあった。となれば、実は、漂流どころか、友人宅に押しかけてあがりこんだ格好になったか。複素数ならばやはり数学者、しかも東京大学出版会理事長でもある岡本和夫さんに一手指南をお願いしたのだったが、どうもかみ合わない。研究室はもう訪れたことがあるので、と外でワインでも飲みながらにしようか、という設定がいけなかったか。複素数の存在論を期待して食い下がるわたしに、元日本数学会理事長でもある岡本さんのほうは、テーブルの上の皿を指して、「この皿と複素数と、どう存在が違うというのか」と乱暴な物言い。どう違うかを教えてもらいに来たのに、違うというならその違いを言え、というのは、どうも素人相手の脅しの手口だ、となまじ親しいが故にわたしのほうもキレかかる。すると、これも禅問答に近いが、岡本さん、「数と音は同じだ」と新しい公案をくださる。

実は、わたしが複素数に目覚めたのは、ちょうど一年前の二〇〇六年五月、長年いっしょに「ロレアル〈色の科学と芸術〉国際賞」の審査員をやってきた物理学者の永山國昭さん（岡崎統合バイオサイエンスセンター教授）から「複素光学への道」というエッセイの抜き刷りをもらって、あの究極的に美しいと言うべきオイラーの公式

$$e^{i\theta} = \cos\theta + i\sin\theta$$

の「意味」にとりつかれたからだ。そのとき自然対数の底のネイピア数 e の「意味」がよくわからな

かったわたしに、永山さんが「いくら微分しても方程式の形が変わらないんだよ」とひと言。その瞬間に、ああ、そういうのは「神」という「存在」の形式！　だよな、と勝手に閃いた。そう呟いてみると、永山さんは、そう言えばオイラー自身もそんなことを言ってたなあ、と。そのとき、わたしは、単なる数式と見えていたものの背後に、われわれ「(海底人) 哲学者」が混乱極まる概念やら理念やらを通して考えようとしていることと「違わないこと」が考えられているのだ、と戦くような思いがあった。その日のうちに近所の本屋に行って、――これも驚くべき記念碑的な著作だが――吉田武『虚数の情緒』一千頁を買って読破した。

前回、はからずも告白したように、わたしは理論物理を志すくらいには数学はできた。三角関数だって、指数関数だって、複素数だって問題は解けた。だが、誰も、どんな教師も、虚数iを根源的な結び目にして、それらが世界のなかの存在の究極的なあり方を開示する、美しい統一を形成することはほのめかしてすらくれなかった。その「意味」を誰も説明してくれなかったのである。三角関数の問題がどれほど解けても、そこで問題となっていることが、実は、円運動の位相と翻訳できて、それがそのまま波動の表象なのだなどということは誰ひとり教えてくれなかった。わたしが教わった数学には「情緒」がなかった。「情緒」とはなによりも「存在の感覚」である。

その二〇〇六年の五月六日のことだが、わたしは永山さんにメールを送って、かれのエッセイが刺激になって、わたしなりに少し複素数がわかった「ユーレカ」の興奮を伝えた。虚数が英語では、「imaginary number」と言われることから出発して、「イマジナリー」なら、わたしがやっている表象文化論の中心テーマ、まさに「鏡のような像」ではないか、と直観して、最終的には、「……なんだか詩的な言い方ですが、どんな自然量もみずからのうちにそのイマジナリーな鏡像を相伴っている、と言ってよいのなら、それがわたしが昨夜、直観してひとりで感動していたことです。波動というのは、そういうものなのかもしれない、ただしその鏡は九〇度だけど……そんなことを考えています」と。それに対して、複素数の量を現実世界にどのように位置づけるかをめぐって考え続けて、ついにはそれを画期的な電子顕微鏡の作成へと展開した永山さん、丁寧な返事をくれて、わたしの「ユーレカ」を言祝いでくれたあとで、

$e^{i\theta} = \cos\theta + i\sin\theta$を「現実（$\cos\theta$）とその像（$i\sin\theta$）」と解釈することは可能です。このとき現象の底にあるのが物理量「θ」で、$e^{i\theta}$は一種の情報キャリアーという「波動」と解釈されます。ギリシャ哲学ではθがイデアで情報キャリアー$e^{i\theta}$が現実ですかね。

と解説し直してくれていた。そして、そこでわたしがおぼつかない論理で言おうとしていたことが、ペンローズのスピノールの考えにつながるよ、と示唆してくれていたのだ(4)。

だから、わたしとしては、「数と音は同じだ」という公案はとっくに透過しているつもりなのである。むしろ音は実の存在量だけで処理できるはずだが、複素数が示唆していることは、形式的に、どんな実在量も非在の像を伴っている、というか、それのふたつが重ね合わさっているということだろ

図6-1　ダ・ヴィンチ「受胎告知」（ウフィッツイ美術館蔵）

う。それこそ時間のなかに存在するということの根源的な形式を示しているのでは、という方向にわたしは行きたいのだ。

しかし、数学者は慎重である。ブルゴーニュからボルドーへと二本も空いたというのに、「それを語る言葉がないんだよ」とおっしゃるばかり。ほんとうはわたしの無礼に腹を立てていただけかもしれないが。

というわけで、あとは岡本さんの専門のパンルヴェ関数の話をうかがった。しかし、これも聞けば、二階微分に時間の項が出てきてしまうことで、エネルギー保存則が保たれないような特別な場合に威力を発揮する関数らしい。なんだか時間そのものが時間のなかに組み込まれているような形に見えるので、その発散の状態はどことなく量子論的なフィールドとつながるように思えたが、そんなこと素人のわたしに言われたくないか。

もちろん笑ってくれていいのだが、受胎告知の絵を見ているとわたしには、それが複素数の式のように思える。マリアはもちろん実在量であるとして、天使ガブリエルは、言うまでもなく地上のものではない非実在量。その証拠に、翼をつけている。翼は二枚、まさにiの二乗！

カルダーノは、はたして、あの恐ろしい空間が描かれている、ダ・ヴィンチの受胎告知（図6-1）を見たことがあったのだろうか？

（1）吉田武『虚数の情緒——中学生からの全方位独学法』東海大学出版会、二〇〇〇年。この前代未聞の本の「7・6・5」のタイトルである。ちなみに、ひとつ前の項は、「時空の物理学：世界は虚数である」となっている。

（2）第2歌登場の須藤靖さんの命名による（『UP』二〇〇七年六月号）。須藤さん、応答ありがとうございます！嬉しいです。

（3）ロジャー・ペンローズ『心の影1・2』林一訳、みすず書房、二〇〇一・二〇〇二年。以下の記述はその第二巻の四二頁以降による。

（4）永山さんとは、二〇〇六年一二月二二日のロレアル・アーツ・アンド・サイエンス・ファンデーション主催の、それが最後となった、ワークショップでこのオイラーの公式をめぐって討議をした。

第7歌

電子顕微鏡のなかのエクリチュール、あるいは複素数の方へII

「ディフェランス différance、現前に裂け目をうみ、遅らせる〈遅らせる＝差異化する〉操作」（ジャック・デリダ）[1]

で、こうなれば、やはり岡崎の自然科学研究機構へ行って、わたしにとっては複素数への導き役を果たした永山國昭さん（岡崎統合バイオサイエンスセンター教授）の電子顕微鏡、さらには、複素数に裏打ちされた位相差によるその像の力を見せてもらうしかないではないか。五月雨という言葉がぴったり寄り添うような雨の金曜日、数年来の約束を果たしに新幹線にのって西に下った。

別に恋人に会いに行くわけではないので胸がときめくようなことはさらさらないのだが、しかし雨に煙る緑の風景が滑るように車窓を過ぎていくのをぼんやりと眺めていると、無為の作用ということだろうか、いつのまに虚の時間を手繰りはじめている自分に気がつく。「ひかり」は実数の時間を西に進み、しかし同時に、わたしは虚のイメージを追って過去へとさかのぼる、というわけだから、事態はすでに複素数的なのだが、その虚の波動がわたしを連れて行く先の時空は、一九九七年初春の駒場キャンパス、より正確には、駒場寮のひとつであった中寮の前である。

駒場寮問題が当時の駒場にとってどのくらいの重荷であったか、ここであらためて説明する気持ちにはならない。この年の三月二九日に寮のひとつに司法当局による強制執行が行われたということ、その時点でわたしは学生委員会の副委員長であり、四月からは委員長になるということを、目くばせのようなこの言葉だけでも、きっとなにかを理解してくれる読者がいるだろうことを期待して、言っておくだけだ。ともかく、状況は極度に緊迫していた。さまざまな不測の事態に対応するために、学生委員が、寮の周囲で、警戒にあたるなどということも日常茶飯の事だった。ところが、そのような状況にあっても、嵐のなかの晴れ間のように、拍子抜けするように静かな時間が降ってくることもある。そんなまれな「とき」のひとつ、わたしの回想の眼差しに見えてくるのは、たまたまいっしょの立ち番にあたった永山さんとわたしが、神経の片方はちゃんと警戒態勢を維持しつつ、しかし思わず話題にのぼった「色」というトピックをめぐってすっかり話し込んでいる姿である。

永山さんは、筑波の学園都市計画の立役者のひとりでもあった河本哲三さんとともに、化粧品会社のロレアルをスポンサーにして、「色」を中心的なテーマとする文理横断的な研究・社会貢献プロジェクトを立ち上げたばかりのところだった。永山さんが「集積」という観点からモルフォ蝶のブルーについて語れば、わたしのほうは現代アートにおけるブルーについて語るという往復だったろうか。いずれにせよ、わずかな時間に意気投合し、その場で永山さんは四月の研究会で「現代アートにおける青」について発表をして欲しいとわたしに頼んだ。その「ディベート・カンフェランス」が契機となって、わたしは、その後、およそ一〇年にわたって永山さんとコンビを組んで、「色の科学と芸術賞」の審査員や「カラー・ワークショップ」のモデレーターとしての協働作業を行うことになるのだ。

実は、この一九九七年は、永山さんが東京大学を離れて岡崎へと転出した年である。つまり、かれが駒場にいた最後の時期だったわけで、ほんの一瞬、嵐のなかの晴れ間の《チャンス》がきっかけとなって、その後、わたしは、アーティストたちだけではなく、内外の多くの理系の科学者と出会うことになる。ほんの一例をあげるだけだが、二〇〇六年の秋には、国際賞の審査のあとで、どういうわけか、わたしは、スイスのリチャード・エルンストさん（一九九一年ノーベル化学賞）と汽車のデッキに立ったまま、ロンバルディア平原に沈む夕陽を眺めながらチベット佛教について熱く語りあったりしたわけだし、その冬のワークショップに招聘した脳科学の第一人者のひとりセミール・ゼキさんには、かれがカントを持ち出したので、いや、脳科学はまだカントの水準ですか、哲学はそれから二〇〇年は展開しているんです、などと憎まれ口をきいて挑発したりもしたのだ。さらには、ペンローズの本のなかで、アラン・アスペの実験が大きく取り上げられているのを読んだりすると、なんだ、ハーヴァードやパヴィアでいっしょにお酒を飲んだあのフランス人のちょび髭の先生はこんなことをしていたのか、と思わず膝をうつこともあった。まことに、人生の「とき」のなかには、無限に続く襞が畳み込まれている。即今のこの「いま」は、実は、そうした無数の「線」、無限の「波」の「いま」にほかならない。そのように、時間は出来事を「運んで」行く、とまるで外の雨景色のようにぼんやりと考えながら、岡崎に着いていていた。

図7-1　モネ「アルジャントゥイユのひなげし」(オルセー美術館蔵)

駅まで迎えに来てくれた永山さんの車が向かった先は、住宅街のただなかの、どうも大学という風情には欠けた、空き地に建物が建つだけの殺風景な場所である。かろうじて周囲の芝にはポピーが咲き乱れていて、その鮮やかさがかえって痛々しいようにも感じられたが、この花は実は、すべて永山さん個人の努力の成果だそうで、密かに、あるいは公然と、大量の花の種を播いてはひとりで手入れをしているのだそうである。パリのオランジュリーで、——しかし最近の「改装」にはがっかりしたと言っていた——何時間もすごしたこともある永山さんのことだ、頭のなかにはきっとモネの描いた野原(図7-1)のようなイメージが拡がっているにちがいない。

で、さっそく永山さんが開発した位相差電子顕微鏡の原理的説明を聞く。

図7-2　位相差電子顕微鏡（『せいりけんニュース』2008年1月号）

電子顕微鏡は、後で実際に大と中の二種類を見せていただいたが、かなり大きな円筒の装置である（図7-2）。その上部から電子ビームを発射して、真空中に置いた試料を照射する。すると、そのビームが対物レンズを通って、電子の像を結ぶわけだから、仕組みそのものは単純である。問題は、たとえ像が得られても、それが平板な一様なものになってしまい、内部構造などの微細な差異が見えてこないこと。たとえば、ロタウィルスを従来型の電子顕微鏡で見ると、ただ円形のウィルスが点在する像しか得られない（図7-3左）。だが、対物レンズが像を結ぶその回折面に、非晶質炭素薄膜でつくった位相板を挿入すると、ただそれだけで、あら、不思議、ウィルスの内部構造までもがくっきりと浮かびあがるように見えてくる（図7-3右）、というわけである。

この位相板、けっして特別な仕掛けがあるわけではなく、単に、まん中に穴（とはいえ、その直径は1㎛以下だそうだ）があいた小板である。いや、おもしろい。わたしの文化的教養は、この小さな板を、透視図法を発明したルネッサンスの建築家フィリッポ・ブルネレスキが、その実験のために用

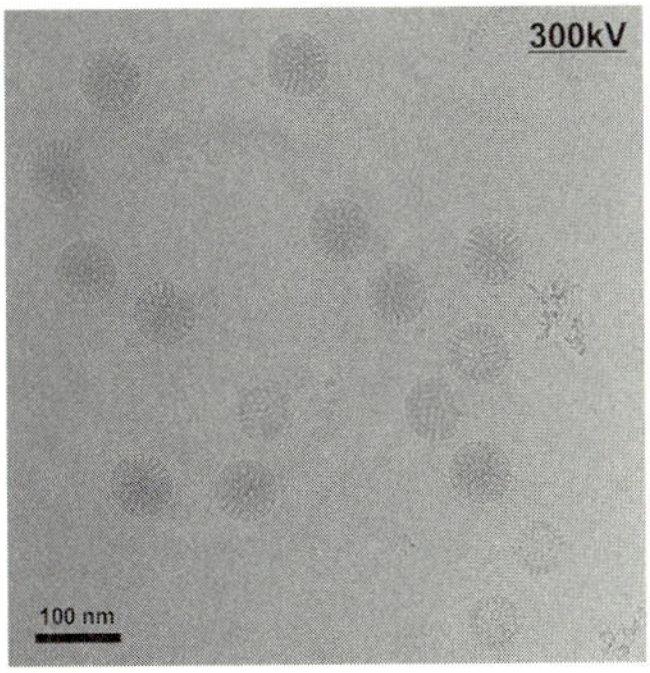

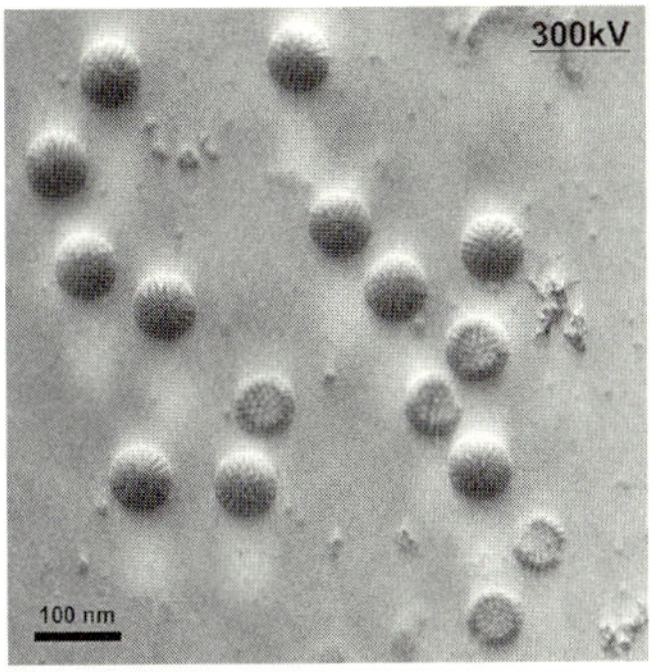

図7-3　氷に包埋されたロタウィルスの通常電子顕微鏡像（左）と位相差電子顕微鏡像（微分干渉型）（右）

いた、小さな穴のあいた小板（tavoletta[3]：図7-4）に結びつけたくなるのだが、それはともかく、試料を通過した透過光はこのまんなかの穴をまっすぐにそのまま通るのに対して、試料のレベルで散乱した回折光は、このタボレッタを通ることでその位相を90°（4分の1波長分）だけ変えることになる、ということのようだ。この位相差が、もともとそこに含まれていながら、それとして取り出せなかった微小な差異を増幅する。強いコントラストが生まれるのである。

この現象は、永山さんの言い方を借りれば、電子顕微鏡の発明者であるゼルニケの理論を超える新しい理論を要求しており、それを解き明かすためには、かのオイラーの公式を応用した複素光学的理論しかない、ということらしい。iとeとθが入り乱れる数式とガウス平面上の位相円を用いて説明してくれたのだが[4]、どうもわたしの理解力では、従来型の電子顕微鏡像程度にしか、像が結ばない。

だが、そのもどかしさを超えて、あえてこの現象をわたしの思考の言葉に翻訳するのなら、次のようになる。

図7-4　ブルネレスキの透視図法
（Damish, H. *L'origine de la perspective*. Flammarion, 1987.）

問題は、対象とその像（表象）の関係である。対象の像を得るためには、かならずなんらかの媒体が必要である。眼で見るなら可視光だが、この場合はそれが電子ビームに置き換わっている。像は、対象の「あと」にできるのだが、対象がすべてのビームをはね返してしまえば、像はできないし、また逆に、すべてのビームを透過させてしまっても像はできない。つまり、像は透過光と散乱光のいわば「あいだ」の差異において「結ばれる」ということになる。ここまでは通常の電子顕微鏡の範囲だ。

この関係のなかに位相板を挿入するということは、透過光はそのままにして、散乱光の位相をさらに90°「遅らせる」ということを意味する。この遅れという位相差が、試料のなかの微小な構造——それ自体が位相差を生み出すようなものなのだが——を「差異」として見せてくれるわけである。そして位相差こそ、複素数的なもの、つまり複素数的にしか表現することのできない「存在」なのだ。その複素数的な存在が、計算抜きでそのまま物理的に、像を結び、表象を構成するというところがすごいということになる。

わたしの理解が正しいかどうか自信はないのだが、位相板を挿入するということは、わたしには、量子力学の説明でかならず登場するあの光子がふたつのスリットを通るという装置モデルとどこか似たことのように思われる。つまり、スリットがひとつなら、スクリーンのどこにも光が到達するのに、スリットをふたつ開けると、スクリーン上に強弱のコントラストが現れる、というものである。すなわち、ふたつの異なる状態の重ね合わせとなるような条件を課して観測することによって、粒子的な性質よりは波動的な性質が増強され、その結果、波動の特徴である干渉のコントラストが強く観測されるというわけだ。[5]

そうか、永山さんの話を聞きながら、わたしの頭に浮かびあがるのは、なんと「ディフェランス」（différance）というフランス語。これは、ジャック・デリダがその革命的なディコンストラクション哲学の出発点に据えた概念で、「差異」と「遅れ」をひとつにした新造語だった。つまり、フッサール現象学の中核にある「点的な今」という理念に裂け目を入れて、そこに根源的な事後性、ということは非・根源性を導入したものなのである。ある意味では、わたしの哲学的な思考の来歴における出発点の衝撃でもあったこの「ディフェランス」が、まるで回想の鑿によってイメージが叩き出されたかのように（なんとベンヤミン的な表現！）、不意にわたしの頭のなかに突出する。なんだ、デリダ先生はそんなこと少しも言ってはいなかったが、「ディフェランス」とは波動的な存在、複素数的な存在ということじゃないか！

逆に、いわゆるデリディアンの端くれ――ジャン＝フランソワ・リオタールと並んで、デリダはわたしがパリ第一〇大学に提出した博士論文の審査委員でもあったのだから――としては、電子顕微鏡に位相板を差し込むことこそ、まさにデリダが言うような意味での「エクリチュール（書字）」というものなのだと言いたいわけだ。

われわれの世界認識はどうしても同一性から出発して差異を理解するようにできている。一次元的尺度では差異は大小関係である。しかし、もし差異をディフェランス＝位相差として理解すれば差異の高次元化の道も開かれる。永山さんの言い方を借りれば、「たとえば時計と波紋のような本来異なる二つの量は直交する異次元の和として結合可能である。するとこの多次元空間には必ず位相が現れる。位相は二つの量の混ぜ具合である。差異は大小でなく、位相差で語り得る」。たぶん、そこに波打つダイナミックな「ディフェランス」の世界が立ち現れてくるのである。

しかし、位相板を作るということは技術的にはなかなかたいへんなことらしい。ほんの少し汚れがついたり、ゆがんだりしただけで、得られるべき表象がくっきりと得られないという。わたしが訪れたときは、ちょうど若い研究者たちが、必死に新しい位相板を顕微加工しているところだった。その作業自体が、サブミクロンの単位を要求するのだから、電子顕微鏡をのぞいて測定を繰り返しながらの気が遠くなるような緻密な仕事なのだ。

しかし、こうした作業を貫いているのは、最終的には、「見る」ということへの途方もないパッションということだろうか。それはおそらく、科学を支えている根源的なパッションなのだろう。すべてをくまなく「見る」ことへの受難に満ちたパッション！

永山さんに、次の展開はどういう方向？ と訊ねたら、笑いながら「色だなあ」と。いまの電子顕微鏡の像はモノトーンだが、そこになんらかの仕方で色の世界が重ねあわされるらしい。「色」――

それは、永山さんとわたしの出会いの「符丁」であった。それが燈台のように未来を照らしている。(6)

(1) ジャック・デリダ『声と現象』第七章の冒頭より。
(2) 同時に、ここで話をしたことが契機になって、わたしは二年後に『青の美術史』(ポーラ文化研究所、一九九九年) という本を書いてしまった。
(3) サンタ・マリア・デル・フィオーレ聖堂のエントランスから向かいのサン・ジョヴァンニ洗礼堂を見て、描かれたイメージと実際の像との同一性を確認する有名な実験である。
(4) 複素数はガウス平面と等価。ガウス平面に円を描くとその円はオイラー公式と等価。円上を動く点はあらゆる波動の表象である。点の動きは角度=位相で定量化される。[この註は永山さんによるものです]
(5) 位相差法は透過参照波と散乱信号波の干渉。ホログラフィーは外部参照波と散乱信号波の干渉。ともに波という非局所的ものをふたつにわけ (分節化)、制御して遅らせ (ディフェランス)、また合体する (統合)。そこに生まれる制御された干渉が見えなかったものが観えるようにする。[この註も永山さんによるものです]
(6) 永山さんに書きあげた原稿を一読してもらおうとメールするついでに、「これを書いていて、わたしは、どうも線形ということ、つまり周期を線形化するところがポイントらしいとはわかったのですが、それが複素数そして位相板とどう結びつけるかがいまひとつクリアにわかっていないと気づきました」と送ったら、永山さんからはすぐに「成功した物理の最も強力な原理は、線形和による現象の分節化と統合です。驚くべきことに全ての現象は、それが不連続であれ、特異的であれ、周期関数の和として表わされる。複素数は、この二つの原理、周期関数による分節化と線形和による統合を過不足なく数学的に実現するのです。やはり奇跡です。私の位相板も註 (5) に書いたように分節化と統合を行うデバイスです。その中身は実は無限のバリエーションがあり得て、その中の実用的ないくつかを特許化しています」と返ってきた。
ほら、やっぱり「奇跡」なんだ。ガブリエルはやってきたのかもしれない。

第8歌

キュクロプス的遭難、あるいは〈表象の光学〉の運命

「ああ、かぎりなく優しい瞳、わたしはまた、おまえを見るのだ。／わたしはまた……
だが、いったいおまえを暗くするのは何の翳りか」（オルフェウス）(1)

病院から乗ったタクシーのなかでまっさきに、担当編集者である羽鳥和芳さんに電話を入れた。「申し訳ないけど、今月の『UP』連載は休ませてほしい。緊急入院で今週中に手術ということになってしまった」と。しかも手術するのは眼だから、原稿はちょっと書けない。

ところが、休講・補講の手続きや会議の欠席手配、友人たちとの会のキャンセルなど一晩かかって処理したあとで、不意に、「オデュッセイア」などと羊頭をかかげている以上は、遭難は必然ではないか、と思い至った。「とき」が運んでくるものには、「難」もあれば「不運」もある。「漂流」と言い条、難破の体験くらい読者にお届けするのが「愛嬌」というもの、しかも入院するのは東大病院なのだから、まさにUTの一角で条件は整っている。原稿は、最悪、口述筆記でも、と夜中に羽鳥さんの自宅に電話をかけて翻意を伝えたら、転んでもただでは起きない先生だ、と呆れた風ではあったが、

こちらとしては、前回の最後にみずからはからずも書きつけていた「『見る』ことへの受難に満ちたパッション！」などという不吉な言葉が急に思い出されて、乱れる心にパティナ（古色）のように悲愴が重なる。

ことは右眼の網膜剝離である。実は前兆はあって、ひと月ほど前に右目の視野の右端が光ったのを心配して東大病院に行ったが、そのときは診断がでなかった。三週間後、審査する博士論文を当日の朝、早起きして読み直しているときに右目に影が入って見づらいのを自覚したが、翌日には、前から決まっていた予定で、華東師範大学とニューヨーク大学とわれわれとの共催による、ヴァルター・ベンヤミンの『パサージュ論』を軸に現代における都市の経験について討議するシンポジウムに参加するために上海行きの飛行機に乗っていた。延べ四日間にわたる上海の滞在は有意義で楽しく、海外の研究者とのあいだで新しい共同研究のプログラムまで詰めて意気揚々と帰国したその夜、激震が襲った。そしてわたしの眼のなかに鮮やかに月が昇った。

たまっていたメールのなかに大学の研究協力部からの連絡で、先日、ようやく採択が決まった、わたしが拠点リーダーをつとめるグローバルＣＯＥの予算額の内内示なるものがあった。しかし、そこに書かれているのは、文字通り、わが目を疑うような「ふざけた」数字である。計算してみると、われわれの要求額の四〇％！　通年ベースにしても、前の21世紀ＣＯＥで獲得していた額にも届かない金額。わたしは、人文系の採択総数一二件のうちで、われわれの提案がけっして上位通過ではなく、ぎりぎりであったことは知っている。しかし、どなたもご記憶のはずだが、文部科学省はグローバル

ＣＯＥの募集に際して、拠点数を半分にしぼって金額を倍にする、と約束していたはずだ。その言葉のもとに、国際的な教育プログラムを立ち上げるべく計画は拡充させておいて、採択はするが金額は四〇％ですよ、というのでは、モラルの崩壊は著しい。現場でマネージメントをしている人なら誰でも同意していただけると思うが、あるプログラムを動かす場合、およそ三分の一はオフィス維持や人件費等のインフラ・ストラクチャーにかかり、その残りで活動をするのである。わたしは六〇％まで、それでもコンパクトに縮小した活動を行う作戦は立てられるが、この数字では、ほとんど「開店休業していろ！」と言われたものとしか受け取れない。「国際的な競争力」という謳い文句で、過酷な競争だけはさせておいて、いざ、実行という段になったら、少し大きめの科学研究費にも届かない、十分な活動もできない「名目料」だけをありがたく頂戴しろ、というのかと、わたしの怒りは烈火。鬼界ヶ島の俊寛が「鬼界ヶ島に鬼はなく鬼は都に有りけるぞや」とうらみの見得を切ると文楽人形の両眼がぱかっと赤く反転する、あの激怒である。[2] もちろん、これは「伝説」にすぎないが、わたしとしては、わたしの網膜を剥落させた最後の衝撃は、骨身を削って活動している「現場」が「愚弄」されたことへの「激怒」furorであったとはっきり言っておきたい。

いずれにせよ、翌朝、起きたら、右目の視野の左端から三分の一に、瞼を閉じると光り輝く「月」が見える。眼を開けると同じ場所に同じ円形の「影」。痛みのまったくない、光と影だけの異変である。わたしは、不安を覚える先に、そのきれいな円の輪郭に感動していた。

網膜剥離の罹患率は、だいたい一万人から一万一千人にひとりだそうである。[3] 格闘技など物理的衝撃による剝離もあるが、高齢者の場合の多くは、わたしのように近眼の人間において、老化にともなって眼球内の硝子体が縮むときに、硝子体と網膜との癒着が強い部分があると、網膜が引っ張られてそこに小さな穴があき、そこから眼球内の水分が網膜の背後に入り込み、ついには濡れた壁紙のように剝がれてくる、ということだそうで、つまりは構造的な異常であり、手術で物理的に「水抜き」をして、「穴」の真下の強膜（白目）にシリコン製の「詰め物（バックル）」を埋め込み、「壁紙」（網膜）をもとのように「壁」（強膜）に貼りつける以外には治しようはない。

その手術を受けることになった。全身麻酔である。喘息の傾向もあるので全身麻酔が可能かどうか、緊張感を孕んだ検査が続いたが、結局、予防措置を講じて行うことになって、家族とともに手術の説明を受けたのが木曜の夜。執刀医は、まだ三〇代半ばだろう、なんとなく野球だったら名ショートのタイプ、野田康雄さんである。野田さんによる手術前の診察がはじまったのは、病棟は寝静まっていたから、もう一〇時を回っていたか。手術のメルクマールとなる眼球内の血管（渦静脈）をはじめとして、眼球の状態をスケッチしていくのである（図8-1）。「ここは冷凍（凝固）で……」、静かな診察室にひとり声が低く響いて、同時に、野田さんの頭のなかで手術の手順が細かく整えられていくのが感じられる。わたしは暗闇に横たわって、双眼倒像鏡の光のビームがわたしの右眼の奥を照らすのをただ感覚しているだけなのだが、同時に、不思議なことに、そこにはなにか「静謐」（セレニテ）と呼びたくなるような静かな非常が流れていたのを、いま、わたしは思い出す。

ひとつには、この事態はまさに「表象の光学」[4]そのものだ、と自分が納得してしまう、ということがある。眼球は一個の暗い洞窟、カメラ・オブスクラであり、そこに光が差し込み、それを洞窟の「なか」にいる「わたし」が見ているという図式は、――わたしも何度もデカルトの『屈折光学』に挿入されたイラスト（図8-2）を引用したことがあった！――広い意味での「近代」の全体がそこに基礎付けられているともいえる根本的な原型図式であり、その図式の歴史的な変容を研究し、講義してきたわたしが、一個の暗い洞窟となってここに横たわっているという「必然」。

もうひとつは、朝から一日外来患者の診察をしつづけてきて、明日はまた朝一番でわたしの手術というのに、「診断力が八割です。技術は残りの部分でしかありません」と言いながら、疲れもみせずに、まったく無駄のない丁寧さでわたしを診察している野田さんへの信頼感とでも言おうか。診断の合間に「先生、どのくらい剝離の手術してます？」というわたしのとても不躾な問いに、師匠について修業した三年間を含めれば二千は超えてます、あの時代は毎日、四、五例などということもあった、と。[5] この「師匠」という一言がわたしを感動させ、安心させた。

大学というシステムには、「先生」は山ほどいるが、「師匠」なる存在はいない。それでいいところもあるのだが、しかし世の中には、たとえば禅の世界で言われるように、ひとつの器からもうひとつの器に一滴残さず水が渡されていくようにしなければ伝わっていかないものもある。知識なんぞではなく、身体を含めた存在の全体的なあり方が問われるからだが、部分化・専門化を本質とする現在の大学という制度は、一個の人間の存在において実現された、そのような全体的な「知」を教え育てることはできない。だから、自分がどうやって――「勉強」ではなく――「修業（行）」するのか、と

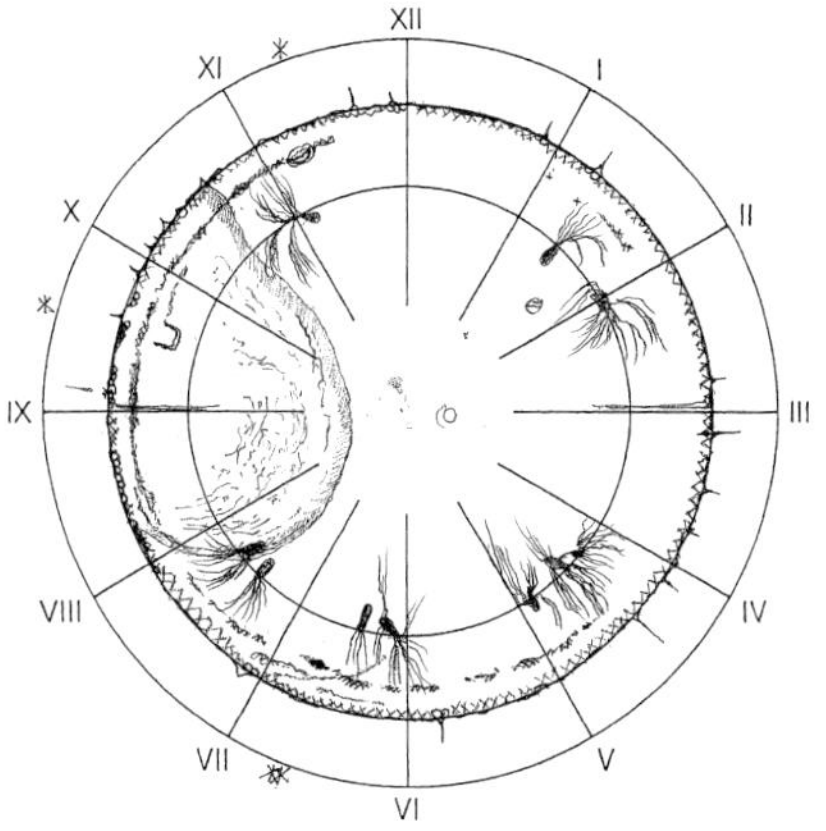

図 8-1　野田康雄さんによる筆者の右眼球の術前スケッチ
渦静脈が丹念に描かれている。左横に拡がるもやもやが剝離箇所。その Ⅸ時と Ⅹ時のあいだの「小さな門」が問題の「穴」。

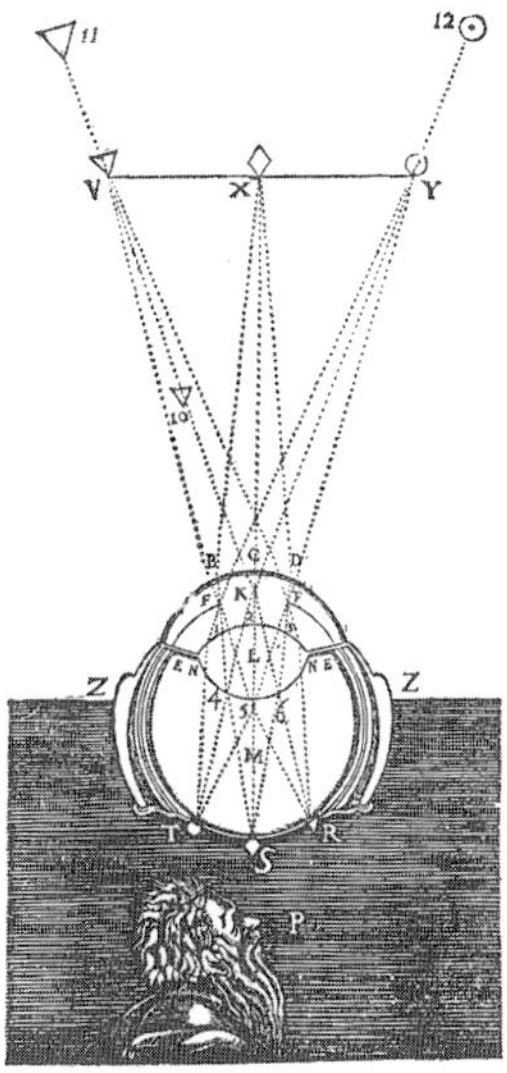

図 8-2　『屈折光学』より

いうことはそれぞれ個人にまかされているのである。ところが、真に「師匠」と呼ぶことができる人に出会うのは難しい。わたし自身振り返って、「先生」の影は何人かすぐにも浮かぶが、「師匠」にはとうとう出会わなかった。そんなことは覚悟してこう生きてきたわけだが、この歳になると、その欠落が、わたしがやってきたことの全体をついに真正なものとしない、という、言いようのない哀感にも誘う。だから、診察室を出るときに、わたしはいささか生意気な患者になって、「師匠」をお持ちになったということは、先生の人生の「宝」ですねえ、それ以上のことはありません、と申し上げた。

こうなると、わたしに一抹の不安もない。師匠について修業した野田さんの「手」にすべてを委ねる気持ちになって、睡眠はぐっすり。生まれてはじめての手術だというのに、少し高揚したのか、――あとから思い出すと滑稽だが――道行の伴奏にiPodで選んだ曲は「美しき青きドナウ」（カルロス・クライバー指揮）。ワルツのリズムにのって、ストレッチャーは滑るように、一路、手術室へ。

今日では、ありがたいことではあるのだが、暗闇への下降はまことあっけない。麻酔医の「眠くなります」というフレーズが終わったときには昏睡していて、次にTVのスイッチを入れたみたいに地上に意識が戻ったときには、すでに二時間近くの手術は無事に終了していた。これではオルフェウスもエウリディーチェを探している暇もなかったろう。いや、わざわざオルフェウスを持ち出したのは、今回の「遭難」の全体は、わたし個人には、ちょうど駒場の美術論の講義で六月に集中的に取り上げた「バロック」の諸徴候とぴったりと重なるものであったからである。ジル・ドゥルーズは、そのバロック論『襞』の冒頭に、手書きの「バロックの家（アレゴリー）」のデッサンを載せている（図8-3）。二階建てで、一階は五感の開口部を持つが、二階部分は襞状のタペストリーで覆われた窓のない空間という構造。わたしは自分の講義では、このモデルを勝手にひっくり返して、二階部分を地下室にして、それをカラヴァッジオの絵画に重ねて論じたのだが、一七世紀の初頭、「バロック」の光と影の「劇（ドラマ）」は、まさにモンテヴェルディの「オルフェオ」を嚆矢とするオペラの誕生と本質を共有していることを指摘するのを忘れはしなかった。

だが、エウリディーチェには出会わなかったが、暗闇からの帰還のあいだに奇妙なものを見なかったわけではない。手術が終わって数時間後、まったく普通に病院の夕食を食べているわたしの右の視界一面に、眼を瞑った状態で、なんとも気味の悪い紋様がうごめいているのが見える。いや、「見える」というのは正しくない。わたしの体勢や位置取りにはいっさい無関係に、わたしの「眼」のなかで、形態にかかわる（色にはかかわらない）情報が入り乱れて乱舞しているといったらいいだろうか。

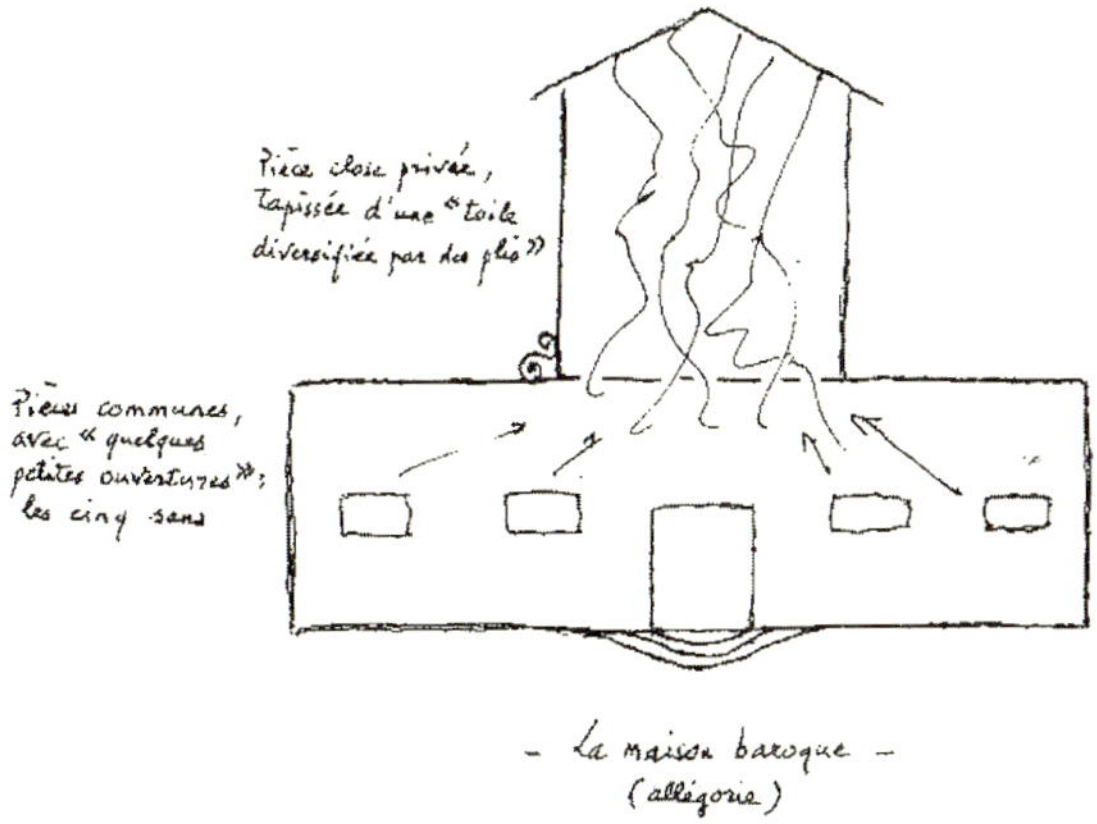

図 8-3　ドゥルーズ「バロックの家」（『襞』より）

ひとつのパターンが数分で収まると、また次のパターンがはじまるという具合に、それは断続的に数時間続いた。そのうちの典型的なものをひとつ、なんとか言葉にしてみると、かなり深い透明な水を通して水槽の底を覗き込んでいるような感じである。底には、一面に、たとえば瀬戸物の無数の破片のようなものがびっしり敷き詰められている。そしてそのそれぞれが、まるで虫かなにかのように無秩序に蠢いているのである。しかも、注意を集中すると、「水」の表面にあたる部分は、まるで池の表に雨が波紋を描くように、無数の黒いリングが現れては消えていく。「瀬戸物」とわたしが呼んだ「材質」が、あるときは「砂壁」になり、あるときは「墨痕」になり……と次々と変化していくのである。

これはなんだ？　右眼のなかに投影される、この極限的な抽象表現主義「シネマ」を見続けながら、わたしは狂ほしく自問する。メモをとりながら、十数パターンは見ただろうか、その共通点を通約して、この夜、わたしはひとつの暫定的な「解釈」へと到達する。すなわち、これは、わたしの右眼そのものだ！、と。[6] 水のような深さは硝子体。水底は、網膜そのもの。今回、バックルを埋め込んで、眼球全体の構造が変化した。その変化に対応するべく、網膜のうちの形態にかかわる視細胞（桿体）が、それぞれ相互に蠢きながら情報処理の協働作業の再調整を行っているようにわたしには思える。「水面」の黒いリングは、わたしの眼球にリング状に巻かれたバンドの影を反映しているのだろう。眼球がみずからの湾曲率の変化をやはり自己調整しているに違いない。実際、見ていると、それぞれのパターンは、レリーフ状の差異を孕んだ「底」の起伏が収まって一枚ののっぺらな「壁紙」を構成する方向へと収束していくのである。細胞が、細胞単位で、しかし他の細胞と協働しつつ、一個の器官の機能全体を再起動し、再調整している！ それをわたしは目の当たりにしている。わたしは、わたしの器官がわたしにとっての世界を「よき形」として構成していくその現場に立ち会っているのだ。

日中、全身麻酔を受けた人間の「思考」にすぎないので、確実なことはなにもないが、ただひとつ、わたしが、わたしのものともはや言えないような、不気味に根源的な生命の蠕動を「見て」いたということだけは動かない。今のところとしては、それだけを乱暴に書きつけて、そう、明日、退院する。[7]

（1）モンテヴェルディ「オルフェオ」（一六〇七年）のオルフェウスの言葉から。訳は、音楽之友社、一九八九年刊の『名作オペラブックス29』（あずさまゆみ訳）を参照した。

（2）近松門左衛門『平家女護嶋』。不意に、「俊寛」のイメージがわたしの頭のなかでよみがえったというだけなので、この部分の記述が正確に実際の舞台に対応しているわけではないことを、おゆるしあれ。

（3）しかし、わが総合文化研究科の教授会およそ三〇〇名弱で、わたしを含めてすでに少なくとも三名の網膜剝離の経験者がいる。つまり平均よりは二桁も多い異常な数値である。

（4）拙著『表象の光学』（未來社、二〇〇三年）参照のこと。その冒頭の論文が「デカルト的透視法――表象装置としてのコギト」、その次が「オルフェウス的投影――オペラの光学の誕生」であった。

（5）退院前に野田さんと少しお話しする機会があったが、三年にわたるこの「修業時代」、一年のうちで一日くらいしか自宅で寝たことがなかった、とこともなげにおっしゃる。いかにみずから望んで、「師匠」の門を叩いたのか、どうやって受け入れられ、どのように「修業」したのか、その「熱い話」をここで紹介する余裕がないのが残念。剝離だけに限っても二二〇〇くらいにはなるという手術数は、一般に網膜硝子体専門医が一生のあいだに経験する手術数に匹敵すると言われてみれば、野田さんの「修業」のすさまじさが少しは想像できるだろうか。東大病院にこういう方がいらっしゃるということが、この大学で、医学部に進む学生も含めて教えているわたしとしては、単純に嬉しい。

（6）これもわたしの主観にすぎないが、どうしてもこれらの「活動」が脳の神経細胞にかかわるという感じがしない。あくまでも眼球の細胞の「活動」だという変な確信がある。

（7）野田さんからは、わたしが受けた手術の歴史を少しうかがったが、それによればこの手術（強膜内陥術・輪状締結術）が日本に持ち来たらされたのは、わずか三〇数年前。それ以前だったら、ただ絶対安静でほとんど失明を待つだけだったときいて背中を冷たいものが流れる。まこと科学技術はそれそのものが「奇跡」なのだ。

第9歌

ヘラクレイトスになる、あるいは思考の漂流教室

「この世界は、神にせよ人にせよ、これは誰が作ったものでもない、むしろそれは永遠に生きる火として、きまっただけ燃え、きまっただけ消えながら、つねにあったし、あるし、またあるだろう」（ヘラクレイトス）(1)

夜の闇のなかを静かに打ち寄せる波があり、柔らかく吹き上げてくる潮風がある。浜辺に続く石垣に腰をおろしてぼんやりと星の数を数えているわたしだが、ふと気づくと、すぐ横の松のひときわ濃い影のもとに人影がひとつ、じっと動かないのが、こちらが気づいた気配に、怖ず怖ずといった様子で近寄ってくる。手でわたしの横の石垣に腰掛けるように合図すると、黙って従った彼女の顔が松の向こうの宿舎から漏れる明かりに向かいあって見ると、頬が一筋の涙で濡れている。「どうしたの？」と声をかけると、彼女「わたしいままで、哲学を、考えることを、ばかにしていたんです」としゃくりあげる。

実は、前回物語った、わたし自身の網膜剝離手術という「遭難」を受けて、今回は「眼球譚」第二

弾を書く心づもりで、白金の医科学研究所まで訪れて「取材」もしたのだが、諸般の都合でその報告は次回にまわさせていただいて、今回は、〈夏休み特別企画〉とでも銘打とうか、東京大学の教員という資格で、自発的に、あるいは強制的に、——いや、単に「おっちょこちょい」なだけだが——ほかの先生方がなかなかなさらないことを、ずいぶんとやってきたし、やらされてもきたわたしにとってすら、想定外とも言える新鮮な経験を、今夏、やったというか、やらされたというか——そのことを書いておきたい。そこでは、わたしがUTという大学の海を「漂流」するのではなく、ある意味ではむしろ、UTそのものが「漂流」したと言えるかもしれない。だが、どこへ？　現実的には、夏の光が燦々と降り注ぐ瀬戸内海の島へ。そして、抽象的には、大学の営みすべての「原点」とも言うべき、そこから人間にとっての「考えること」がはじまる、あの純粋の岸辺、その波打ち際へ。

端緒はどうだったか。半年ほど前だったか、教養学部にある教養教育開発機構の執行委員長である山本泰さんから、機構の社会連携部門の活動の一環として、夏に瀬戸内海の直島で、高校生を対象に「哲学キャンプ」をやりたいが、21世紀COE「共生のための国際哲学交流センター」のリーダーをしている以上は、協力してくれるでしょうね、と。実は、この部門は、(株)ベネッセからの寄付によって運営されており、そこから研究員も受け入れている。そして直島には、ベネッセによる、現代アートを基軸にした「地域革命」の運動があって、わたしも、一九九二年のベネッセ・ハウスのオープニング直後からアート関係の仕事を中心にすでに数回は訪れただろうか、よく考えてみると、近年、京都以外ではわたしがもっとも頻繁に出かけている、関わりの深い場所である。文化と自然に恵まれたこの場所で、普段、教養学部が行っている「高校生のための金曜特別講座」などでは果たすことのできない、「まるごとのぶつかり合い」としての「社会連携」を企画したいというのが、山本さんの深謀遠慮だったか。

しかし、山本さんは、この有無を言わさぬ「呼びかけ」が、わたしの密かな計画を射あてていたことを知るはずはなかった。昨年の秋に直島で行われた「スタンダード展2」のオープニングに招かれたわたしは、その企画のなかのひとつ、友人でもある川俣正さんの作品が「考えるための場所」という趣旨だったのに刺激されたか、帰りの飛行機のなかで、突然に、直島や、産業廃棄物の問題で有名になった隣の豊島などを含めた地域のどこかに――かならずや海の近くで――孤独な思考を行うための「場所（門、塔、井戸、そして樹）」をつくることを思いついて、興奮さめやらぬまま、帰宅するとすぐに簡単な計画案をつくって、次回のスタンダード展には、わたしは――もちろん他のアーティストと組んででもいいのだが――作家として出品したい、というメールを、総合プロデューサーである福武總一郎さんに届けたのだった[2]。その構想の根底には、瀬戸内の島々を、ギリシアの群島（アーキペラゴ）に重ねて、その空と海のあいだで〈人間の場所〉についての、もっとも原初的な、アルケー的な「思考」を、つまりはフィロソフィアを、ふたたび演じ直す、ということがあった。そのとき、その〈アルケー〉の場所で思考する人を、わたしは当然のこととして、自分自身に擬していたのだが、山本さんの「呼びかけ」は、思考の誕生というのなら、それはわたしのような疲れた精神ではなく、

図9-1　直島でのレクチャー

まさにいま思考を開始しようとしている若い人たちが主役であるべきではないか、と無防備なわたしの隙を衝いたのだ。

だから、「東京大学・直島〈哲学〉キャンプ」のテーマが「海と空の間で〈人間の場所〉について考える」となり、一応のこととして予定されたわたしのレクチャーのタイトルが「ヘラクレイトスになる」となったのは、わたしには自然な流れであった（図9-1）。しかし、わたしひとりでは、若き「四十四の瞳」に拮抗できるわけがない。もうひとり、こちらがギリシアなら、中国だろうというわけではないが、COEの苦労を共にしている中国哲学の中島隆博さんに、たとえば「老子をつかむ」というのをやってよ、と頼んだところ、中島さん、高校時代に数学者の広中平祐さんが中心の夏休み数学キャンプに参加したことがあって、そこで「数学を捨てる＝哲学を選ぶ」という決断ができた、あの年頃こそ、もっとも重要な「とき」。高校という制度がまったく取り組めていない、この目覚めつつある純粋さに、UTも、自分も、一度は向かい合ってみてもいいかもしれない、とまるで一六歳だった過去の自分に現在の自分を投げ返すような、真正なアンガージュマン。これでわたしにはヘラクレスを味方につけたようなもの。

言うまでもないことだが、このキャンプの目的は、ギリシア哲学を教えることでも「老子」を読むことでもない。草間彌生さんの「赤かぼちゃ」に近い、宮浦港「海の駅なおしま」で行われたオープニング・セレモニーでわたしが強調したように、ここでは「なにも」教えない、教わらない。ただ「なに？」と純粋に問うことへと呼びかけ、誘い、促すためにのみ、ひとつの「友愛の場」が開かれるのだ。そのためには、この場が、高校生たちにとって、いや、われわれスタッフにとってすら、いままで経験したなにかに似たものとなってはならない。無機化学が専門の下井守さんをチーフとするスタッフの第一回の会議で、わたしは、前もって時間割は決めないし、キャンプだからといってキャンプファイアーなどはやらない、と宣言。できる限り日常のクリシェから離れること、その離れることにおいて、若い思考が起動するようにし向けること——そこに賭けたのだ。

実際、固定した「教室」などというものはなかった。初日、ベネッセ・ハウス〈ミュージアム〉の、安藤忠雄さんの「徴」でもある打ちっ放しコンクリートの円の壁を擁するレクチャー・ルームで、——ちょうど八月六日だったからだが——ヒロシマの〈火〉を受け継ぎ、保持し、残していくという挿話から出発して、注意力の根源性に及ぶわたしのレクチャーを聞いて、その翌朝、なんと七時には、中国・蘇州から運ばれた太湖石《たいふうせき》の奇岩が林立する蔡國強さんの野外作品「文化大混浴」のなかで、中島さんの「哲学者たちとは〈外国人〉なのだ」というフレーズほかをめぐる「友情」についてのレク

図 9-2　中島隆博さんの早朝のレクチャー（36 個の太湖石に囲まれて）

チャーを聞き（図9-2）、朝食後には、村営つつじ荘の畳敷きの和室での作文・講評、かと思うと、午後には、本村にある「家」プロジェクトのアート作品のいくつかを見学に行く、というようにけっして予断をゆるさない進行である。キャンプの冒頭で、かれらには、小型のスケッチ・ブック（駒場の生物学の実験用のものだ！）とフィールド・ノートが手渡されていて、いつでもメモをとり、スケッチし、考える「手がかり」を残すように言われている。なにも教わりはしないが、そのかわりキャンプの最後には、かれら自身が、みずから選んだテーマで「哲学」したことを「表現」しなければならない。三泊四日は、その「自由な表現」のためにこそある。

その「表現」がかれらにはプレッシャーとなる。ある生徒の発案で、みんなで日の出を見に行ったらしいから、疲労のせいもあるのだろうが、三日目の午後、地中美術館ほかの美術作品について問答しているときに顔を見ると、緊張で顔が少し青ざめている子もいる。その夕方から夜一〇時までが執筆タイムで、その間になにかを書いて提出しなければならないのだ。しかも、これまで学校で推奨されてきた「生活綴り方」は厳に誡められている。主観的な印象や感想を超えて、それがなんであれ、ロゴスの「途」へと歩み入ってみなければならないのだ。

その夜、締め切り時間が迫っても、つつじ荘大広間は、空気が張りつめて、みな一心不乱に書いている。「芸術と哲学」について章立てつきの作文をものしている強者もいれば、「涙なき沈黙」というタイトルのもとで「僕は言語を徹底的に憎む。そしてなおかつ愛している」と書いているものもいる。「光とはなにか?」を追っているものもいる。あるいは地中美術館のウォルター・デ・マリア作品の「崇高さ」と格闘しているものもいる。

が、同時に、「書けない」ことに気づいてしまう生徒もいる。その苦しさをひとりではもう抱えきれなくなって、松の暗い影を踏んで、浜辺の石垣に座っているわたしのところへやって来る。「わたし、これまで自分が考えていると思っていたけど、なにもちゃんと考えていなかった、全部、嘘だったとわかってしまいました」と。

その日の午後、モネの睡蓮の絵について、かれらを追いつめていたときに、モネが光を追い求めたとして、それではなぜ、かれはあくまで水に映った光を描いたのか、というわたしの問いかけに、いちばん後の席から彼女はさっと手をあげて、「愛する人の顔を正面から見るのではなく、横から見たいのと同じ……」と。このなかなか「気がきいた」答えにどう対処するか、さすがのわたしも二秒迷ったが、やはりきちんと抑圧する方を選んで、そういう手軽なアナロジーではほんとうの問題はつかまえられないと厳しく。しかし、どうやら、そこで、彼女は、これまでの自分は、優等生らしく、正解を先取りしたり、先生が気に入るような答えを言うだけで、ほんとうにはなにも考えていなかったということを瞬間、理解してしまったようだ。「全部、〈それらしいこと〉にすぎなかったんです、だからなにも書けないんです、考えることが怖いんです[3]」と。

「わたしもまた」――とわたしがそのとき傍白したのを、もちろん彼女は知らない。わたしもまた、全部、〈それらしいこと〉を言ってきただけなのかもしれないではないか。だが、〈それらしいこと〉にも、まるでわれわれの背後に打ち寄せてくる静かな海のように〈それ〉が寄せてくるのではないか。きっとそのもっとも原初的な思考の岸辺を思い出すためにこそ、わたしはここにやって来ているのではないか。わたしにとっては、この彼女の「涙」こそ、その岸辺への密かなガイドだったのではあるまいか。その夜、彼女とわたしは、思考することの可能性と不可能性がせめぎあうひとつの同じ純粋な、そう、まさしく〈友愛〉の場所にいたのだ、とわたしは思う[4]。

校長役の山本さんは、キャンプの最後で子どもたちに、この濃密な時間のあとで、ちゃんと自分の日常生活に戻ることが大事だと諭して、家族には、ここで起きたことを、たった一行のフレーズであっさりまとめて報告したらいいと言ったらしい。今回、わたしが語った彼女からは、まっさきに帰着のメールが届いていて、そこには、ほかの人たちには、サラリと「直島で私は初めて私に出会ったのだ」と言おうと思います、と書いてあった。[5]

（1）山本光雄・訳編『初期ギリシア哲学者断片集』岩波書店、一九五八年より。そのまま教科書として使うことはほとんどなかったが、わたしと中島さんは、このキャンプのために、自分たちがこれまで書いたものや引用断片集などを編集した一一八頁もの資料集（「いくつかの小舟」）を作ったが、そのなかのわたしが編集した断片集の冒頭から。

（2）ちなみに、わたしはすでに、アーティストの宮島達男さんと組んで、二〇〇四年の光州ビエンナーレに「出品」したこともある！

　また福武さんはわざわざこのキャンプに参加して、生徒たちに「日本の現状」を批判する一時間のレクチャーをして下さった。

（3）とはいえ、彼女、書くことの不可能性について書いた短いテクストのなかで「私は人間の世界にとらわれていて、人間の目でしか世界が見えない。私のとなりに柱がある。ひどくまっすぐなんだなあ。私はまっすぐのとなりに居ると人間であることを忘れてしまう」と書いている。「まっすぐな柱」——ここにすべてがある。すごい！彼女、哲学していた！

（4）「過去を救済する」とは？　というのは中島さんが出した課題のひとつだったが、わたしも直島で、彼女になにかを教えたというより、彼女に「救済」されたと言うべきだろう。

　そう言えば、前回の稿で、「師匠」の欠落が「わたしのやってきたことの全体をついに真正なものとしない」と書いたのに、これまで関わった多くの学生のなかで、ある意味では、唯一人、本気でわたしの「小さな門」を叩いたとも言うべき、若き研究者が外国からメールをよこして、師匠の生を真正なものとするのは残された弟子なのです、と言ってきた。そうだった、わたしの書き方もまだ傲慢だったな、と反省しつつ、嬉しかった。

（5）ここでは、「まっすぐな柱」の彼女のことだけを語ったが、さまざまな「すごいこと」があちこちで起きていた。

第10歌

表裏逆転ディフェンス、あるいは眼の誕生

「映像あれ！　かくして、動物界に、まったく新しい感覚が導入された。（…）地球を照らす光のスイッチがオンにされ、先カンブリア時代を特徴づけていた緩慢な進化に終止符が打たれた」
（アンドリュー・パーカー[1]）

というわけで、前回予告したように「眼球譚」第二弾。前々回のわが網膜剝離の「遭難」を引き継いで……。

今でも、右目の視界には海鼠あるいは星雲状の斑点の靄――色素や細胞の代謝物らしい――がぼんやりかかるなど後遺症はないわけでもないが、しかし思い返しても、この経験がどことなく夢のようなのは、ほとんど痛みを感じなかったからにちがいない。術後に多少の鈍痛はあったが、それもたとえば抜歯に比べても軽いもので、全体として、どうも病気に罹ったというよりは、剝がれるべきものが剝がれたという感覚。それを訝しんでいるときに、同僚の長谷川寿一さんが、講義の最初にいつも、網膜は、工学デザインから見れば生物の進化上の設計ミスのひとつだと言っている、と伝え聞いて、退院後すぐに会いに出かけた。

総合文化研究科の副研究科長、21世紀COEの拠点リーダー、さらには来年には、進化心理学・進化人類学の国際集会を準備中という多忙のなか割いていただいた貴重な隙間の時間、長谷川さんに単刀直入に、「どういうこと?」。すると、話しは簡単で、われわれの網膜から出る神経繊維はそのまま網膜の裏側に入り込むのではなく、表側を通って視神経円板——そこが盲点になるわけだ——から背後にまわりこむ表裏逆転構造になっている。つまり、網膜は、その下の強膜の上にかろうじてのっているだけであり——小さな穴から水が入ったくらいで——簡単に、しかも痛みもなく(!)、剝がれてしまう、というわけである。なるほど。では、絶対剝離しない構造の眼があるのか? とお訊きすると、たとえばタコ・イカなどの眼がそうで、これは網膜からそのまま後方に視神経がのびている。これなら、剝離は起きない。では、なぜ、——というより、どのようにして?——このような「設計ミス」とも思われる選択が起こったのか。

しかし、こうなると、問題は一気に、生物の進化というスケールの大きい文脈へ突入することになる。どうやら、眼は、進化論にとっての最大の「賭金」であるらしく、ダーウィン自身、『種の起原』(一八五九年)で、「比類のないしくみをあれほどたくさんそなえている眼が、自然淘汰によって形成されえたと考えるのは、正直なところ、あまりに無理があるように思われる[3]」と告白しているくらい。すなわち、外界の正確な表象を結像する、かくも精密な装置が、偶然的な選択の積みかさねだけで生まれるとは、とうてい信じがたい、ということになる。

長谷川さんは、少し勉強しなさい、と何冊かの本を紹介してくれたが、そのなかに、そのものずばり『眼の誕生』(4)があった。著者を見ると、これがなんとお馴染みの名、アンドリュー・パーカーである。かれは、前にも触れたことがあるが、永山國昭さんらといっしょに、わたしが長年、審査員をつとめていた「ロレアル色の科学と芸術賞」の第八回(二〇〇五年)の「銀賞」受賞者であり、いや、その前年にもわれわれが、夏にオックスフォードで冬には東京で行ったカラー・ワークショップに招いて、レクチャーをお願いしていたのだった。そのときは、こちらの関心のフレームが「色」だったこともあって、かれが言う、恐竜などの「色」が構造色であったかもしれない、というトピックに胸がさわいだ。色には、染料や顔料などの「化学の色」と構造的な「物理の色」がある。前者が退色しても、後者は――もちろんナノ・スケールだが――「化石」となって残る可能性がある。そこからパーカーさんは、五億四千万年前のいわゆるカンブリア紀にまで遡って、三葉虫が生息する海の生物界が構造色に満ちていた可能性を示唆したのである。太古の時代、生物は、モルフォ蝶のようにきらきらときらめく表皮をまとっていたのかもしれないのだ!

だが、パーカーさんは、見られる「色」のほうだけではなく、見る「眼」についても考察していた。ここでその詳細を追うことはできないが、いわゆる「カンブリア紀の大爆発」が、「光スイッチ」による「眼の誕生」に基盤を持つことがかれの説の中心であり、その独創性は、わたしの考えでは、「眼の誕生」を「食う―食われる」の捕食関係の劇的な変化と結びつけて論じたところにある。いずれにせよ、五億四三〇〇万年前、地球の生命進化史の歴史において決定的な出来事が起こった。単なる光感知器ではない、網膜を備えた(!)「見る」器官が出現した。生命がとうとう光を形として、つまりは表象（！）として、把握する段階へと到達したのである。

だが、パーカーさんが語る三葉虫の眼は複眼であり、網膜は表裏逆転してはいない。三葉虫の眼がそのままわれわれの眼に系統的につながっているわけではない。逆転が起きるのは、魚類からである。

そうだ！　魚の眼ということなら、専門家がひとりいたぞ、と思い出したのが、医科学研究所の渡辺すみ子さん（寄付研究部門の客員教授）。数年前、本郷であった留学生関係のパーティで出会って以来、なぜか慕われて、というか、懐かれて、というか、いや、暇つぶしの相手としては恰好と思われたのか、ときどき投稿論文に行き詰まると「康夫せんせい」（あるいは「ヤスオ先生」）と近況報告の八つ当たりメールがやってくる。ロレアルのワークショップにもよく顔を出してくれていて、そういえば、パーカーさんの会のときも会場から質問していたはず。前から顔が会うたびごとに、ゼブラフィッシュの眼って可愛いんだよ、見においでよ、と誘われていたのに一度も足を運ばなかったが、ずばり網膜の再生を研究していた。いい機会だから、ちょいと研究室をのぞいてみようと、やっと夏らしい強い光が溢れる午後、はじめて白金の医科学研究所を訪れてみた。

どことなくUTらしからぬ、いっそトロピカルな無為の雰囲気が漂う構内を横切って、しかし研究室に招き入れられると、すみ子さんの机のまわりにはあちこちに熊やパンダの縫いぐるみ（豚はなかった）、いくつもの額縁入りの写真が置かれていて、まるで少女の勉強部屋の趣。確か日本史を勉強して大学を出て、それから「ひょんなこと」から理系の大学院に入ったという希少種のすみ子さん、『オデュッセイア』原作に重ね合わされば、魔女のキルケーという役廻りか。(5)なかなか、純な少女の心のまま器官再生という魔法的な難題に取り組んでいるのかもしれない。

わたしが理解した限りでは、彼女の研究のターゲットは、組織幹細胞から出発して、制御遺伝子をコントロールしながら、網膜を再生すること。こう書くと簡単そうだが、まず網膜に固有の組織幹細胞を同定することが難しいし、それができたとして、それをきちんと培養することにもさまざまな困難があるようだ。ゼブラフィッシュの眼を顕微鏡でのぞかせてもらい――「可愛い」ということにしよう――さまざまな〈すぐれもの〉の分析機器を見せていただき、最後には、ゼブラフィッシュが世代別に、しかも光をコントロールされた状態で飼育されているアクアリウム――内緒だが、水が溢れて〈洪水〉を起こしたこともあったらしいぞ――まで案内してもらったが、こちらとしては、もし剝離で失明していたとして、近未来には、わたしの網膜がこんな〈環境〉――多様な〈電子レンジ〉（！）群ということだが――で再生培養されることになるのかしら、と、まさに魔女の〈館〉にいるような気分になってきた。

わたしの注意がとまったのは、すみ子さんが何気なく漏らしたひと言――「重力の影響がないような状態にしてあげないと、網膜の培養がうまくいかない」。自分でもまだ説明ができないが、わたしは、きっと生命と重力の関係と無関係について、なにかを摑みたいのだと思う。

すみ子さんもまた、少し勉強しなさい、とわたしにいくつもの論文の抜き刷りをくれた。そのなかで、きわめつきでおもしろかったのが、東範行さん（国立成育医療センター・眼科医長）が日本眼科学会誌に発表した論文「黄斑疾患――黄斑形成と中心視成立の分子細胞生物学[6]」。黄斑というのは、視線の中心が網膜上に落ちるところで、そこは中心窩と呼ばれるわずかに陥没した窪みになっている。その周囲が色素によって黄色に見えるのだそうで、そこを黄斑という。つまり黄斑部分は、もっとも解像度の高い中心視のレセプターということになる。つまり、わたしの勝手な理解では、網膜の表裏が逆転して、神経繊維がほぼ中心軸上の視神経円板から裏側に入り込むことと、それから「ずれた」場所に黄斑が出現して、視軸が形成されるということは、構造的に相関している。実際、進化史上では、どちらも大雑把に四億八〇〇〇万年前の、脊椎動物の、ということは原始魚類の出現に定位される出来事なのだそうだ。

ふむふむ。大方の読者は、わたしが複素数的直観を手がかりにした〈ディフェランス〉主義者（！）であることをご記憶であろう。[7] われわれの精密な視覚を保証している中心視が、盲点と（中心）視点とのあいだの「円周上のディフェランス」によって成立していることに、わたしが勝手に感動しているのも大目に見てもらえよう。いや、わたしとしては単に、剝離を起こすわれわれの網膜の脆弱な構造が、ただの「設計ミス」ではなく、精密な視覚を可能にする仕掛けでもあったのだ、という方向に考えようとしているだけなのだが。

ところが、そんなに簡単ではないのは、この黄斑が、二億三〇〇〇万年前の哺乳類の出現と軌を一にして、一度消失する、からだ。その消失した黄斑が、今度は、五〇〇〇万年の霊長類（われわれのことですね！）の出現とともに、劇的に復活するというのである。[8]

東さんの論文は、多岐にわたっているが、基本線は、眼球、とりわけ網膜において黄斑がどのような遺伝子の協働作業によって、正確に眼球の後極に、形成されるかを明らかにしたもので、その〈眼目〉は、——門外漢のわたし流の要約だが——網膜形成を亢進するPax6遺伝子の働きを、別の遺伝子Shhが抑制する仕組みの解明にある。Pax6は、眼形成のマスターコントロール遺伝子で、この発見が、ダーウィン自身の危惧を超えて、地球上の生物の眼が、ひとつの同じ機構の出現に起源を持つこと、そこから変異と淘汰選択のドラマを経て、いまあるような多様な眼が生まれたことを、遺伝子レベルで証明したことになる。この遺伝子は当然、網膜の形成を亢進する。それに対して、Shhは、身体の正中軸の決定にかかわる細胞外シグナル伝達物質を「コード」している。[9]だから、この遺伝子は、角膜や水晶体の形成に関与する。東さんの論文は、このShhが網膜上のPax6を「前方から」抑制することで、逆に、網膜の、正面からもっとも遠い後極部が、もっとも発達するということを明らかにしている。

そして、動物によって眼の位置がどこにあろうと、顔と反対側に自動的に黄斑が刻印されることになる。まことに自然のしくみは巧妙としかいいようがない。今からはるかなる昔に、我々の祖先動物に顔ができ、これが正面に向けられた時に、黄斑の、そして中心視の進化の歴史は始まったのである。[10]

「顔」！——う〜ん。ここで「顔」が出てくるとは……不意を撃たれて、わたしはいささかうろたえる。エマニュエル・レヴィナス以降、現代哲学のもっとも重要な常数のひとつである「顔」のプロブレマティックがこんなところで立ち現れてくるとは、まったく油断も隙もありゃしない。で、狼狽をさらしたまま続きは次回へ。

（1）アンドリュー・パーカー『眼の誕生——カンブリア紀大進化の謎を解く』渡辺政隆・今西康子訳、草思社、二〇〇六年、より。
（2）この学会、UTには、米国のアイビーリーグはおろかどんな州立大学にもあるカンフェランスセンターがないので、京大で開催するらしい。「小林さん、東大にも早くいい国際会議場をつくってよ」と長谷川さんは言うのだが、わたしに言ってどうなる？
（3）この言葉は、眼を進化論的に扱う人はみなさん引用する。次のパーカーさんも東さんも。ここではパーカーさんの本から孫引いた。
（4）パーカー、前掲書。
（5）万一『オデュッセイア』原作に通じていらっしゃる方がいて誤解なさるといけないので、「豪華な寝台」にのぼったわけではないぞ、と言っておく。ついでに言うなら、キルケーはオデュッセウスの部下を魔法で「豚」に変えてしまうのだった！
（6）東範行「黄斑疾患——黄斑形成と中心視成立の分子細胞生物学」（第一〇四回　日本眼科学会総会　宿題報告Ⅳ）『日本眼科学会誌』二〇〇二年、一〇四巻一二号より。この論文は、「宿題報告」という性格の故なのか、スケールの大きな文脈解説、豊富なイラスト、なによりも研究者の試行錯誤を通した思考と実験のプロセスを明確に記述していることで、文系のわたしでも、その研究の「現場」に思わず引き込まれるような「おもしろさ」だった。こういう仕事が「ほんとうの科学」だよなあ、と傍白。
（7）第7歌（『UP』二〇〇七年七月号）をごらんください。
（8）東さんの論文によれば、黄斑の消失は色覚に関与するオプシン遺伝子の変性と関係があるようで、この間、哺乳類は色に乏しい世界を見ていたようだ。ところが、いわゆるvisual streakと呼ばれる水平的な細胞密度の集中組織のなかに隠れ潜んでいた黄斑形成能力が、突然にまた、霊長類とともに復活。つまり、色が戻ってくるわけなのだ。一般的には、初期の哺乳類が夜行性だったことと関連づけられているようだが、これも「謎」だ。長谷川さんによれば、緑の繁みのなかの鮮やかな色の果物を発見するため、という説もあるようだ。

(9) このShhは「両目がつながっているゲームキャラクターから名づけられた」のだそうで、この障害によって眼や顔の位置異常が起こるとされている。すみ子さんの研究室でもゼブラフィッシュにおけるShhの機能の解明をしていたはず。

(10) そういえば、タコもイカも確かに眼はあるが、「顔」というものはないように思われる。

第11歌

ディフェランスふたたび、あるいは卵の回転

「目的というものはない、ただつねによりよく案配された、長期にわたる手段があるだけだ」（ルネ・シャール[1]）

前回、すぐれた中心視の機能を備えたわれわれの眼の網膜が形成されるプロセスを、進化論的かつ発生論的に追ってきて、それが「顔」の成立とリンクするという東範行さんの論文の論点にいささか狼狽する姿をお見せしたところだった。つまり、エマニュエル・レヴィナスによれば、「無限に他なるもの」の出現であり、「汝、殺すなかれ」という根源的な原・倫理を言い付ける「顔」が、発生論的には、「みずから食われないで、他を食う」という究極の「生命の法則」（アンドリュー・パーカー）を最高度に実現する「眼」の形成とリンクするということに、いささか眩暈を感じたのである。おそらく、まさに「我、汝を食らう」とでもまとめたくなるような「生命の法則」を、言語によって、言語を通して「汝、殺すなかれ」と反転させたところに、はじめて人間的な倫理が、そして観念としての無限が生まれたのではないか、とわたしの乏しい哲学的想像力が刺激されたというわけだ。食う

ことの、つまりはみずから生きることの根源そのものを「表裏逆転」させるところに生まれる原・倫理——ここには、考えなければならない大事な問題が横たわっているように思うが、そこには、まだ、ここでは踏み込まない。で、もう一度、眼に戻ってみる。

東さんの論文を読んでいて興味を引かれたことのひとつに、遺伝子のPax6とShhがそれぞれ別な「とき」に発現することで、黄斑形成の全体が調節される、ということがあった。つまり、遺伝子は単なる物質として存在するのではなく、その機能が発現した状態とそうでない潜在的な状態がある、というわけで、それなら、いったい何がどのように「発現」をコントロールしているのか。言い換えれば、生命はどのようにみずからの時間をつくりあげているのか。

わたしの頭で考えていても埒もないからと、お会いしたこともない東さんに、臆面もなくメールで質問を送りつけるという無礼な振る舞い——「Pax6とShhがそれぞれ別な〈とき〉に発現するメカニズムをコントロールしているのは何なのでしょう?」するとお忙しいなか貴重な時間をわざわざ割いてくださって丁寧なご返事——「これはわかりません。Shhはシグナル伝達物質ですが、組織の種類によってはPax6の働きを抑制し、他の場所では亢進します。また、その濃度によって作用が逆転するなど、不思議な効果があります。（……）細胞内で多くのco-factorが関与しているので、複雑なのだと思います」。

同じものが正反対の機能を発現させる——だが、この「不思議」に対しては、すでにディコンストラクションを通過してきている哲学者としては、驚くよりは、やはりね、という感慨の方が強い。これはジャック・デリダがかつて論じた「(プラトンの)ファルマコン」つまり「薬＝毒」そのもの。このような逆転的二重性が生命システムの形成のダイナミズムの鍵だというわけだから、「生成変化」という概念を中心にして独自の思考を展開したドゥルーズも含めて、現代哲学の努力の一面は、ある意味では生命論的な論理を人間理解のなかに組み込むことにあったとも言えなくもない。

それはともかく、こうした作用の逆転が「濃度」によって決まるというのもなかなか興味深い。というか、そこに含まれる「味」をきちんと味わうことをわれわれに突きつけてくるように思われる。つまり、濃度は単純な、連続的な勾配と見えて、しかしそれが逆転的な機能変化を引き起こしもするということ。連続的な量の変化が劇的な質の転位を生む——そこにわれわれの「自然」の根源的な秘密があるように思われる。実は、濃度が重大な質的変化を導くということについては、わたしはすでにイニシエーションは受けていて、それは胚細胞からの分化の過程においてアクチビンの濃度によって心臓とか消化管とか筋組織といったさまざまな器官形成が決定される、という浅島誠さんの研究に唸ったことがあったからだ。

浅島さんが学士院賞恩賜賞をおもらいになったときの学部での記念講演(2)を聞かせてもらって、ふだんはどうみても能弁とは言い難い方がご自分の研究になると立て板に水の鮮やかさ、それに唖然としたというのはさて置いて、やはり感銘深かったのが、ドイツ留学時代を通して、孤独のなかで、濃度変化によって器官形成が決まるという、ある意味では常識を覆すような、驚くべく単純な、しかし深遠な原理を実証するというブレークスルーに賭けた執念というか、信念というか。浅島研究室には、試験管のなかでぴくぴくと鼓動するイモリの心臓があったりして、いうなれば駒場の「名所」のひとつ、わたしも学部の客人をご案内して一緒に見に行ったりしたこともあった。すでにご定年だが、どっこい寄付講座の教授としてまだ駒場に残っていらっしゃる、と思ったら副学長になってしまったのだが、行政職に埋没しないのが浅島さんの執念で、生涯現役の研究者、いまでもほとんど毎日夜遅くに本郷から駆けつけてきては深夜遅くまでご自分の研究室に閉じこもっているのをわたしは知っている。きっと眼の再生もなさっているだろうと連絡してみると、「もちろん」というわけで、残暑厳しい夏の終わりにアドバンスト・リサーチ・ラボラトリーを訪れた。

　ところが、超多忙のなかをひねり出していただいた時間だったのだが、浅島さんは突然湧き上がった「つぼかび」問題でてんてこ舞いの状態。[3] 代わりに研究員の後原《せどはら》綾子さんがお相手をしてくださる。彼女がまず持ってきたのが、プラスティックの箱に入ったツメガエル。一匹は真っ黒、もう一匹はまわりの水と同じ茶色。黒のほうは無眼。茶のほうは隻眼だが、その眼は「in vitro」（試験管内）で形成したものを移植したもの。ツメガエルは、――保護色というわけだろう――周囲の環境に合わせて体色を変えるのだそうで、つまりは茶のほうの人工的につくられた眼がちゃんと見えて機能しているということを示していることになる。

　浅島さんのところでは、前回登場の渡辺すみ子さんのところとは違って、組織幹細胞からはじめるのではなく、未分化細胞からはじめる。わたしが理解した限りでは、未分化細胞の背側の一部であるDL（dorsal lip：原口上唇部）を取り出して、それをLMZ（lateral marginal zone：帯域）ととも

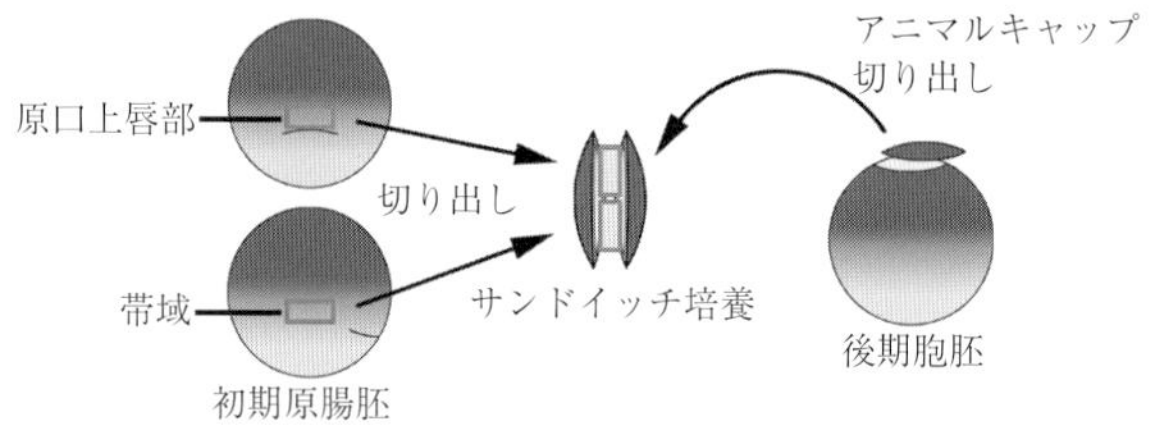

図 11-1　試験管内での眼球誘導系の模式図（後原綾子さん作成）

に胚の動物極（アニマルキャップ）二片のあいだにサンドイッチ状に挟んで培養するという仕組み（図11-1）。DLが動物極の細胞に対して誘導した前方神経（終脳）をLMZによって後方化し、眼ができる領域である中脳をつくり出すということらしい。この方法では、たとえば遺伝子のコントロールなどは必要なく、そのままストレートに眼が生まれてくる。それをオタマジャクシに移植するというわけだ。

技術的な困難はいろいろあるのだろうが、本質は、未分化細胞において、将来、眼になる部分が定位されているということだろうか。網膜は立派に脳の一部なのだから、その全体は基本的に神経系の形成にかかわる。神経は脳から脊髄へとのびており、それが背の一部であることは当然だろうが、すべてはある意味では、方向＝軸のコントロールにかかっているように思われる。ならば、大まかに言えば、受精した胚において背−腹の分極が起きることが、そもそもの出発点ということになるだろうか。

その出発点が、実に、衝撃的。というのも、またしても「円周上のディフェランス」だからである。

こんなことは、発生学上の基本の基本で知らなかったのはわたしだけなのかもしれないが、卵細胞が受精すると、その表層部が三〇度回転するのだそうだ。おもしろいねえ、感激！　卵には上部の色素の濃い動物極と下部の白い植物極がある。そこに精子が――どうやら動物極側らしいのだが――飛び込んで受精が起こると、植物極にあったタンパク質（あとで駒場の「生命科学」の教科書でこっそり勉強したのだが、ディッシュベルトというらしい[4]）がぐるりと60°から90°、精子とは反対側に移動。その移動したところが「背」、つまりさまざまな器官形成のオーガナイザー域になる、というわけである（図11-2）。ほら見ろ、「円周上でずれる（ディフェランス）」というのは、生命のもっとも最初の運動なんだぞ、とわたし、かなり本気で興奮。はじめにディフェランスありき、だぜい。こういう素人のアナロジー思考は、厳密を旨とする科学者からは顰蹙を買うこともあろうが、それこそ発生状態の野生の思考でもあって、いまのところ、わたしはわたしの野生を野放しにしておく。

こうなると、やはり浅島さんにはもう一度、時間をつくってもらおうと、次の約束は、一月ほども経って、駒場の銀杏もはや青いギンナンを落としはじめた頃、今度は土曜日の午後にした。

まずは、卵の軸についてのお話しをうかがう。動物極―植物極という重力に従った軸を「ずらす」ことで背―腹ができることについて。たとえば、胚の表層回転を止めてしまったり、あるいは逆さまの状態などを実験的につくると、発生が失敗して成長しない、あるいは背腹が逆のオタマジャクシが生まれたりする。さらには、90°回転させた状態を90℃で三〇分保ってまた元に戻すと双頭のオタマジャクシが生まれるなどさまざまな例を説明してくださる。精密な実験をわたしごときが大きくまとめるのは危険だが、どうせ野生だ、とあえて言うなら、生命は、重力を独特な仕方で「ずらす」ことによってみずからを発生的に組織する、というように思えてくる。つまり対称性のやぶれが根源だ。そ

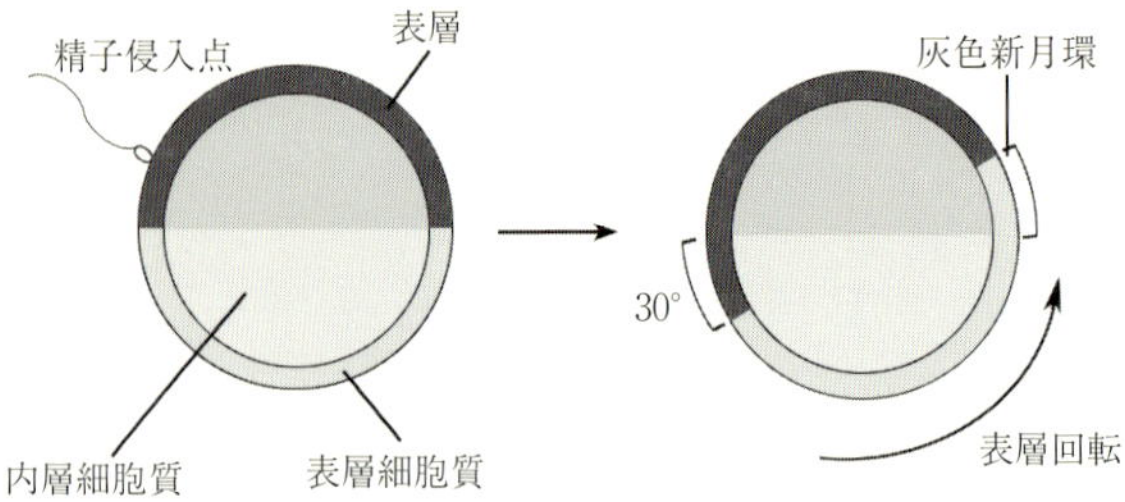

図11-2　受精後の表層回転と背側の形成（後原綾子さん作成）

うなると、はたして無重力空間では発生がスムースに進むのだろうか、という疑問が湧いてくるが、それをお聞きすると、まだ分からないということらしい。わたしとしては、重力までを含みこんだ物理学の大統一理論がさらに発展して生命までも説明する大大統一理論みたいなものをちらっと夢見るように考えないでもないが、きっとそう遠くないうちに人類は、スペースラボのなかで、生命と重力の関係と無関係についての壮大な実験を行うことになるのだろう。もうそんなところまで科学は来ている。

土曜のせいで誰にも邪魔されずにいろいろなお話しをうかがったが、わたしが前から聞きたいと思っていたことがひとつあって、それは、物理的な時間とは異なる生物の、あるいは生命の「時間」というものをどのように理解していらっしゃるか？　単刀直入に訊ねてみると、ほとんど瞬時に、それは細胞の反応能だなあ、という答えが返ってきた。それはある意味では、フィードバック機能を備えたかなり柔軟なものだが、同時に、きわめて厳格でもある。あるきわめて限定された時点においてのみある遺伝子にスイッチが入り、そのつぎにはオフになる。そういった「とき」の積みかさねのヒストリー、それが生命の時間だ、とわたしなりの言葉で要約すればこうなるか。この「ヒストリー」という言葉には、わたしのなかで強く反応するものがある。

生命の「形」のメカニズムを知りたい、というのが浅島さんの研究の初発のモチベーションだったそうで、その初心を貫いて、いま、イモリの自己再生機能を究明し、それを人間に応用することで、たとえば腎透析を受けている多くの人々にみずからの腎臓の再生の道を開く――「イモリは人間よりエライ」というのが浅島さんの口癖だが、ここにも科学の「野生の夢」がぴくぴくと脈打っている。(5)

(1) ルネ・シャール「もろい年齢」西永良成編訳『ルネ・シャールの言葉』平凡社、二〇〇七年、より。
(2) 二〇〇一年五月、「卵から親への形作りの謎を解く――研究者の道とは」。教養学部数理科学研究科大講堂にて。たしかわたしが司会をつとめたはず。
(3) ツメガエルの死骸に生えるカビがセンセーショナルに問題視されて法的規制までが検討されるという事態に、ツメガエル研究会の代表をしている浅島さん、科学的なデータが不適当と闘っているというところらしい。
(4) この教科書、東京大学教養学部理工系生命科学教科書編集委員会というやたら長い編者名がついたもので羊土社から出ている。その第10章「発生と分化」を参照した。
(5) 最後に「生命とは何ですか?」と訊いてみたら、いまの考え方は「波」と! いや、わたしの直観も、当然、そこに行こうとしている。もう少し追っかけなければ……。

第12歌

見えないものを見る、あるいは物質と情報

「さまざまな社会の豊かさと多様性という、記憶をこえた昔からの人類の遺産のもっとも素晴らしい部分を破壊し、さらには数え切れないほどの生命の形態を破壊することに没頭しているこの世紀においては、神話がしているように、正しい人間主義は、自分自身から始めるのではなく、人間のまえにまず生命を、生命のまえには世界を優先し、自己を愛する以前にはまず他の存在に敬意を払う必要がある、というべきではないだろうか。」[1]

（クロード・レヴィ＝ストロース）

困った。この連載、わたしがUT関連の理系の研究者にお会いして、そこでうかがった話しに、原義通りの「知を愛するもの」として反応してみることを原則としている。もとより専門的知識のない「まれびと」、そのなかには入り込むことなどできようにもないが、それでもそれぞれの「現場」の感覚くらいは味わって、それに対してどんな言葉が自分から出てくるか、その言葉のうちに、極度に専門化し、技術化した自然科学の先端を少しでも「人間」のほうに取り戻せる契機があるかどうか、そして逆に、近代を支配した「人間」についての考え方そのものを根本的に見直す契機があるかどうか――その表裏一体の問いを問おうという狙い。実は、物理的な世界から出発して、ゆるやかに生命の

世界へと移行し、最後には、情報装置としての脳の領域へと航海する予定だったが、わたし自身の「遭難（入院）」という想定外の事件で、楽しみにしていた神岡詣でを実行する余裕もなく、そのまま一挙に生命科学の世界へ突入してしまった。

で、この海域においては、中心はやはり遺伝子。二重螺旋をどう考えるべきなのか――わたし自身、みずから内省してみて、いまひとつわからないというか、実感がないというか、当惑しているところがあるように思う。そのあたりを突破する「現場」の感覚を、というわけで、医科学研究所のヒトゲノム解析センターの研究者に連絡をとったのだが、原稿締め切りぎりぎりにしか設定できなかったその「取材」が、ちょっとした手違いでキャンセルになってしまった。ああ、ときて、なぜかこの事態を表現するのにわたしの頭のなかに浮かんだ言葉が「あ、、麗しい距離《デスタンス》／常に遠のいてゆく風景……」という吉田一穂の詩句（『海の聖母』）であったのはわたしの脳の不具合か。いずれにせよ、絶体絶命。

しかし、こうなれば開き直って、――これもチャンスというべきかもしれない――今日！　これから行われる、先にも登場した永山國昭さんとともに行う「科学と芸術」のワークショップを現場中継することにしよう。

このイベントは、実は、去年まで一〇年間毎年晩秋に、永山さんとわたしとでモデレーター・コンビを組んで、科学と芸術のあいだで「色」というトピックをめぐる創造的な対話を行うというイベントを東京デザインセンターで開いてきた。スポンサーの事情でこの企画は終焉したが、デザインセンター社長の船曳鴻紅さんが、大勢のファンもついていてくれたこの企画を惜しんで、「名残のワークショップ」を演出してくださったという次第。今回は、もう「色」という縛りから自由に、むしろ科学と芸術の本質にそのまま迫ろうと、「見えないものを見る」とテーマが設定された。はじめは、永山さんが専門の電子顕微鏡の話、わたしはバロック絵画のヴィジョンの話という予定だったのが、だんだん進化して、「世界を見る」、「生命を見る」そして「脳を見る」の三部構成という大風呂敷を――畳まなくてもいいのだから――ともかく拡げようということになり、われわれ以外に二人のゲストを招いて風呂敷の一端を引っ張ってもらうことにした。

最初は、永山さんが、物質の世界（世界1）、精神の世界（世界2）、それに不可視のイデーの世界（世界3）というデカルト＝ポパー的分類からはじまって、科学が「見えないものを見る」というパトスに徹底的に貫かれたものであることを述べた上で、光学あるいは電子顕微鏡という「小さくて見えないもの」を見る装置がぶつかったもうひとつの「透明で見えないもの」という壁を、波動の位相差を用いることで突破したご自分の研究の要点を説明してくれた。(2) しかし、その位相差電子顕微鏡をつかって科学者が見ようとするのは、まさに生命の動的な形。たとえば末端神経の成長をそのまま見るということ。つまり、「物質を見る」ことが「生命を見る」ことへとつながっていく。物質と生命との関係については、連続説と不連続説がありうるが、永山さんは後者でそのあいだには「壁」があるという見方。その「壁」は、生命が情報の存在であることに帰着する。

これに対するわたしの側、つまり「芸術」の側からの応答は、科学と芸術の共通の《起源》である西欧ルネッサンスは、遠近法というひとつの技術（テクネー）の発明に基づいていたのだが、それは、まさに「点」という「見えないもの」によって「見えるもの」の再現＝表象のためのイデアルな空間が定位されるという「幾何学の事件」であること。そして、その方法に従う最初の絵画とも言うべきマサッチオの「聖三位一体」（一四二五年：図12-1）がはっきり示しているように、この「絵画」なるものを通して、ひとが「見＝表象しよう」としていたものは、実は、見えないものである超越的な神、あるいは生命の彼方であるやはり見えないものである死（キリストの背後に拡がるあの闇！）であったこと……とはじまって、西欧絵画の「眼差し」の歴史的な変化を猛スピードで上空飛行して、最後には、ポップアートでそれが「終わる（！）」ところまで行くのだが、このわたしの表象文化論の部分はここでは省略。いずれにせよ、芸術もまた、はじめから「生命（あるいは死）」を見ようとしていたのだ。

で、そのまま第二部「生命を見る」に突入。ここでのゲストは生理学研究所の若きエースの瀬藤光利さん。瀬藤さんは、質量分析の研究者。質量分析とは、レーザーをあてて物質をイオン化させ、その速度を測ることで物質の質量を割り出すということ。これだけ聞くとたいしたことなさそうだが、おそるべし、現在開発中の質量顕微鏡によると生物組織のなかにある物質がどのように分布しているかくまなくわかってしまう。たとえば、マウスに「ひどい仕打ち」をして、その記憶に対応する物質が時間的にどのように変化していくかが追跡可能ということになる。瀬藤さんはさらっと記憶物質という言い方をして、それはどうもSTとかグルタミン酸受容体とかと呼ばれているものらしいのだが、

図 12-1　マサッチオ「聖三位一体」（サンタ・マリア・ノヴェッラ聖堂蔵）

記憶は物質として保存されることは自明らしい。「物質と記憶」（アンリ・ベルクソンですね）ではなくて、「記憶は物質」である！　たとえばアルツハイマーの人の脳を調べると記憶物質が減少していて、そのことは、「記憶を思い出せない」のではなく、「記憶そのものが消滅している」ことを示している、とおっしゃる。では、たとえばわたしの脳内の記憶物質を取り出して、瀬藤さんの脳に入れたとすると、原理的には、瀬藤さんは、わたしの幼年時代の記憶を自分のものにしてしまえるのか、とかなり熱くなってわたしが訊くと、瀬藤さん、涼しい顔で、まあ、そこでOSが同じかどうか、同じ言語で書かれているかどうか、という問題はありますが――そして、それは重要な問題ですが――ハードディスクを読むということと同じですから可能でしょう、と。さらに追い打ちをかけるように、「記憶なんてたいしたことじゃない」。

いや、わたし一〇年間くらい科学者と対話をしてきたが、こんな鮮やかなパンチは食らったことは

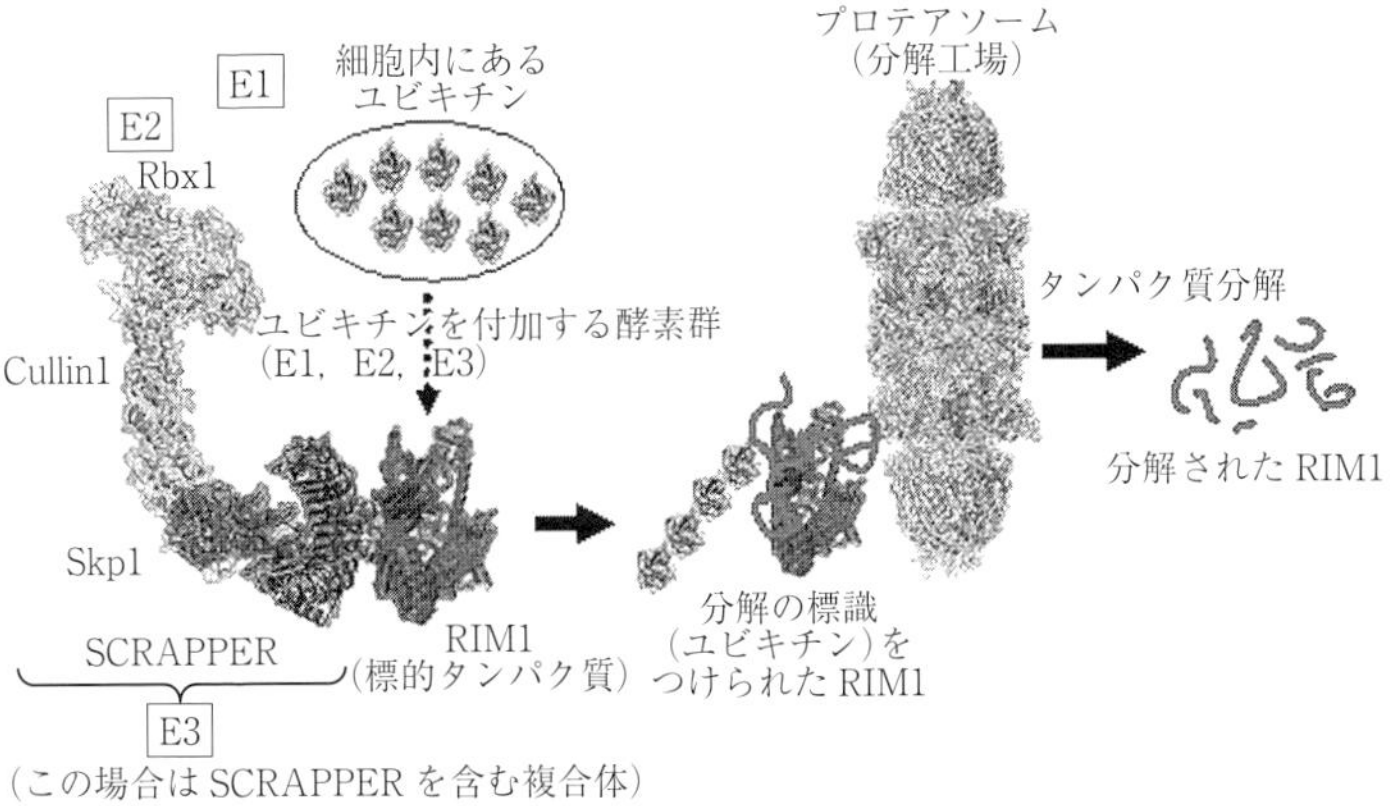

図12-2　スクラッパーが関与するRIM1タンパク質の分解モデル（瀬藤光利さん作成）

ない。脳内にドーパミンがどっと放出された感じがするぞ、「じゃ、瀬藤さんにとっては、意識ってどういうもの？」と狙いすました右ストレート。それもあっさりかわされて、「まあ、意識というのは、補助線みたいなものだと思います」。ふ〜ん。「では、あなたのいう脳の高次機能ってどういうものなのでしょう？」――たとえば「愛、とか」。「民主主義とか資本主義というようなことまで脳のあり方として考えることができると思います」――そこまで考えながら、脳の物質を研究しているというわけか。頼もしいような、恐ろしいような……しかし手応えは強烈[3]。

その脳の物質のなかで、最近では、たんぱく質に「それを分解しろ」という標識であるユビキチンを付加するスクラッパーという機構の研究（図12-2）をまとめて『Ｃｅｌｌ』誌（二〇〇七年、第一三〇巻）に発表なさった。その『Ｃｅｌｌ』の表紙が、瀬藤さんの依頼で描かれた漫画家の荒木飛呂彦さんの作品で飾られることに

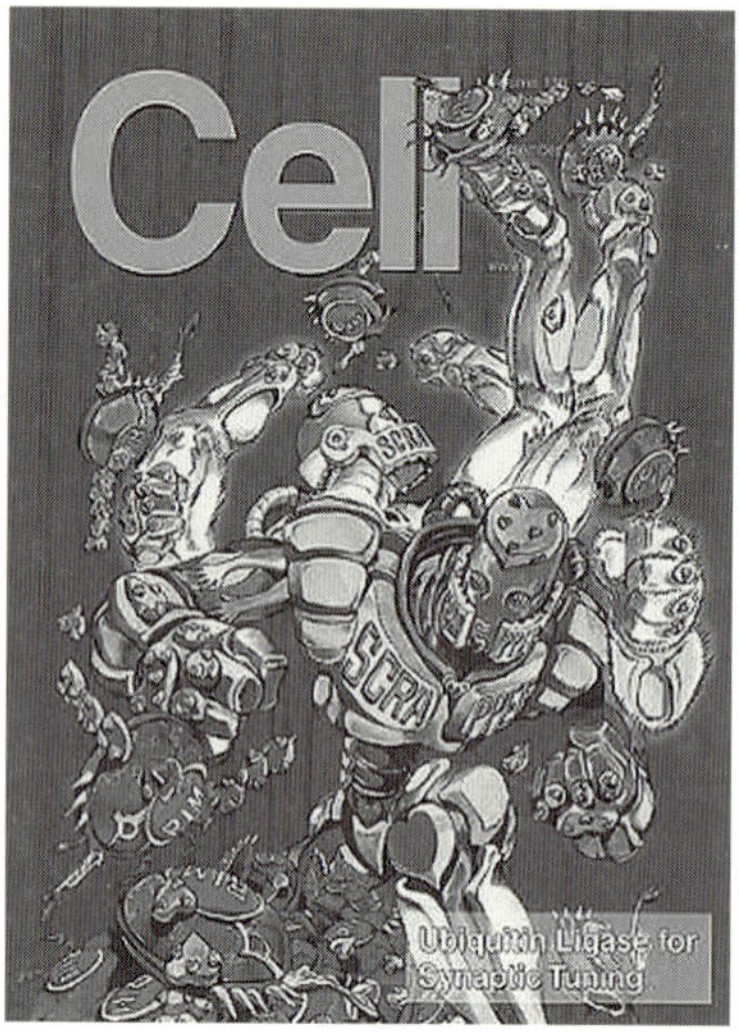

図12-3 『Cell』表紙イラスト（荒木飛呂彦さん画）

なり（図12-3）、世界的な学術誌が表紙に日本アニメを載せたというニュースが大きく報道されたばかり。瀬藤さんはそのイラストができあがっていく共同作業のプロセスも見せてくださった[4]。

「記憶は物質」の衝撃の余韻のなかで、休憩の時間にみなさんに振る舞われたワインを二杯飲んでしまったので、第三部のゲストの国立精神・神経センターの本田学さんをお迎えしたときには、うっすらとほろ酔い。学会じゃこうはいかないが、なかなかハイでいい感じ。しかも本田さんには、もうひとつの顔があって、それは芸能山城組。民俗音楽の小泉文夫先生というなつかしい名前が出て、先生がおっしゃった「民俗音楽を真に理解するには、花だけではなく、それを支える茎や根までを学ばなければならない」という言葉を受けてはじまった、バリ島のケチャを「根」から実演する芸能山城組の活動の延長で、人間が感動するということはどういうことか、「脳を見る」ことで突き止めようとしているとの切り出し。たとえば音楽を聴いて感動しているときの脳の状態はどうなっているのか。それを測るときにどんな困難があるか。そういう説明を丁寧にしてくださったあとで、人間には聴こえない、20ｋＨｚを越えた高周波が強い感動、いや、感動どころか、トランス状態という意識変容を引き起こすという現象へと話は踏み込んでいく。本田さんたちは、バリ島のケチャの演者たちの脳波を実際に調べており、その結果として、たとえばバロンと呼ばれる聖なる獅子の仮面をかぶる二人組の前足を演じるものが、まず最初にトランス状態になるのだが、実は、その仮面の内側には鈴が吊されていて、その鈴が発する高周波こそが、かれをそのような状態に至らせるということを解明していく。ガムランの大音響のなかでは仮面の内側につけられた鈴の音などまわりの者には聞こえない。鈴は、可聴音のためではなく、人間には聴こえない高周波発生のためにある、ということになる。[5] そこから本田さんは、人類が生まれた熱帯雨林がいかに複雑な高周波に満ちた世界であるかを力説する。多くは虫の音などだそうだが、その高度に複雑な高周波の海のなかで人間の脳は育ってきたと本田さんは言うのである。人間は、知覚できない、知覚を超えた情報に、それでも強く影響されている。ここでもまた、意識などというものは、人間と世界との交わりのほんの一部にすぎない、ということが結論されるようなのだ。

本田さんによれば、脳にとっては、物質と情報は同じ意味をもつ。つまり、脳の神経伝達組織は、物質を情報に変える。「記憶は物質だ」が「物質もまた情報だ」ということになる。この物質と情報のダイナミックな両義性こそ、脳の、さらには生命の場を本質的に規定しているものなのだろう。

物理的な世界から生命さらに情報の世界、そして脳へと、この「オデュッセイア」連載を通じて二年かけて彷徨ってみたいと思っていた領域をはからずも三時間で踏破してしまったようなワークショップになったが、本田さんの話を聞きながら最後にわたしが思い描いたのは、われわれの脳の無数の細胞が、まるでケチャのように、指揮するものなしに、たがいに同期しながら、さまざまな「波」を生み出しているというイメージ。われわれの脳もまたどこか熱帯雨林に似た「波」の森であるのかもしれない。(6)

(1) クロード・レヴィ＝ストロース『食卓作法の起源』渡辺公三ほか訳、みすず書房、二〇〇七年。その最終章「生きる知恵の規則」の末尾より。たまたまこの原稿を書き継いでいる「翌日」、表象文化論学会の研究集会があり、レヴィ＝ストロースをテーマにしたシンポジウムの司会兼コメンテーターをつとめた。シンポジウムの最後にわたし自身が読み上げたテクストの一部を採録しておく。

(2) この詳細は、第7歌（『ＵＰ』二〇〇七年七月号）を参照のこと。

(3) 休憩のときに、瀬藤さん、「実は、昔、駒場で先生にフランス語を習ったことがあります」と。ランボーの詩を出して翻訳させたらしいが「適当にやったら誉めてくれた」。わたしは、いつまで経っても変わらないんだなあ、と自覚するのはこういう時。しかしちょっと嬉しいかな。

(4) 当日、荒木さん自身も会場に駆けつけてくれた。瀬藤さんが『Ｃｅｌｌ』誌の表紙つきの抜き刷りをくださったので、滅多にそういうことはしないわたしだが、荒木さんにサインを頼んだら、「ＪＯＪＯ」のデッサン入りでしてくださった。

(5) では、この聴こえない高周波をどうやって人は受けるのか、という問題が残るが、本田さんによれば、それは顔の皮膚を通してではないかと。われわれの皮膚はひょっとすると高周波受容器官であるのかもしれない。

(6) 実はこの後、会場から出た質問に導かれてパネルは、自然科学と宗教という問題に突入。多神教的原理と科学がそこから生まれた一神教的原理の対立というスリリングな展開となって、わたし自身も追いつめられるように考えなければならないこともあったが、ここで報告する余裕がないのが残念。

第13歌

計算する生命、あるいはATCGで書かれたCity

「故郷の小川のへりに、／半ばは枯れた草に立つて／見てゐるのは、――僕？」
（中原中也「骨」）

「ホラホラ、これが僕の骨だ」――中原中也のこの詩句を、一年前、第1歌のなかになぜか書きつけていた。そのときの預け言の通りに、「ホラホラ、これが僕の遺伝子だ」と呟きながら、小さなガラスの筒を小春日和の陽にかざしてみれば、透明な液のなかにぼんやりと浮いている数条の糸屑の星雲、なんともはかないたよりなさだが、それがわたしのDNA――ここにはATCGという核酸塩基の四つの文字で書かれた三〇億字のテクストとそれを鏡に映したかのような逆テクストが螺旋状に絡み合った対が、うようよと数万のオーダーで浮いている、という。そして、そのひとつひとつに、わたしの身体を構成するタンパク質がどんなものか、その情報がくまなく書き込まれている、という。

もちろん、その白い糸屑の星雲をいくらしげしげと透かし見ていても、少しもそれが「わたしのもの」だとは感じられない。抜いた親知らずでも、切った爪でも、いや、抜け落ちた髪の毛の一本でも、それがわたしのものであったという——マルセル・デュシャンの言葉を借りるなら——infra-mince（極薄）なノスタルジーの感覚が忍び込む余地はあるが、ここには「わたし」を再認できるようないかなる徴もない。にもかかわらず、こうして分離され取り出された遺伝子は、わたしの——単に身体的というだけではなく、知性や性格までを支配する——生物的自己の全体の情報を集約している。つまり、健康診断のデータのような部分的なデータではなく、原理的には、その情報を操作することで、もうひとつの「わたし」と呼ぶこともできるような別の個体を生み出すことが不可能ではない全情報である。存在するものとしては、ほとんど無に等しい眼にも見えない遺伝子のなかに、情報としてのわたしの自己の存在のすべてがある。深淵のようなこのギャップに茫然として目眩む思いがする。

　実は、わたしのＤＮＡを分離してもらったのは、九月のことだった。眼の誕生というトポスを追っていて、遺伝子の発現という問題がいまひとつ理解できなかったわたしは、——こういうところが駒場（総合文化研究科）の利点なのだが——教授会の隙間を利用して分子認知科学の石浦章一[1]さんに応援を依頼。数日後の約束の日に16号館の研究室にお邪魔すると、二年前から駒場ではじまった科学技術インタープリター養成プログラムに所属する院生が三名にこにこしながら待ちかまえていて、さあ、この綿棒で頬の内側をこすりなさい、と言う。言われたとおりにすると、それを水に入れ、あとは——家庭で使う洗濯洗剤にも入っているらしいが——タンパク質を分解する酵素[2]を入れて遠心分離器にかけると、分解されないＤＮＡが分離してくるというわけで、唖然とするほど簡単に、ホラホラ、これが僕の情報だ、ということになる。

その「わが情報」を見つめながら、石浦さんと院生たちから遺伝子についての基本レクチャーを受ける。(3) だが、聞けば聞くほど、われわれの生命の核にあるものが、すでに根源的に《言語的なもの》であることに、今さらながら驚かずにいられない。ATCG(それにUも加えて勉強の成果を誇ろうかな?)が文字だというのは単なるアナロジーどころか、むしろ文字のほうが遺伝子のコピーではないか、とすら思えてくる。でたらめな文字列が意味をなさないように、ゲノム、つまり全DNAには、遺伝子にかかわる部分とそうではないノイズのような部分があり、遺伝子にかかわる部分も、またアミノ酸配列に「翻訳」される「意味のある」部分(エキソン)と「意味」を形成しない部分(イントロン)とに分かれるそうで、なんと哺乳類の場合、エキソンはゲノムの約三%というのだからびっくり。どこかで同じような話を聞いたぞ、と思い出したのが、第2歌の須藤靖さんが語っていた、宇宙のエネルギー密度のうち、われわれが知っている通常の物質(バリオン)は四・一±〇・二%という数字である。なんだ、科学は世界を知れば知るほど、その「意味」を解読できるのはわずか数%にすぎないということを明らかにするかのようなのだ。

とまれ、ヒトの場合、意味のある「語」として形成されるもの、つまり本来的な意味で「遺伝子」数は約二万五千だそうで、数だけなら大腸菌のそれの五倍程度らしい。あまり自慢できるような数字とも思われないが、ひとつの遺伝子が複数の役目を兼ねてもいるらしく、最終的につくられるタンパク質は一〇万種類以上、その「文」の組織が、結局は、わたしという「テクスト」を構成しているということになる。

「世界は一冊の〈書物〉に到達するためにある」と言ったのはステファヌ・マラルメだったが、ここでわたしは厳かに「私は一冊の〈書物〉としてある」とかなんとか言ってみるのもいいかもしれない。だが、この〈書物〉には、一人称というものはない。それがたとえ〈私の書物〉だとしても、そこには「わたし」はない。一人称がないのだから三人称もないのが道理で、つまるところ非人称。ルネ・デカルトにおいては、「コギト」cogito と来て、そのまま「即」（ラテン語ならエルゴ ergo だが、フランス語では「je pense, je suis」とたったひとつの句点が開く間隙がそれを表現していた）「スム」sum となったわけだが、この一人称による意識と存在の（危うい！）統一こそ、実は、自然科学も、国民国家も、近代芸術もそのすべての次元を開く秘密の鍵であったのだが、その統一はすでに破れて、わたしは、「わたし」という言葉をけっして知らない一冊の〈書物〉として……「ある」のだろうか、いや、単に「機能している」だけではないか?……とフィロソフィアの徒は深淵をのぞき込む。

深淵の崇高は、カントが言っていたことだが、快楽と苦痛を与える。その魅惑に誘引されるように、――おお、セイレーンの歌声よ！――深淵の深さをもっとのぞきたいという理性の欲望が芽生える（欲望は理性ではないが、理性は欲望である）。そうだ、夏に訪れた白金（医科学研究所）には確かヒトゲノム解析センターというのがあったぞ、あそこではなにをやっているのだろう、と思い立ったが吉日、すぐにゼブラフィッシュのように大きなきらきらした眼をした渡辺すみ子さんにまた連絡。曲折まではないが、紆余くらいはあって、結局、宮野悟さんにお相手をしていただけることになった……のだが、前回語ったように、最初の約束が流れて、あらためての仕切り直し。一一月の澄んだ空がまさに深淵のように落ちてくる朝だったが、奇しくもその日朝刊各紙は、京大の山中伸哉さんらが人の皮膚細胞からｉＰＳ細胞（人工多能性幹細胞）を開発したことをトップ・ニュースで伝えていた。

宮野さんは、数学出身でその点なかなかユニークな経歴。この医科研でも大部分の研究者にはそれぞれ「my gene」というのがあって、その機能を解明することで疾患の具体的な治療を開発するという研究の仕方をしているが、ご自身の言い方を借りると、そのようにいわば地上を歩いて探索するのではなく、衛星から俯瞰して世界地図をつくるような、つまり生命のシステムの全体をシミュレーションする研究をしているとのこと。話は冒頭から核心に迫って、つまり「生命とは、計算をやっているシステムなんですね」、と。そこに数学者の出番があるわけだ。だが、問題は、生命は計算をやっていることは確かだが、その原理がわからない。分子生物学のいわゆる「セントラル・ドグマ」（このくらいはわたしだって知っていて、遺伝情報はＤＮＡからｍＲＮＡへ「転写」され、さらにそれから「翻訳」されてタンパク質になる、というもの）だけではとうていシステムの全体は理解できない。では、原理がわからないままシステムを理解するにはどうしたらいいか？

宮野さんはつい最近、台湾でなさったという専門家向けの講演のパワーポイントを使って一時間以上にわたって個人講義をしてくれたのだが、わたしの頭が追いつけた範囲でまとめるなら、遺伝子をノックアウトしたＤＮＡチップを用いて、そのｍＲＮＡを探査（probe）し、それに色をつけて転写の痕跡を記録し、計算する。この計算には、依存関係を確率的につかまえてグラフ化するいわゆるBayesian Networkという方法を用いるようだが、それをコンピュータを動かして計算。得られた結果はネットワークの表現。そのモデルから遺伝子ネットワークを導きだすということになる。間違っているのかもしれないが、要点は、遺伝子が相互にきわめて複雑なネットワークを構成しているということだろう。

宮野さんは確か「reverse engineering」という言い方をしていたと思うが、そのコンピュータ・シミュレーションの方法を用いて、ケンブリッジのチームとともに行った、血管内皮細胞（HUVEC）にFenofibrateという高脂血症の薬が作用する際の遺伝子相互間のネットワークの計算結果を見せてくれたが、この薬は遺伝子PPARαに作用するとされているが、しかし実際には五〇〇〇の遺伝子に変化を与え、そのなかの一〇四九の遺伝子に強い相互関係があるということが——なんと医科研のスーパーコンピュータを二週間ぶっ通しで動かす計算を通して——解明されたという。その図（図13-1）をここに掲げさせていただいたが、驚くべき複雑な相互関係だということが一目瞭然。部分を取り出せばツリー状だが、それらが重ね合わさるとドゥルーズ言うところのリゾーム（根茎）になると言ってもいいかもしれない。

このように相互関係がわかってくると、そこからどの遺伝子に働きかけをすれば、ほかのどの遺伝子に影響が及ぶかもわかってくる。新しい薬の開発も可能になり、逆に、既存の薬の危険にも目が届くようになる。実際、このなかの四二の遺伝子が脂質の代謝に関係があるが、そのうちの二一まではPPARαの下流にあることがわかって、Fenofibrateの実効性が確認されたわけだが、同時に、他の新薬の可能性も浮上することになる。研究結果は明日の製薬を左右する力を持っているのだ。

もうひとつ宮野さんの話で興味深かったのが、何度か繰り返されたジェネラルな生命とインディヴィデュアルな生命という二重性のこと。すなわち、いまや個体差はゲノムのレベルでもはっきりとした差として読み取れるらしい。Aの文字のかわりにCの文字が入っているというような微小な差異がネットワーク状に集積されて最終的には個体差にまで及ぶということで、ゲノム解析は、「普遍と個」という古典的な哲学的プロブレマティックに対して、差異（ディフェランス）のネットワークという新たな展望を提出してくれているようにすら思われた。

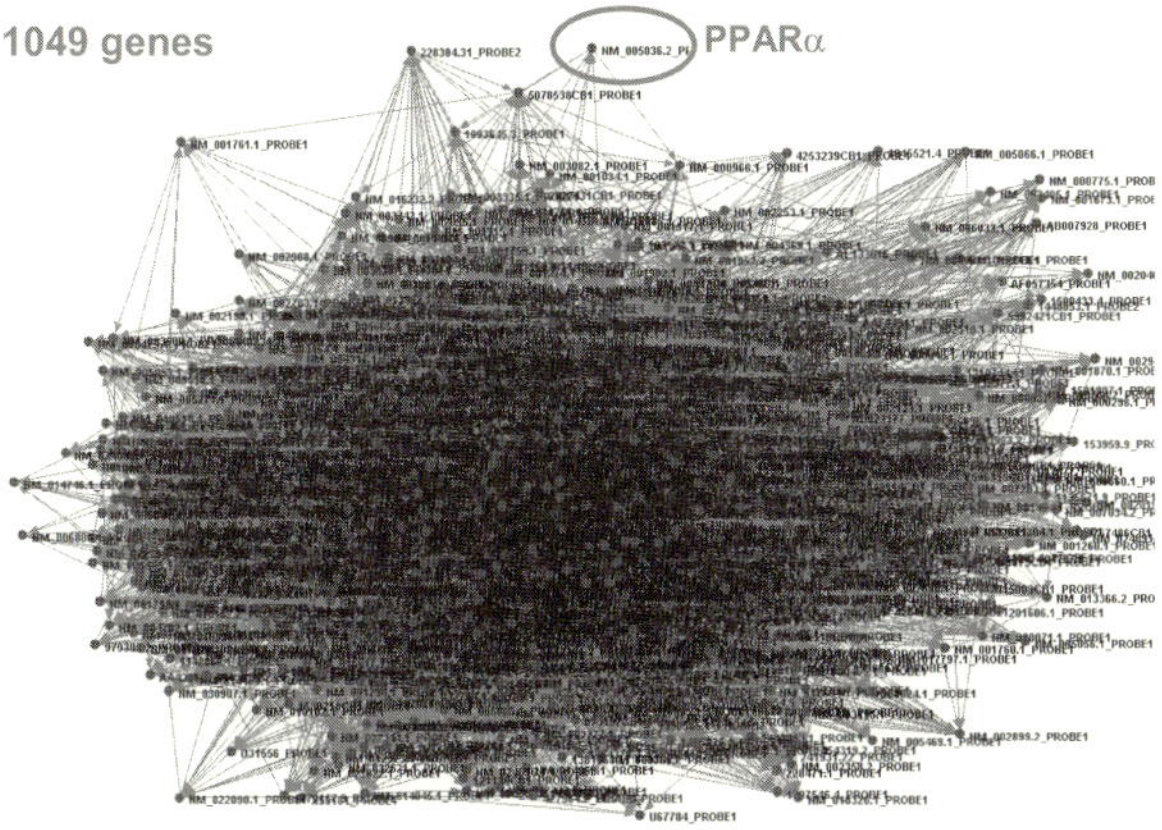

図 13-1　Estimated Feno-related Network（宮野悟さん提供）

　最後に、わたしの関心の遺伝子の発現のメカニズムについてうかがうと、それはまだよくわかっていないけれど、と前置いて、——実は宮野さん、比喩の名人で——閉まりかかったエレベーターのドアは、人が入ろうとすると開くじゃないですか、つまり赤外線のセンサーが遮られるとドアが開く、それと同じような機構ではないかと推測されます、とのお答え。なるほど。そのようにして「遅れ」（これもディフェランス！）が演出されている、ということらしい。

さらにもうひとつ、お暇するときに、では、生命の「計算」って結局、なんなのですか？　と訊ねたら、宮野さん即座に「interaction」です、と。

その「計算」をわたしの遺伝子たちは、いまこの瞬間にも、きっと兆どころではない、どんなスーパーコンピュータも太刀打ちできない巨大な単位で、しかも猛烈なスピードで行っている。遺伝子は、単にわたしの「元（情報）」なのではなく、わたしの「現在」でもある、と認識しなくてはならない。宮沢賢治風に言うならば、わたしという現象は、すべての窓が明滅を繰り返す摩天楼が無数に集積する一個のcity!――そのうえに深淵のように落ちてくる空こそが意識なのかもしれないなどと考えながら、晩秋の昼下がりゆっくりとプラチナ通りを下っていくわたしであった。

（1）この言葉は本人の造語。すべての人間の心を分子の言葉で解明しようというもの。病気などの簡単な仕事は医学部などの優等生に任せて、オレがオレがという性格、アルコール依存、異常行動などの遺伝的素因を明らかにする研究を文理融合型出身の院生とともに行う一発逆転型研究室を目指している（石浦さん自身による註です）。

（2）プロテイナーゼKという。この酵素で分解できない唯一のタンパク質がプリオン。狂牛病の肉は、こうして診断しているわけだ（同前）。

（3）石浦さんは、『「頭のよさ」は遺伝子で決まる？』（PHP新書、二〇〇七年）、『生命に仕組まれた遺伝子のいたずら』（羊土社、二〇〇六年）など、遺伝子とタンパク質をめぐるたくさんの一般向けの啓蒙書を出版している。

第14歌

優しい空虚、あるいは「Open the ears!」

《Is music as old as gravity?》(1)

表を見せ、裏を見せ、そう、無数の金色の葉がひらひらと限りなく舞い落ちてくる晩秋の陶酔——前日、キャンパスの並木のアスファルトを埋め尽くしていた銀杏の葉の感覚を足裏がしっかり覚えていて、朝、家を出たときに、突然、そうだ、あの金色を少し舞台に持ち込んでみるか、と思いついた。逡巡したのは一瞬だけで、すぐに教養教育開発機構の竹内孝宏さん（特任講師）に電話「わるいけど、並木の銀杏を二袋分くらいとってきて舞台に撒いてくれない？」。「はい、了解」と説明抜きでこちらの意図が伝わるのは気持ちがいい。実は夏の直島キャンプもお手伝いいただいたし、ここ二、三年、駒場のあらゆる種類のイベントを裏からしっかり支えてくれている、ありがたい舞台監督なのである。

だが、それにしても、大学で行われるイベントにこのような演出の思いが湧いたのはわれながら不思議だった。演出というのはホスピタリティである。ゲストを迎える空間に花を生けるという感覚。

わたしがこれまでに、そんな風に舞台を演出したのは——大学の外だったが——ピナ・バウシュさん(2)と対話したときと、去年の秋に急逝された山口小夜子さんを迎えたときだった。どちらも赤い薔薇。ピナさんのときは、数十本を舞台に撒いたし、小夜子さんのときも花束とは別にテーブルに飾ったはず。ところが、今回のゲストは男性。坂本龍一さんである（図14-1）。

小宮山宏総長の強いイニシアティヴではじまった学術俯瞰講義——わたしも二〇〇七年度冬学期の人文系のお世話をして講義も一回受け持ったが、今学期は「情報」をテーマにした講義が開講されていて、その特別番組に坂本龍一さんをお呼びすることになった。坂本さんは一方的な講義よりは誰かと対話したい、と言っているので、小林さん、相手してくれますね？　と情報学環長の吉見俊哉さんに詰め寄られたのは夏の終わりだったか。坂本さんの音楽のよい聴き手でないことは確かだから適任にあらず、と一度はお断りしたが、ではどなたか代わりを見つけてください、と畳み込まれると、またしても「おっちょこちょい」なのだろうが、「根源的対話可能性」などと口走った手前もあり、ここは引き受けるしかないか、となって慌ててCD十数枚買いに走った。

九月の終わりに新宿のICCで坂本さんと高谷史郎さんのインスタレーション「LIFE—fluid, invisible, inaudible...」展のオープニングがあったので、出かけて作品を観ると同時に、御本人にもちょっと挨拶。それを契機に二カ月間、時間のゆるす範囲でだが、YMO時代から現在に至る音楽作品をCDで聴いた。聴きながら、なんとか坂本さんの音楽の核のようなものをつかみたいと思った。数十年にわたる、しかも多様なカテゴリーに拡がっている作曲活動をひとつの定式で言うのは困難だとしても、しかしどんなアーティストにも、それぞれ固有な魂とでも呼ぶべきものがあって、それが「時代」のダイナミズムと響き合うところから作品が生まれてくる。その魂の「線＝形」の一端でも――ちょうどデッサンが「表象する」ものではなく、「把握する」ものであるのと同様に――わたしなりにつかみとりたいのだ。

図 14-1　坂本龍一さん（右）×小林康夫（左）　UTCP オフィスにて

しかし、忙しさは言い訳にはならないが、当日になってもなかなかシャープな線は引けていなかった。わたしは坂本さんよりほんの少し年上だが、ほとんど同世代。だから西欧音楽の支配が崩れ落ち、しかもそれに非西欧音楽を対置するというような二元的な構図も無力となって、「もうなんでもあり」にして「なにもできない」事態、すなわち可能性と不可能性を分けていた文法が消えたときに、どうやってその場その場で、作品と文法を同時に産出するか――現代のアートが直面しているこのプロブレマティックに対して、坂本さんがその度どう応えようとしたのかは痛いようにわかるつもり。共感もある。だが、その先、そうした一見テクニカルに見える対処の奥にある、坂本さんの根源的な――この言葉がよいのかどうか――《モラル》へとどう降りていったらいいのか。

答えが見つからないまま、坂本さんといっしょに銀杏並木を歩いて18号館ホールに入ると、――竹内さんの仕事だ！――舞台一面、銀杏が敷き詰められて外の《季節《とき》》と舞台空間とが一続きになった感じ（坂本さんは「銀杏はえらい」とひと言）。バックは同じく竹内さんがつくってくれた坂本さんのCDジャケットの映像が次々と変わっていく仕掛けもので、ふだんは数十人しか聴講生がいないのに、その夜のホールは満員御礼、立ち見多数。その熱気のなかで、紹介とか説明とかプロトコルは一切省いて、「坂本さんはずっとなにかを探し続けている方のように見えるのだけど、なにを探し求めている?」とわたしがハイ・テンションで切り出すところから会ははじまった。

この授業の様子は確か大学からPodcastで配信されているはず[3]なので、関心がおありの方はそちらを見ていただきたいが、わたしのこの問いへの答えは、九〇分の対話を経て、結局は、坂本さんが終始一貫して「音楽」というものを求め続けているということだろうか。動物に音楽はあるのか？ ネアンデルタール人には音楽はあったのか?――そうした進化論的な背景から、バリ島のケチャやその他の民俗音楽に至るまであらゆる《音楽》の存在形態に対する並々ならぬ関心。そして、ひょっとしたらその関心を学術的な方向に進める道もあったのだろうが、――坂本さん自身の表現によれば「ずるずる」と「たまたま」だそうだが――《音楽》を創造する方向でそれを引き受けたということだろうか。西欧音楽の語法を捨て、五人の人が身体で音を出す、その各人の関係性だけを定める仕方でつくった若き日の、幻の（ということは演奏されなかった）作品の話をしてくださったが、つねに「音楽の零度」から出発して、「脳が《音楽》と認識するぎりぎり」の境界領域をさまようノマドの人であるようだ。

だが、このノマドは歌わない。坂本さんのCDを聴きながら、わたしが感じていたことは、本来的にはロマンティックな魂なのに、しかしストレートには歌わないという感覚。そのことを訊いてみる。

小林 ロマンティックな《歌》を剝いでいって、あとに残る空間を出現させるようなところがあると思うのだけど……。

坂本 それにはとても注意深くしている。《歌》にならないように節制している。

小林 禁欲的だよね？

坂本 小さいときから、感情をそのまま歌うのが気恥ずかしいというか。

小林 でも、自分では歌わないけど、他者が歌うのを取り出し、切り出してくる力があると思うな。他者の歌の場所をつくる。

坂本 ずるいよね？

小林 そこに自己表現ではない、もっと別の空間が開かれているのでは？

この「別の空間」――それは、《歌》のような線的な自己表現ではなく、むしろその断片が、多層的に、多元的に「編集」されることによって出現する非・遠近法的な、非・超越的な、それ故、非・

人間的ですらあるような空間である。人間という視点から見るとそこには、人間的な意味は充満していない。だが、人間的な世界などというものは、本質的に多元的で多層的な世界のほんの一部に過ぎず、人間も意味も、そして「音」も、世界の無数の「ノイズ」のなかに溶けこむようにしてしか存在してはいないのだ。

わたしがあらかじめ選んでおいた曲「Chasm」をみんなで聴いたあと、坂本さんは作曲のプロセスの一端を――ご自分のMacから音のファイルを実際に聴かせてくれながら――説明してくれたが、即興でピアノを弾く、その音が世界のノイズのなかに消えて行くのをずっと聴いている、そしてたとえば、そのアタックのところをカットし、消えていくところだけを取り出したりする、そうした断片をループ状に反復しながら、さまざまな効果をかけていく……そうやってひとつの作品が生まれてくる、と。わたしは、即座に、それはわれわれの遺伝子がやっていること。遺伝子のなかの意味のある部分（エキソン）が取り出されて、転写され、翻訳され、そうしてわれわれの身体をつくるタンパク質が構成されるのとまったく同じですね、と反応したが、この「人間」以前の生命のダイナミズムの空間と坂本さんの音楽の空間とは、どこか通底するところがある。そこには、完全な統一ではなく、ノイズもエラーもアクシデントもリスクもあるが、それを含めて息づいている終わりなきダイナミックな空間。それをもう一度、人間の言葉で言うのがわたしの役目かと、授業の最後に、勝手に追い詰められたような気持ちになって、わたしがあえて言ったのは「優しい空虚」というフレーズ。

それが今回の対話の「まとめ」のはずだったのだが、学生から質問を受けつけたら、それが「歌」

についてで、坂本さんも答えたが、最後はわたしが引き取って「まとめ」のやり直し。「歌」というのは、音と音のあいだの tonus によって自分の心が——神でも恋人でもいいのだが——他者へと搬ばれていくこと。だが、坂本さんの音楽は、さきほど言ってらした、「ピアノの一音が世界のノイズのなかに消えていくのをじっと聴き続けている」ところが原点。自分の心を他者に届けるのではなく、自分と無関係の音が消えていくのに「注意深く」寄り添っていく注意の心なのだ。坂本龍一とは「聴く人」なのだ。誰よりも世界を「聴く人」なのだ——そう、これがたぶん、わたしが探していた坂本さんの「モラル」なのではなかったか。坂本さんも嬉しそうにひと言「聴く人」と頷いてくれて、それが対話の着地点だった。最後にここにいる若い人たちにひと言、と水を向けたら、坂本さん「Open the ears! 世界を聴くこと！」と。

実際、その後、構内のレストランでワインを飲みながらお話したが、かつてアフリカの草原で、そこがあまりにも静かだったので、その「静けさ」を録音したのだけど、録音機械の音しか入ってなかった！ と笑いながら話してくれた。もちろん、笑っていいのだが、しかしここには「聴く人」のプロフィールがあまりにも鮮やかに映っている。

今回、驚いたことのひとつが坂本さんの Mac。ご自身の作品が入っているのにはびっくりしないが、それ以外にもさまざまな音素材や即興の演奏、さらには他の作曲家の曲まで入っていて、途中、なつかしいスティーヴ・ライヒの「ピアノ・フェイズ」まで聴かせてくれたのにはびっくり。京都で茶会をしながらその場で周囲の音を取り込みながら作曲＝演奏したこともある、とうかがって、どうやらコンピュータとの関係が、もはやほとんど楽器との関係に近いものになっているのに驚かされた。アーカイヴ＝楽器＝身体というこの連携に、同席していた吉見さん、「この身体化の話を授業中にしてくれれば、音楽がいかに情報か、情報がいかに音楽か、よくわかってよかったのに」と悔しがることしきり。

その会でも共通の知人・友人の名前が飛び交ったから、きっと坂本さんとはいつどこで出会ってもおかしくはなかった。同じ時代の空気を呼吸してきたという実感が無条件で共有できる人で、はじめてお会いして、すでに旧知。静かな友愛が響いていた、と感じたのはわたしだけかな。

（1）坂本龍一さんのアルバム「CHASM」所収の「War & Peace」では「Is war as old as gravity?」というフレーズが繰り返される。これはその「もじり」。当日、わたしがもっとも太古的なものとしての「音楽」について語ったときにアレンジした言葉。坂本さんは「文学的だな」とひと言。

（2）この本のゲラを校正しているときに、ピナ・バウシュさんの訃報が届いた。彼女も亡くなってしまった……。

（3）なお、この講義（「情報が世界を変える」特別講義「音楽が世界を変える？」）は二〇〇八年二月にPodcast上で公開されている。iPodなどの携帯端末から視聴するには、「iTunes Store」にアクセスし「東京大学」などの語句で検索すると便利。パソコンから利用する場合は、東京大学のＵＴオープンコースウェア（ＵＴＯＣＷ）（http://ocw.u-tokyo.ac.jp/courselist）から入れる。

第15歌

樹花鳥獣、あるいは「いいかげんさ」の普遍性

「恢恢乎としてその刃を遊ばすに必ず余地あり」（荘子[1]）

なにしろ伊藤若冲、しかもあの「樹花鳥獣図屛風」（静岡県立美術館蔵）である。大きな白象が厳かな静けさを湛えてこちらをじっと見ている。おお、すべての生きてあるものたちよ、おまえたちの存在のなんと不思議な静けさか、と少し詩人になるのもゆるしていただこうか。いや、本の表紙の話である。それは東京大学出版会から五年前（二〇〇三年）に出版された金子邦彦さんの『生命とは何か』（図15-1）――若冲をあしらった表紙がすてきだったのだが、実は、それだけではなく、出版されたときから、いつかはちゃんと読んで反応したいと思っていたし、このオデュッセイアを企画した当初から取り上げなければと密かなターゲットに定めていたのである。

というのも、明らかにこの本はひとつのマニフェストであり、挑戦であるからだ。物理学の立場から、「生命とは何か」という大問題に取り組んで四〇〇頁余り、科学論文のスタイルではなく、自分

の思考のスタイルで書き下ろした渾身の書物。一般向けの啓蒙書ではなく、かといって専門家だけを相手にした蛸壺的な学術論文でもなく、ある種の哲学的なマニフェストとさえ言ってもいい。分子生物学創設の記念碑的著作でもあった一九四六年のエルヴィン・シュレーディンガーの『生命とは何か』のタイトルをそのまま借りているのだから、著者の意気込みもわかるというもの。言うまでもなく、現代の知にとって「生命とは何か」こそ、最大の、緊急の根源的問題なのだから、自然科学からであれ、人文科学からであれ、ほんとうは金子さんの仕事に対して、肯定否定を問わず、なんらかの仕方で応答することがあってしかるべきではないか。しかも書いた本人が同じキャンパスにいるのであればなおさらである。少しは議論が起こってもよさそうなものだが、なかなかそうはならない。まあ、わたしにこの本と渡り合える十分な理解力があるわけではないが、しかしそれでもなお、大学が閉じた専門家の単なる集合の場などではなく、世界の、そして人間の意味について異質の思考のあいだの開かれた対話が行われる場であることを願って、少し遅れてはいるが応答を試みよう――そう思って、この一月われわれのグローバルCOE（UTCP）が組織した「哲学と教育」のシンポジウムに出席するためにパリに飛んだ機内にとうとう本を持ち込んだ。

小説を読んだり、放心してオペラを聴いていることもある（映画は絶対に観ない）が、長距離のフライトには意外と自然科学の本を読むのがぴったりくる。この本も、金子さんの衒いのない、ていねいで端正な文章のおかげもあって、高度一万メートル、順調に読める。12章あるうちの最初の4章までが、まあ、問題設定ということになろうか、そこでわたしが読んだのは、わたし――というより人文科学――が見るのとは反対側から「生命」を見ようとしているということ。「生命とは何か」という問いを出しておきながら、「生命はこれだ」と性急な答えを探求し提示しようとするのではなく、物理学の視点から生命――しかも「普遍的生命」――が不可能ではないこと、いや、もう一歩進んで、可能であることを、実験に裏打ちされた仕方で、理論的に構成してみよう、ということである。

この場合、生命は、まずはやわらかさを備えた動的なシステムとしておさえられている。つまり一方では、差異を吸収する安定性・可逆性・可塑性、そして他方では、途方もない多様性を生み出す進化や死に至る不可逆性といった変化のダイナミクス――こうした両義的な特性を備えたシステムがどのように可能かを解明しなければならないのだが、そのとき、まさに物理学者の面目躍如、生物学的な機能を導入せずに、最小限の物理的な相互作用を設定するだけでやりたいというわけだろう。そこに複雑系物理学が登場する。すなわち、「ゆらぎ」から出発して生命の「よどみ」の生成と変化を理論化するのである。

図 15-1 『生命とは何か』書影

告白しておくと、わたしは昔からなぜかカタストロフィーやカオスに興味があった。一九七〇年代の末から八〇年代にかけてパリに留学していたときの愛読書のひとつがルネ・トムの『形態発生の数学的モデル』で、方程式はさっぱりわからなかったものの、そこに掲出された「襞」、「ツバメの尾」、「蝶」、「臍」などのいわゆる基本的カタストロフィーの表を、まるで詩を読むようにうっとり眺めていたこともある。さらに八〇年代には、イリヤ・プリゴジンの非平衡散逸構造理論をずいぶんと読みふけった。こういう読書はもちろん、趣味的なものでもあったが、同時に、現代哲学の領域で(「他者」と並んで)「出来事」という概念が中心的、前景的になったときに、その形式化の可能性を探るという哲学的な切迫もあった(周知のように、そういう方向で「襞」を見事に使ってみせたのがジル・ドゥルーズである。悔しいけど、脱帽!)。

というわけで、ほんとうは機内で読み始めたまま、まだ完全には読了していなかったのだが、立春もすぎ——ああ、なんという一年の速さよ——駒場の梅もまた去年とかわらずに、紅梅はすっかり白梅はちらほらと咲き出たある晴れた日、金子さんの研究室を訪れて、最初にお訊きしたのが、カオス理論は現在どうなっているのか。金子さんの答えは、自由度が少ない範囲のカオスはもうだいたい調べつくされてしまって、いまの焦点は、むしろ自由度が大きい場合、たとえば、大きな数の集団がいくつかのクラスターに分かれるケースや、ひとつの状態から自由度が低い状態を経て別の状態に移っていくカオス的遍歴と呼ばれるプロセス、さらにはミクロなカオスがたくさん集まって大きなカオスをつくるような階層性などにある、と。それはそのままこの本の中心的なテーマで、生命という現象を、細部に宿る精妙な「神」から見ていくのではなく、高次元のカオス理論を発展させながら、「ざっくり」と見ていくことで、そのダイナミズムの普遍性に迫るということになる。

だが、わたしの理解が間違っていなければ、この「ざっくり」こそが鍵なのだ。一般的に、われわれは、「ざっくり」という「いいかげん」な方法は、個別のディテールを積み上げて全体を描く方法に比べれば劣っているという印象をもつ。だが、熱力学がそうであったように、個を問題にするのではなく、大きな数の集団の全体を問題にすることではじめて把握できる普遍性があるというわけである。そして金子さんのこの本は、遺伝子やタンパク質を個別的に解明して積み上げていくのではなく、たとえば「多様でいいかげんな増殖系」を仮設して、そのダイナミックな変化を「ざっくり」解明するほうが、より生命の普遍性に迫ることができると主張しているのである。

　別の言い方をすれば、――そして金子さんはそういう言い方はしていないので「違う」とおっしゃるのかもしれないが――この本は、遺伝子を中心とした生物学の文字通りの「セントラル・ドグマ」への、異議申し立てではないが、しかしほとんど脱構築の作業なのだ。つまり自己複製という生命の根本現象を説明するのに、「自己」を読解可能な完全な情報のセットと措定して考える立場（この本では「卵が先」派と呼ばれている）ではなく、「きちんとした複製というよりも、多種類の分子が触媒しあいながら、そこそこの触媒活性を維持して、いいかげんな複製系（loose reproduction system）をなす」（一四三頁）というところから考えよう、というわけである。それならば、ＤＮＡやＲＮＡではなく、「適当なアミノ酸の集合でも、脂質でもなんでもよい」ということになって、なるほどこれでは、日々必死になって「my gene」を研究しているほとんどの生物学者には受け入れがたいか、あるいは端的に理解できない思考であることは疑いない。この本への反応はどうでした？とお訊ねしたのに、金子さんが、「若い研究者と名誉教授クラスの方々には評判はよかったけど……」

と言っていたのは、むべなるかな。現場の研究者には、自分が無意識のうちに前提としている生命システムのヴィジョンを危うくする本と映っただろう。そこで、あまりにも物理学的なアプローチだ、とその人たちは切り捨てたにちがいない。

確かに、金子さんが解明しようとしているのは、現在われわれが知っている地球上の生命がそのひとつの特異な現れであるような普遍的な生命の形式である。遺伝子によって生命を明らかにするのではなく、むしろ遺伝子のように、結果的に生命の全体をコントロールするように見える少数要素がどのようにして可能になり、生成するのか、ということが問題なのだ。

しかし、だからと言って金子さんの仕事は、たとえば人工生命をコンピュータ内で発生させるというような抽象的な形式論なのではなく、むしろわたしの言葉で言えば、実存論的なアプローチだ。そのわかりやすい例が、冒頭の一五頁に登場する「細胞のなかの『こみ具合い』の模式図」――そこでは現実の細胞のなかで、大きさも形状も異なるタンパク質やリボソーム、mRNA、tRNA、DNAがまるで「満員電車のように」押し合いへし合い、詰まっている状態を図示している（図15-2）のだが、このような混在様態のもとでは、「ひとつのタンパク質の分子のなかの二原子間の距離よりも、その近くに存在するタンパク質分子との距離のほうが近くなる場合もある」というわけで、ひとつひとつの個の要素を厳密に記述してそれを総和しただけでは――いや、総和することなど本質的に不可能な――途方もない複雑な相互作用が現実を構成しているというわけだろう。さらには、どんな現実的な存在も量として、しかもきわめて大きな数の量として存在しているとすれば、量の存在はかならずや「ゆらぎ」を伴う。「ゆらぎ」は微小な差異の現れ――エラー、リスク、アクシデント、つまり「いいかげんさ」――なのだが、それが「よどみ」を構成しつつ、同時にその系全体が、ある「よどみ」から別の「よどみ」へと「カオス的遍歴」を果たすのを可能にするのである。

それは若冲の「樹花鳥獣図屏風」の世界だ。リボソームのように大きな白い象、タンパク質のような無数の小動物たち、そして咲き乱れる花はＲＮＡかＤＮＡか――わたしに「不思議な静けさ」と見えたものは、限りない相互作用を行い、果てしなく「ゆらぎ」ながら、しかしし〜んと静まりかえっている生命の本質的に「いいかげんな」全体というものだったのかもしれない。

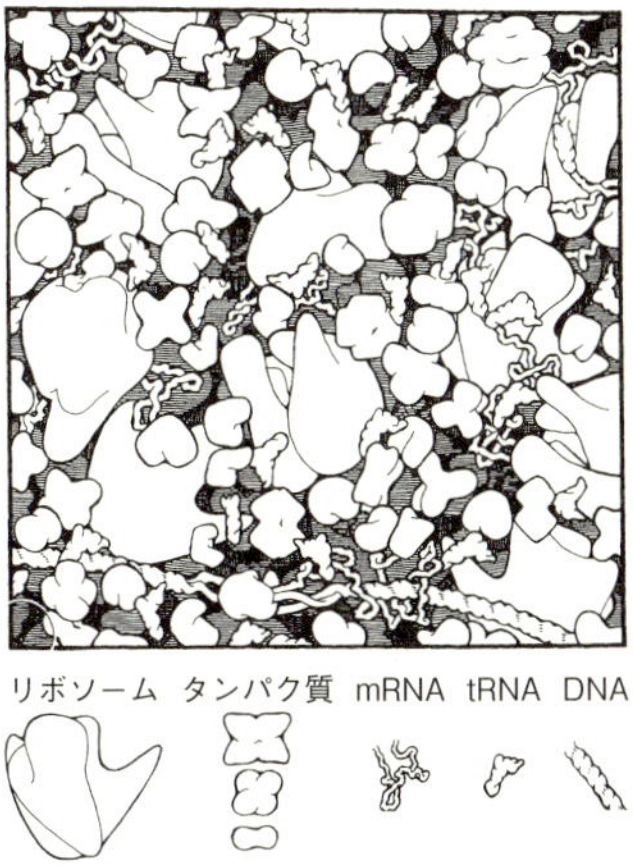

図 15-2　細胞のなかの「こみ具合い」の模式図（『生命とは何か』p. 15）

わたしは表紙に若冲をあしらったのはデザイナーのセンスで――わたしもいろいろお世話になっているが――さすが鈴木堯さん！　と思っていたのだが、金子さんの研究室の壁には、屏風一対の大きな複製画が張り出されているではないか。「こちらからお願いして若冲を使ってもらったんです」――われわれは、ながいあいだ人間の知を先導してきたデカルト的な理性から、もうひとつのカオス的理性への大転換の時代にあるというのがわたしの仮説だが、もしそれが正しいとすれば、爾後、若冲はそのカオス的理性の象徴的な灯台となるかもしれない。

「いいかげんさ」こそが生命の、そして文化の、あるいは存在のダイナミズムの本質。いや、本質などという言葉もあっさり捨てるためには、いっそこう言ってしまおうか、「状態こそが本質である」[2]——これが、わたしが金子さんの本から学んだことということになるか。

(1)『荘子　内篇』(金谷治訳注、岩波文庫、一九七一年)による。金子さんの本は「荘子」からはじまり、なんと地中海の歴史学者であるフェルナン・ブローデルへの言及で終わる。いいですねえ、こういうセンス。で、わたしも挨拶かわりに『荘子』を引っ張りだして掲げたが、この「必有余地矣」の「余地」に「ゆらぎ」を重ねたという心。

(2)もちろん、この言葉の響きのなかにかつての実存主義哲学の根本テーゼだった「実存は本質に先立つ」の響きを聴き取ることもできよう。ふふ。

第16歌
如月の稲妻、あるいはアクティヴィストKのカオス的遍歴

「われわれの関わっている分野では、認識は稲妻の閃光のようなものでしかない。テクストは稲妻の後から長く続く雷鳴である」（ヴァルター・ベンヤミン）[1]

デカルト的理性からカオス的理性への大転換の時代――前回、金子邦彦さんの『生命とは何か』をめぐって書きながら、つい筆が滑ったとでも言うべきか、大上段に構えたそんな一文を書きつけていた。カオス的理性という言葉が自分がこの間ずっと考えようとしていたなにかにしっくりとあって腑におちたという感覚があったが、では、それはなにか、と問われるとはっきりとした答えができるわけではない。あとから慌てて金子さんに、カオス的理性についてこれまでどんなことが言われてます？　などという間抜けな質問をメールで送ったら、聞いたことありませんけど……という反応で、なにしろ前回は「いいかげんさ」がテーマだったのだから、というのは言い訳にならないか。

いずれにせよ、金子さんの研究室をお訪ねした如月のその週は、わたしにとっては小さな春の嵐で、その嵐のなかから――スタンダールが恋愛について語っていたあのザルツブルクの塩のように――な

にかが結晶化した。

　実は、前回は十分にそれを語る余裕がなかったが、金子さんの本を読んでわたしがいちばん刺激を受けたのが、ある高次元のカオス状態から、いったん系の自由度がきわめて低い状態を経てはじめてつぎの別の状態へと移っていくという「カオス的遍歴」のモデル（図16-1）。つまり、変化が連続的に一様に増大するのではなく、ある種の「くびれ」をともなった不連続な変化をすること。別の言い方をすれば、自由度が低い制限された領域にこそ次の状態への脱出路が隠されているということ。似たようなことは、自己増殖する系についても言われていて、そこでは遺伝活性を維持するためには、遺伝情報を担う分子が多数ではだめで、少数でなければならないことが論じられている。ある意味では、「少ないこと」、「貧しいこと」が系の創造的遷移や自己増殖に決定的な意味をもつというわけで、これは人間の歴史的遍歴についても新しい光を投げかけるものではないか――茫漠とそんなことを考えていた。

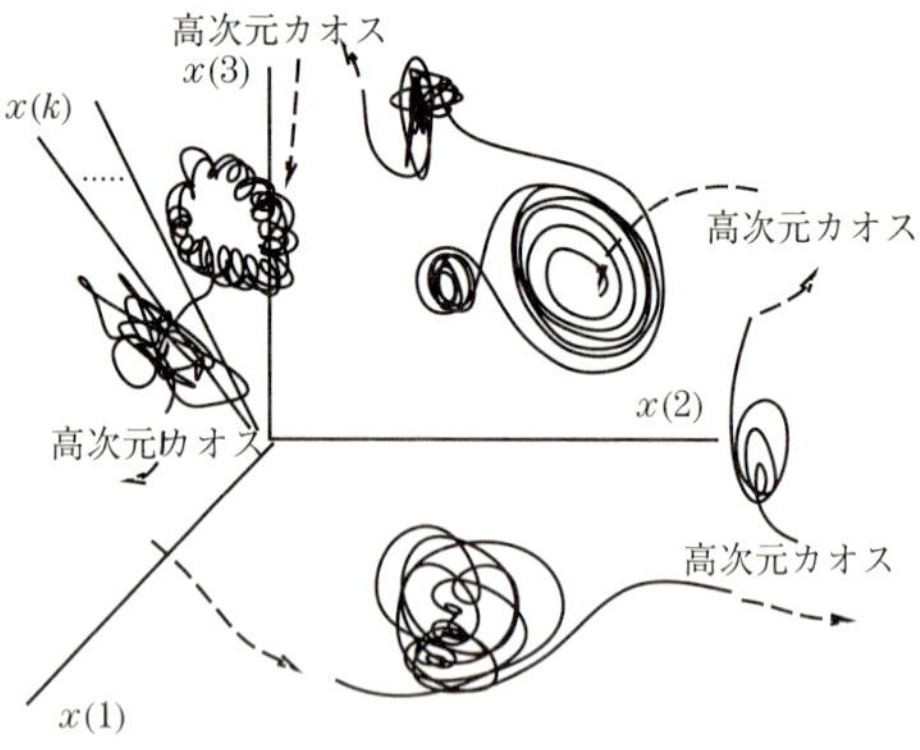

図 16-1　カオス的遍歴の模式図（『生命とは何か』p. 83）

　その翌日のこと、わたしがリーダーをしているUTCP（グローバルCOE）[2]では、哲学者であり動物行動学者でもあるドミニク・レステルさん（パリ高等師範学校）をお招きした。実は、レステルさん、慶應義塾大学のグローバルCOEの招聘で大きな国際シンポジウムのために来日されたのだが、昨秋にお会いしたわれわれのことも忘れずに覚えてくれていて、ふらりと立ち寄ってくれたという格好なので、こちらも特定のトピックではなく、ご自分の学問の根本的な立場を自由に語ってくださいとお願いした。そうしたら、認識論哲学から動物行動学に興味をもって動物行動学者となり、フィールドも含めて一五年以上という経験を踏まえて、「結び目をつくるチンパンジー」などの豊富な具体例を自由自在に引きながら、動物行動学のパラダイムがいまだに「種＝個」という普遍性についてのデカルト的なパラダイムにいかに強く拘束されているかを批判しつつ、みずからの立場を二重構成主義 bi-constructivisme として打ち出した。動物もそれぞれの特異な個体が独特な仕方で世界を創造的に解釈し構成している。その創造的な構成そのものに動物行動学者もまた、独自な創造的解釈を通してかかわる、ということ。

たとえば「結び目をつくる」ことは種としてのチンパンジーの属性ではない。どうやっても結び目をつくれない個体も多いし、また結び目をつくっても特にチンパンジーとしての生活様態が改善されるわけでもない。しかも、それは人間との関わりのなかで、ある特定の個体が創造したものである。「種」の一般性には還元できないこうした特異性をこれまでの動物行動学は完全に切り捨ててきたが、そこにこそデカルト的理性を超えた「一匹の猫とともに理性的である」という新しい立場の可能性がある。「動物とともにある」ということは、絶えざる交渉の関係に入るということである。一般性の記述には還元できないこうした実践的、創造的な「世界の多重的（再-）解釈」——それはかならず

「わかりえないもの」という残余を前提せずにはいない——こそ、もうひとつの理性、つまり異質なものの共同体における「間・理性」のあり方、ということになる。

レステルさんが過激なのは、バクテリアだって世界を創造的に解釈している、と言い切ってしまうところで、わたし自身はどうもバクテリアと創造的な交渉関係に入ることはなかなか困難でそこまではついていけないが、しかし認識の普遍的な結果ではなく、認識の創造的なプロセスそのものこそが問題だという立場は共感できる。遍歴が重要なのであり、遍歴を通してある状態から別の状態へと飛躍的に移行することが問題なのである。

そのときはこの問題をゆっくりと考えている時間はなかった。レステルさんや若い研究者たちと楽しく昼食をして、しかし「デリダの猫」という魅力的なタイトルで講演をしに行くかれを見送って、こちらは「待ったなし」ぎりぎりのこのオデュッセイア原稿（前回）の執筆。伊藤若冲の助けも借りてなんとか書き上げた翌日、今度は、気分も少しうきうきと新木場の東京都現代美術館に出かけて行った。

川俣正展「通路」である。実は一月に別の用事で美術館を訪れたときに、ちょうど展覧会準備中の川俣さんにばったり(3)。一八〇〇枚のベニヤ板で美術館のなかに通路をつくるという会場の模型を見せてくれたのだが、そこで川俣さん、「この「通路」でなにかやってくれません？　たとえばゼミとか？」——途端に、川俣さんの創造的解釈である「通路」にこちらが創造的な介入を行うという二重構成主義とまで論理的に考えたわけではないのだが、直観的に、通路とくればパサージュ、ではベンヤミンでいきましょうか、と応えていた。ＵＴＣＰの枠でわたしが行っているゼミが「時代と無意識」で、冬学期のあいだ、ドゥルーズからデリダ、ハイデガー、フーコー、ニーチェなどいろいろな思考を取り上げてきたが、ベンヤミンを、と思いながら果たせていなかったのでぴったりのタイミング。しかもＵＴＣＰには森田團さんというベンヤミンの専門家もいる。というわけで森田さんのアレンジで、かつて研究員だった竹峰義和さんにも加わってもらい、ＵＴＣＰ出張ゼミを企画したのだった。

美術館に行ってみると、なるほど土嚢で倒れないように押さえただけの簡単なベニヤの壁の通路がずっと続いている。ところどころの背後には作業スペースのような部分があって、なにやら仕事をしている人もいる。壁に若干、川俣さんの過去のプロジェクトの模型とかスケッチとか展示もないわけでもないが、しかし全体としては、木の匂いがする変哲もないベニヤ板がずっと続いているという風景。つまり美術館の通常の風景とは正反対に、表現とか作品というアートにとっての究極の根拠のようなものがほとんど感じられないアノニマスな空間なのである。その通路をずっと通っていって、地下の大きな空間の一角がわれわれのゼミのために用意されていた場所。ベニヤ板のテーブルといくらかの木のベンチが準備されていた。

わざわざ来てくださった川俣正さんとわたしの対話からゼミはスタート。こちらは、まずは、ベンヤミンという人にとっては救済という問題はラディカルに重要な問題だったのだけど、川俣さんにとって救済とは？——とまっすぐ斬り込んでみた。そういうことは考えないと、想定通りの答えだったが、そこから出発して、では川俣さんにとってのアートとは？　と問い訊ねていくなかで、自身のことを「アーティストというよりはアクティヴィストと言ったほうが近いのではないかと思うんですね。何かをしかけたり、何かを動かしたりっていうほうが……」というお答え。アートについての確固たる確信があるというより、アートという一般性にいくつも括弧をつけていくような作業で、「こんなのでもアートになるのかなあ?」と問いを投げかけるように動いているというのである。川俣さんはまさにそれぞれの特異な場と「交渉」しながら、そこにベンヤミン風にいえばまるで夢見るように――さあ、どこに行き着くのだろう?――ひとつの「通路」をしかける、ということだろうか。

その後のゼミは、まず竹峰さんの、ベンヤミン『パサージュ論』の簡潔にして要を得たみごとな分析、それを受けた森田さんの「迷うこと」をライトモチーフにして、惑星から狩猟、彷徨へと至るなかなか独創的な切り口によるベンヤミンの思考と想像力へのアプローチと続いた。しかし、「迷うこと」はまさにカオスの軌跡そのもの――金子さんの本の残響がまだ頭のなかで鳴り響いているわたしの脳のスクリーンには、森田さんの発表を聞きながら、カオス的遍歴の模式図が浮かんでは消えしていた。これもベンヤミン的とも言えば言えるが、川俣さんはこのゼミの「痕跡」! が展覧会の会場に残って欲しいと言うので、こんなチャンスは滅多にないぞ、美術館の白い壁を黒板がわりに使った余勢を駆って、わたしは一筆書きでカオス的遍歴のぐるぐる巻きを大きくホワイト・キューブの壁に描かせていただいた(図16-2)。わ~い、カオスの楽しさというのがあるのである。

だが、これで終わりではなかった。あけて次の週、ある建築雑誌の仕事で都内の住宅建築を見て歩き、それについてのインタビューを受けているときに、レステルさんの二重構成主義を建築家と住居者（施主）とのあいだの関係に適用して、従来の建築の作品主義的枠組みを批判したりしたのは、まあ、ちょっとした応用問題を解いてみたという感じだったが、週末、UTCPの企画で行われたシンポジウム「哲学と大学――人文科学の未来」のパネルになると、金子さんの「カオス的遍歴」、レステルさんの「二重の創造的な解釈」、さらに川俣さんの「アクティヴィスト」という三つの概念がわたしのカオス的理性（?）のなかで危うくひとつにつながって、それが――「稲妻」のように、と言おうか――人文科学のありうべき可能性を照らし出すかのように思われたのである。

図 16-2　美術館の壁にカオス的遍歴を描く

　人文科学の未来の希望を一〇分間で語れ、という司会の西山雄二さんの無理難題にそれでも応じるのが拠点リーダーの役目というわけでもないが、今日、すべての大学を巻き込んでいる「一般化された競争」という時代のあり方を指摘し、そのなかで実証性の基盤を失い、「個＝種」を支える内在主義に――悪いことにはその自覚すらなく――囚われたままの人文科学の根本的な危機を手短に分析しながら、しかしそれを超えるひとつの方向を言ってみなければならなくなって、つい「アクティヴィストであろうとすること」と口走ってしまったのはいささか安易とも言われようが、しかしわたし自身は思わず納得していた。人文科学が、それでもなお、あくまでも人間についての生々として力強い問いであろうとするならば、いまやそれはアクティヴでなければならない。すなわち、特異な場に創造的に介入し、異質なものとともに理性的であろうとしなければならない。カオス的理性とはおそらく「通路」を見出そうとし、作りだし、「通路」となろうとする理性である。みずからをひとつの作品（秩序）として完成させるのではなく、ある系が新しい状態へ移行するその諸条件に問いかけるような理性。

わたしの問題提起に、同じパネリストだった鵜飼哲さん（一橋大学）が、すかさず大学における教育もまさにそのような場なのだとコメントしてくれたのは嬉しくありがたいエコーだった。現場はどこにでもある。大学の内であれ外であれ、至るところ「通路」を開くべき場でないところはない。人文科学つまり人間についての問いの専門家を自認する以上は、もはや自意識の閉域に安住することはゆるされないのだとわたしは思う[4]。

（1）ヴァルター・ベンヤミン『パサージュ論Ⅳ　方法としてのユートピア』今村仁司ほか訳、岩波書店、一九九三年、五頁より。

（2）以下に述べるトピックの多くは、ＵＴＣＰのサイト上のブログですでにその内容が報告されているし、またわたし自身のブログでも取り上げて書いたものと重なる部分があることをお断りしておく。興味のある方は、サイト（http://utcp.c.u-tokyo.ac.jp/）にアクセスしていただきたい。

（３）川俣正さんとは、これまでにもいくつかの仕事をいっしょにさせていただいた。そのうち「東京プロジェクト１９９８」については、「表象のディスクール」第六巻『創造　現場から／現場へ』（東京大学出版会、二〇〇〇年）にわたしのレポートがある（「終わりなき脱構築」）。

（４）まあ、語るに落ちるようなことかもしれないが、わたしにとっては、このオデュッセイアにしても、ＣＯＥの運営にしても、ある種のアクティヴィストとしての活動にはちがいないのである。川俣さんのように、みなさんといっしょに、一枚ずつベニヤ板を並べてなんとか「通路」をつくりたいと思っているのだとも言える。

第17歌

ブリコラージュ的生命、あるいは「ええかげん」の普遍性ふたたび

「舞踊はどこへも行きはしない」（ポール・ヴァレリー(1)）

ニューヨークから帰ったばかりの時差でふらふらの頭のまま東海道を西に下った。櫻は、東京ははや満開のまま冷たい雨で凍結された風情――そのせいか今年は花色が最後のあでやかさを欠いて少しさみしい――だったが、大阪は遅いようで、まだ八分咲きくらい。それでも大阪大学の吹田キャンパスがある千里の丘は、ほかにもレンギョウ、雪柳、菜の花、辛夷、木蓮と色とりどり咲き乱れ、木立も芽吹いてすっかり春模様。摩天楼の幾何学に慣れきった眼には静かな優しさ。

UTの引力圏を脱して浪花《なにわ》にまで脚を伸ばしたのは、バイオ情報工学の四方哲也さんにお会いしてお話しをうかがうため。前々回紹介した金子邦彦さんとタッグを組んで、どちらかと言えば、金子さんが理論から、四方さんが実験から、物質と生命の「あいだ」を攻めているというように見えたので、それなら、実際に自分の手で物質から生命をつくり出そうとしている「現場」の人の「感覚」をちょ

っとつかんでみたい――そんな動機だった。

で、別に予断をもって出かけて行ったわけではないが、登場したのが、ブルージーンズにハイキングシューズを履いた浪花《なにわ》の「お兄さん」だったので、しばし唖然。びっくりしているということは、やはりなにか先入イメージがあったのだと事後的に分かる。ともかく、その「お兄さん」に、たぶん学生の論文指導などに使っているにちがいない窓のない小部屋でみっちりと個人指導を受けた。

わたしが知りたかったのは、まず、どういう「感覚」で「生命をつくる」ということをはじめたのか。挨拶もそこそこに単刀直入それをうかがうと、「生命というものをどの程度のものと思うか、なんですね」と。つまり、生命が精妙で、崇高で、神秘的なものだと思えば、とてもそれを「つくる」とは発想しない。しかし、どうも「わりとええかげんにできている」のではないか、とおっしゃる。出た！「『いいかげんさ』の普遍性」！　そのものずばりである。わたしはてっきり四方さんが、前々回の第15歌を読んでくれていてサービスしてくれていると思ったのだが、そうではなくて（読んではいなくて）、「ええかげん」と「ふらふら」はもともと四方さんの研究の重要な指示記号のようなのだ。なにしろわたしのメモの各頁毎にこの二つの言葉が書き残されているのである。つまり生命は、――たとえば精巧につくられた機械と較べても――本質的に「ええかげん」にできているのであって、そうであれば、その最初も「ええかげん」からできたにちがいない、という直観。なにも三八億年に及ぶ地球上の生命の「歴史」を緻密に跡づけることなどせずに、いまこの現在において、「一瞬のうちにばぁーっとできる」のでなければならない、というわけである。

で、かつての昆虫少年の三つ子の魂の赴くままに、それをつくってみる。それには、材料となになによりも遺伝子が必要。つまりアダムですね、とわたしは半畳を入れてみたが、「最初の遺伝子」を決めなければならない。だが、そこで「ええかげん」のわたしの本領発揮、——どれが「正しい」かなど決めようがないので——これをかなり適当にATGCの四つの文字を三〇〇個ほどつないでみる、と。これをウィルスのなかに入れてたんぱく質をつくらせる。つまり最初の文字列が複製される環境をつくってやり、そこで得られた新しい文字列をまた複製し……ということを繰り返す。一般的には、このようなことをしても「進化」はしないと思われがちだが、あにはからんや、わずか二十数世代——これはほとんど「一瞬」——で、比喩的に言えば、最初のデタラメな文字列がかすかに意味を帯びてくる、つまりかろうじて「文」となりかかるというわけ。つまり実験室のなかで「進化」ができたということになる。

ふむふむ。しかしいまいち具体的になにをどうしているのか、分からない。それをお訊きすると、いまは、——DNAはより安定的だからだそうだが——RNAをつかって、それをリボソームなど一四〇あまりの最低限の「材料」をごちゃまぜに、細胞膜のかわりなのだろう、極薄の油膜のなかに入れる。そしてRNAからたんぱく質をつくり、その反対反応で、たんぱく質からRNAができるような循環的なサイクルを動かす。するとその自己複製的な循環にエラーが生まれる、ということは「進化」のポテンシャルがある、ということになる、という筋道だろうか。

一四〇あまりの「材料」は、——たとえ生物から「採取」したものとはいえ——まったく分子レ

152

ルの物質である。つまり「土くれ」だが、そこから「一瞬」のうちに、どれほど原始的とはいえ、「アダムらしいもの」が生まれたことになる、ということか。

しかし、ここまで来て、それまで快調に説明してくださっていた四方さんの顔になにかある種の当惑ないし逡巡が通り過ぎるのを、わたしは見逃しはしなかった。四方さんは言う、「これは生命なのか。生命とは何なのか。それがよく分からないから分かろうとしてやってはいるが、やればやるほど、生命に漸近線のようにどこまでも近づきながら到着しないような、アキレスと亀のような感じもする。しかし同時に、ここで生み出された〈ええかげん〉な生命（もどき、かな?）は、もし地球類似環境において、何十億年たてばある種の生物界をつくってしまうかもしれないのでもあって、どうなんでしょうねえ?　こういうことは哲学の問題でもありますよね?」と不意の逆襲。

その場のわたしの応答は、「生命とは何か?」という問いそのものが解消されるのかもしれませんね、というもの。ここまでが物質、ここから生命というようなはっきりとした区切りそのものが――すくなくとも物質的には――「ない」のかもしれない。生命とは自己を複製する機構、そして自己を維持するエネルギーを産む機構を備えた物質という「だけ」だというわけだが、しかしそんなふうに考えていると、たしかにすっきりするよりは、どことなく落ち着かない気分にはなる。

このときわたしの頭に澎湃《ほうはい》と浮かびあがったのが、なつかしい!　ブリコラージュ（器用仕事）という言葉。言うまでもなく、クロード・レヴィ＝ストロースが『野生の思考』のなかで、科学的知に対して、神話的な野生の知を説明しようとして用いた概念である。ありあわせの「がらくた」（odds and ends）を用いてそのつど「間に合わせ」の仕事をすることだが、それがいまや、神話どころか、生命のもっとも本質的なありよう、つまり存在の運動を指し示しているのかもしれないのだ。

帰りの新幹線のなかで、メモを読み返しながらぼんやり思い出したのは、かつてわたし自身がブリコラージュという言葉を「自由」と結びつけて論じようとしたこと。九四年だからもう十数年前のことだが、帰宅して古い雑誌を取り出して確かめると、たしかに「自由の存在」を新しく規定しつつ「開かれてあることによって、みずからの存在を、他者の存在を引き受けることができるような存在、そのようにみずからを創造的に開くことができる存在、すなわちみずからの根源的な自由を開けとして保持し、そしてそれを共同的に保持するために創造的でありうる存在[2]」と論じ、最後にはレヴィ＝ストロースを経由して《倫理的なブリコラージュ》の可能性を考えるところで終わっている。人間の「自由」の根拠としてわたしが夢みたこの「ブリコラージュ」が、十数年経て、いまや生命の本質そのものとして回帰してきたということなのか。そうかもしれない。「ええかげん」の自由と生命の「ええかげん」がここで出会っているのかもしれないのである。

この創造的な「ええかげん」は、細胞のレベルだけではなく、二種類の異なった生物のあいだの関係でも観察される。実は、四方さんの研究の出発点はそちらで、その日の「講義」もそこからはじめられたのだったが、大腸菌と粘菌の共生コロニー形成という実験である。われわれのお腹にすんでいる大腸菌と森深くにすむ粘菌は自然界ではたがいに出会ったことがない。実験室でこの二種の菌を共存させると、最初は、粘菌が大腸菌をどんどん捕食してしまうのだが、そのうちに——ある条件のもとで――大腸菌がみずからねばねば状の多糖類のドームをつくり出し、すると乾燥を嫌う粘菌がそのドームのなかに入り込んでたがいの分泌物を食べ合いながら共生するコロニーがうまれる、というのである。しかもこのとき、はじめは小さかった大腸菌の大きさが三倍くらいになって、粘菌と同じくらいになっている（図17-1）。「もともと大腸菌という奴はええかげんでふらふらしとるんです」という具合。ここで肝心なのは、こうした変化が遺伝子にはよらないということだろう。遺伝子という情報プログラムが変化してこうなったのではなく、プログラムはそのままで、生命が新しい事態にみずからをブリコラージュ的に適応させることを通じて、体の大きさまで含めて、自分をつくりかえてしまう。ドミニク・レステル流に言えば、大腸菌にとって「粘菌とともに理性的であること」の実践を行ったということだろうか。

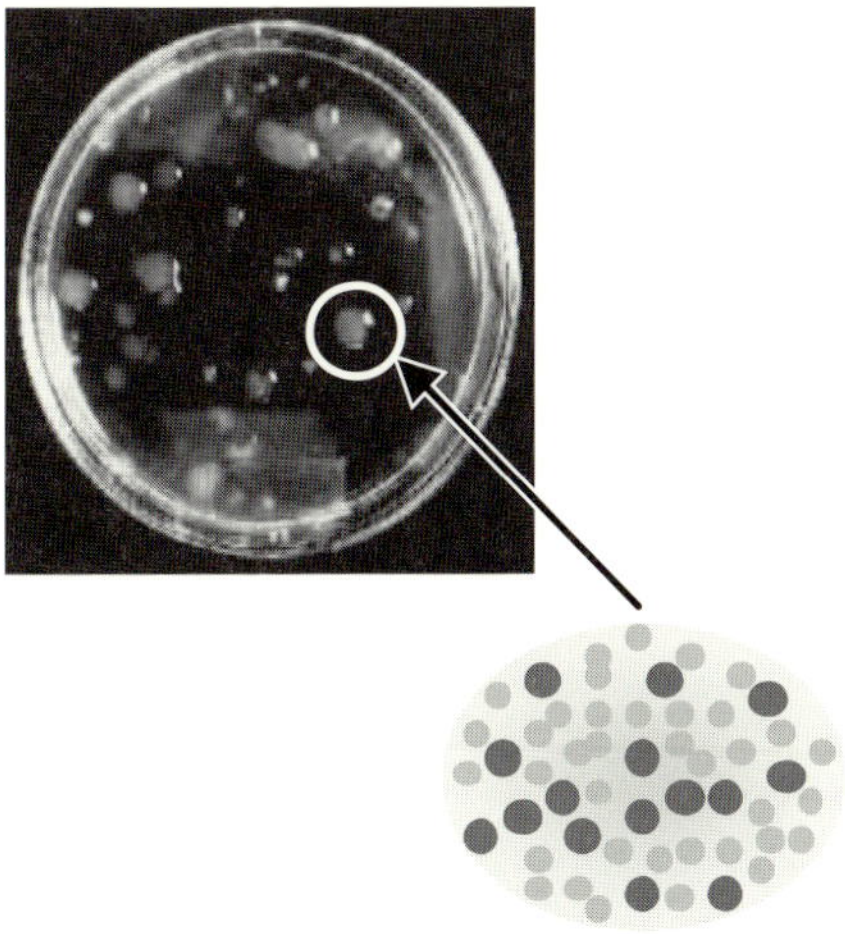

図 17-1　大腸菌と粘菌の「共生コロニー」（Todoriki, M., Oki, S., Matsuyama, S. -I., Urabe, I., Yomo, T.（2002）Unique Colony Housing the Co-existing Escherichia coli and Dictyosterium dis-coideum. *Journal of Biological Physics*, 28（4）, 793-797.）
くずもち状のドームのなかで両者が共生している。

しかしどんな場合でも共生コロニーができるわけではない。それには条件があって、食べられるほうの大腸菌の数がゼロではいけない。それでは、餌がないので粘菌も滅んでしまう。しかし逆に、多すぎてもいけない。大腸菌が多すぎると粘菌は急速に餌を食べて大きくなり、餌がなくなって、滅びてしまう。言い換えれば、ゼロではないが、多でもない、いわゆるマイノリティが形成されるという条件のもとではじめて、マイノリティ側からの創造的ブリコラージュによって共生コロニーが形成される、ということ。言うまでもなく、これはわれわれにはすでにお馴染み、カオス的遍歴の一例。つまり、「少ない」ということが決定的な、創造的な意味をもつということである。

四方さんも言う、「進化するものはそのどれかの成分の数がかならず少なくなっている」と。どうしてか。それは数が少なくなったときに、はじめて平均値ではなく、限界値が意味をもってくる、ということだろう。少ない集団、いや、もはや集団として機能するかしないかのぎりぎりのところで、はじめて平均からの差異が新しい意味を持ちはじめるというように言い換えてもいいかもしれない。

生命はみずからのエネルギー機構がうまく働かなくなると、環境をふらふらとさまよう。そして「たまたま」――「平均」から離れたところで――なんとかエネルギーがつくれる場所があるとそこにすみつく（四方さんが言う「アトラクター選択」）というわけ。「ええかげん」が生き残りの鍵――この身も蓋もない生命のもっとも根底的なダイナミズムに、人間的な、あまりに人間的なわたしの脳髄はまだ随いていけていないような気がする。

なにかが残る。この残るものこそとても重要だと思いつつ、しかしそれをはっきりとは言い得ないもどかしさ。新幹線の窓の外を飛び過ぎる春の夜の朧の景色をぼんやりと眺めながら、物質でも生命でもないなにものかについて、ふらふらといつまでも考えつづけていた[3]。

（1）ポール・ヴァレリー『ヴァリエテV』。かの有名な「歩行」と「舞踊」の対比である。「どこへも行かない」舞踊が「歩行」では辿り着けない「遠く」へと「行く」ことを可能にする。
（2）小林康夫「ブリコラージュ的自由――〈所有〉から〈創造〉へ」、『現代思想』一九九四年四月号、二五七頁。自分が書いたものらしいがすっかり忘れているこんなテクストを読むと、これはそのまま前回、「アクティヴィスト」とわたしが言ったことの規定そのものではないか、と驚くというか、自分の考えがすこしも変わらず、「進化」しないのにあきれてしまう。
（3）あえて言ってみれば、大腸菌のつくり出す「くずもち状の共生ドーム」を人間にとっての「ことば」のようなものとしてイメージしていた、ということか。

第18歌

クラス4からの革命、あるいはルービック・キューブの不安

「第四の発生では、もはや土や水のような凡てに共通な要素からではなくて、もうお互の関係によって生じたが、その関係は或る動物では栄養が凝縮された結果なされるのであり、他の動物ではまた女の美しい姿が生殖運動の刺激となるからである」

（エンペドクレス）(1)

話の最後がルービック・キューブだった。あの立体パズルを解くには、一一九通りの手順を示すタブロー（表）があって、ともかくそれを覚えてしまうしかない、と。それを聞いて突然に、三〇年近くも前にパリに留学していたときに、エコール・ノルマルの近くのカフェでいかにもノルマリアンといった風情の若者がストップ・ウォッチ片手にあっと言う間にキューブの色を揃えてしまうのを呆然と見ていたことを思い出した。わたしだと何十分もかかる操作が何十秒もかからないでできてしまうのを目の当たりにして、以来キューブに触ることはなかったと思うが、なるほどあるパターンから出発してどうキューブを回転するかということが一一九通りに分類されていて、その「定石」が、結局、ルービック・キューブの「真理」ということになるというわけだろう。微分方程式ではなく、そのような有限なタブローとして「真理」が現れるという事態をどう受けとめるか、と話し相手は問題提起

をしていることになる。
わたしの咄嗟の反応は、あの4×4×6＝96個の小キューブのうちの、たとえばひとつでもふたつでも空白であったとすると、タブローは閉じないで、とたんに限りない可能性に開かれてしまう。つまり時間が生まれるということでは、というもので、これは気にいってもらえたみたい。ある意味では、ふたりでずっと話していたことは、まさに時間の発生の問題であったのだから。

相手というのは、駒場の池上高志さん。前にお話をうかがった金子邦彦さんと同じく複雑系物理学の専門家で、二〇〇七年の秋に『動きが生命をつくる』（青土社：図18-1）という本を出版なさっている。前回の四方さんが、実験室で実際に「生命をつくる」ということを試みているとすると、池上さんは、コンピュータ・シミュレーションをつかって、人工的な系を動かし、そのモデルの振舞いから、「生命」を理解する研究をしていると言えばいいか。構成論的アプローチというのだそうで、その元をただせばフォン・ノイマンのセル・オートマトンにまで遡るということらしい。

図18-1　『動きが生命をつくる』書影

で、まずは『動きが生命をつくる』を読んだ。二三〇頁あまり、そう分厚くはなく、「力学系を超えて」という序章から、人工生命系やダイナミカルなカテゴリー、コミュニケーション、意識、言語の問題を経由して最後はなんと「アート」で、そこでは――わたしも一九七〇年代はずいぶんコンサートで聴いたなあ――ジョン・ケージが言及されるというなかなかお洒落な構成、文系のわたしでも滞りなくついていける文体で読みやすい、のだが、なにかが「わからない」。というより、なにかもどかしいような感じが残るのはどうしてか。

人工的な系を設計してコンピュータ上で動かすというのは、簡単に言えば、ゲームをつくって動かすことに等しい。実際、池上さんの本には、クリス・ラントンのライフ・ゲームからはじまって、ご自身がアーティストと組んで制作したフィルマシーンというアート装置までさまざまなゲームがファイルされているとも言える。そこで気がつくのは、わたしは池上さんよりは十歳あまり年上なのだが、ゲームを通して「わかる」という「わかり方」がたぶんわたしには難しいのでは、ということ。

この本で池上さんは中間層ということを主張する。つまり、原子分子といった物理化学の法則の上に、「その基本法則からあたかも独立であるかに見える層」があるというわけだが、それが生命にとっての形や意味を構成する階層ということになる。実際の生命においては、この階層はおそらく膨大な要素からなる極度に複雑な超ゲーム（＝リアリティ）として実現されているのだろうが、そのもっとも基本的な振舞いと意味を理解するために、コンピュータ上で限られた数の明示的な規則からなるゲームを走らせるわけだ。すると、ある適切な条件のもとで――といってもなにが「適切」か、あらかじめ分かっているわけではないのだが――機械的に進行するゲームのプロセスから、独自の秩序が出現する、ということが起こる。この場合の秩序とは、形であり、区別であり、意味である。物質的な基層の動きとしてはなにも変わらないはずなのに、そこに「あたかももうひとつ別の」意味の層が出現したかのようである、というのではいけない、そう、われわれにとって意味のある世界が出現した！ のだ。

ふむ。筋道はわかるが、どうもこの「わかり方」がわたしにはわかりにくいということがわかる。逆に言えば、ここでわたしは、わたしの「わかり方」がまだ、原理や定義から出発して演繹的に「わかる」という「わかり方」に縛られているということに気づかざるをえない。つまり、わたしのほうはゲームという具体的プロセスはなにかある本質的な原理の「例示」だろうから、その本質を先に言え、みたいな要求をしたくなるのだが、池上さんのほうは、問題は、「生命とはこれこれだ」ということではなくて、「生命であるわれわれが、生命を理解しようという構図が、生命そのものの問題でもある」という立場、つまり「生命を複雑系科学でわかるのではなく、生命そのものが複雑系という装置なのだ」という「わかり方」をしなければならない、というわけである。そうなれば、池上さんが最終的には、みずからアートの領域に足を踏み入れることになったのもわかる気がする。アートとはそういう「わかり方」をするものだからである。

と、ここまで来て、これはわたしが言っている「現場のアクティヴィスト」と同じことではないかと、はたと膝をうちはしないが、思わず納得。それどころか、ここにはわたしがこのところ考えようとしている「カオス的理性」の目覚しい徴候が鮮やかに提示されていると考えるべきだと、方向転換する。

たとえば、区別の問題。生命にとっては自己と非自己を区別することは決定的に重要。なにしろ生命とは、なんであれ自己なるものがあり、それが複製されるということはどうやっても動かない。が、この「動かない」区別そのものが、「動き」から生まれてくるとしたらどうか。池上さんは、ニールス・イェルネのネットワークをもとに免疫反応における自己と非自己の区別がいかに「揺らぎ」によってコントロールされているかを示している。すなわち、抗原と抗体が鍵と鍵穴のように一意的に、機械的に決まっているのではなく、抗体もまた他の抗体に対して抗原として振舞い、それを通じてみずからを特異化していく。つまり無数の差異のネットワークが生起し、そのことによってはじめて、ある一定の抗原量に対してだけ特異的に強い抗体反応を示すという現象が導かれる。わたしの勝手な解釈では、「揺らぎ」を伴ったカオス的な状態を通して、量的な変化に特異的に対応した自己―非自己の区別が動的に生み出されるということ。実際、わたしも若干その傾向があるが、アレルギーという自己免疫疾患は、まさに自己と非自己の区別が最初から与えられているものではなく、いかにたえず、まさにカオス的に創造されているかを示しているとも言えるだろう。

区別、自己・非自己、形、意味……はカオスを通じて動的に生み出される。つまり理性はカオス的である。そうだった、わたしは、まさにそっちの方向に行きたいのだった。

もうひとつだけ池上さんの仕事から興味深い例をあげておくと、神経ニューロンをシミュレートしたパルス信号をやり取りする要素からなるネットワークをつくり、それを搭載したビークルを市松模様のボードの上を走らせるという実験。ポイントは、パルス信号の伝送速度に二種類あること。その速度の差異がネットワーク内部にカオス的遍歴を生む。すると、内部がカオス状態のときには、入力ニューロンが外部の情報（市松模様）を取り込むが、内部ニューロン集団が比較的に安定状態だと信号は取り込まれない。外部の情報に接続したり、接続しなかったりというこの関係性のダイナミクスが最終的にはビークルに「（身体化された）カオス的遍歴」を与える（図18-2）。

池上さんが言うには、「内部状態によって運動のパターンを作り出し、その運動のスタイルでとりこめる外部入力だけを受け付ける。つまり内部状態こそが運動の構造が外部に向けるアテンションであり、志向性である」。う〜む、志向性かあ！　現象学の第一原理ともいうべき、「意識はなにものかについての意識である」というのが二六個あまりの簡易ニューロン装置を組み込んだビークルでシミュレートされたと池上さんは言うのであり、はっきりと「これが意識の最初のプロトタイプである」と書いてある。

物理学者がここまで哲学を「実験」しているとなれば、哲学者だって物理学や生命科学くらいはちゃんと勉強しなくてはもうどうにもならないだろう。物質の基盤の上に中間層があり、その中間層に支えられてはじめて人間の意味の世界が開けてくる。池上さんも「いま、意味の理論が決定的に欠けている」と言う。それに対して、いわばこの三十数年、言語論、記号論、表象文化論と意味についての新しい理論をずっと追いかけてきて、ある意味ではそのどれもがこの中間層にグラウンディングすることに失敗したように思えるという感慨を語らざるをえなかった。まあ、それだからこそ、このオデュッセイアでわたしなりの「カオス的遍歴」を演じているのではあるが……。

それにしても、カオス的遍歴から志向性が生まれる、というシミュレーションをまともに受けとめたらどうだろう。もののはずみであえて飛躍を演じてみるだけのことだが、それは生命にとって、〈いま〉という時間は「あとから」構成されたものだということでもある。もっと言えば、生命とは、時間を構成するシステムだということにもなる。つまり、中間層とは、時間がそれぞれ異なった形をもち、意味をもつような領域だということである。その形は、複雑系では、大きく四つに分類されているそうで、最初の三つは微分方程式の解に対応するもので、わたしも知っていたが、固定点、周期解、カオス解。それにもうひとつ、はじめて教えてもらったのが、クラス4というもの。これは「時空間にみられる秩序と無秩序を橋渡しするような奇妙なパターン」と言われているが、どうやら規則性（周期性）とカオス性両者の「縁」にある、――わたしの言い方では――異なった規則をもったゲームが共存しているようなパターンということになるだろうか[2]。

池上さんの研究室のテーブルの上には、きれいな色の巻貝が入った函が置かれていた。別れ際にこれは？　と水を向けると、ひとつひとつ模様をさしながら、これは周期性の模様、こちらはカオス、そしてこれがクラス4です、と（図18-3）。なるほど。時間をどう理解するか、という問題を議論しながら、わたしはいつもの持論で複素数的な「虚（数）」をどうとりこむか、だと述べたのに対して、池上さん、「ぼくは既成の数学をどう適用するかではなく、生命を見ることから新しい数学が生まれるのが見たいのです」、と熱くきっぱり言っていたのだった。

おそらく池上さんが夢のように考えていることは、物質と生命と脳と意識と言語とが全部ひとつながりのものとして記述できるような方法であり、言語なのだろう。もし可能であるとして、それが、新しい数学ではなくて、ルービック・キューブのように、単なる大きなタブローにならないという保証があるのかどうか、というところで話は冒頭に回帰する。

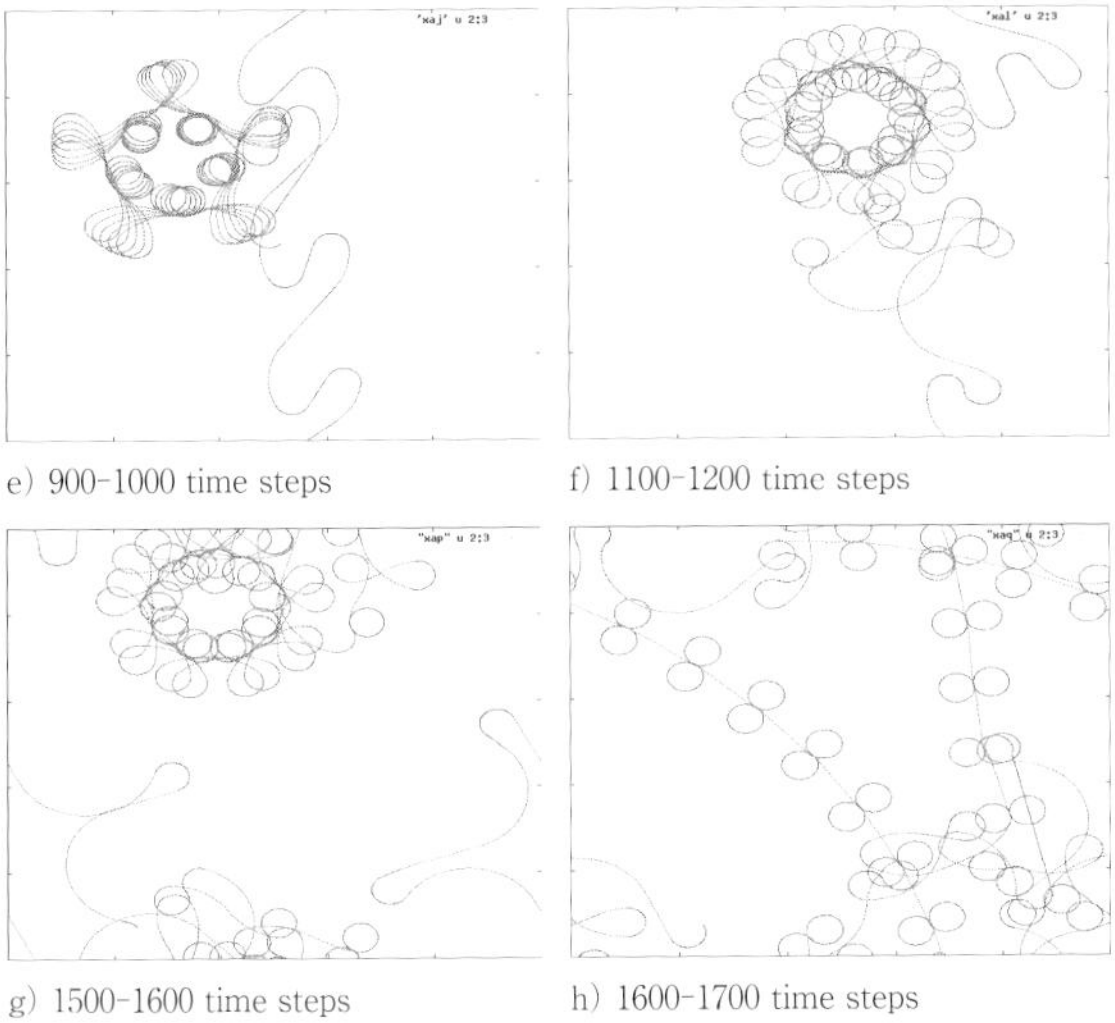

図 18-2　市松模様上のビークルの巡航パターン

図18-3　池上さんの貝のコレクションより（左からタイプ1，周期解，カオス解，クラス 4 に相当）

池上さんはシシリー島のエリチェで書いたという「あとがき」に「やはり革命は必要なのだ」と書き込んでいる。革命はまず不安に満ちた夢からはじまる。この本は確かに革命家の風貌もある池上さんの夢のマニフェストと言ってもいいだろう。

（1）エンペドクレスの説く生物の発生論の一部。山本光雄訳編『初期ギリシア哲学者断片集』岩波書店、一九五八年、五九頁より。

（2）時間については、これ以外にも池上さんと話した多くのことがあるが、今回は紙面が尽きた。いずれ語る機会もあろう。

第19歌

生命の形、あるいはたんぱく質の哲学の方へ

「生命は形である、そして形とは生命の様態（モード）である」（アンリ・フォション）[1]

漢字・ひらがな・カタカナのどれを使うか、書きはじめから迷いにとりつかれているが、ともあれ「たんぱく質の哲学」を考えるべきではないか、と思いはじめてずいぶんになる。根拠のない直観だが、遺伝子の場合には哲学というよりは情報学が出番なのだが、たんぱく質ではじめて哲学が可能になるというか、必要になるというか。物質と生命の「あいだ」を追っかけていって、どうしてもたんぱく質の存在論（?）にぶちあたるという感覚があった。つまり、われわれの存在の根底に遺伝子の二重螺旋が見出されてしまったこの時代、人間がどういうものであるかを理解するためにも、遺伝子の情報によって作りあげられるたんぱく質がどのように存在しているのかを知らないわけにはいかないのではないか。だって、どうやらわれわれは、ほとんどたんぱく質で「できている」のだから。

そうしたら、ちょうど去年（二〇〇七年）、五年にわたる国家プロジェクト「タンパク3000」

が終了したのだと聞いた。二〇〇一年に総合科学技術会議が国家的な研究目標として定めた「蛋白質構造・機能解析」を実現するために、なんと総額五三五億円という巨額の資金が投入されたらしい。知らなかった。わたしがやっているグローバルCOEなら五世紀分以上か！　と嘆くのはお門違いの〈やっかみ〉であることは千も承知。これがどんなもので、いったいなにが分かったのか、興味津々。ちょっと訊いてみよう、とプロジェクト・リーダーのひとり理学部の横山茂之さんに連絡。もう入梅でどんよりの雲からぱらぱらぱらと雨粒も落ちてくる六月のある朝、四〇年前に東大に入学して以来はじめてだったが、浅野キャンパスを訪れた。

で、早速に、ジャーナリストのように訊いてみる。

小林　「タンパク3000」とはどういうプロジェクトなんでしょう？

横山　遺伝子（DNA）にはシンプルで強力な普遍性があります。大腸菌からヒトゲノムまでどれも共通して、たった四つの塩基対の文字で書かれた一次元の文字列です。ところが、そのDNAのデジタルな情報に従ってアミノ酸を連結してできるたんぱく質は、アミノ酸配列そのものはDNAを翻訳しているのだから一次元ですが、ひとつひとつのたんぱく質は、その存在はアナログで、三次元的な形をもち、表面構造もきわめて複雑多様です。遺伝子が一列に並んだDNAとはちがって、たんぱく質分子はそれぞれ、空間的にばらばらに存在する。そこには次元的な飛躍がある。つまり遺伝子は構造即機能で、誰の目にも明らかなはっきりとした普遍性があるのに対して、たんぱく質は、分子生物学者にとってすら、その普遍性が見えにくかった。だから、このプロジェクトがはじまる前は、研究者はそれぞれのたんぱく質をひとつひとつ思いをこめて何年も費やして研究するのが常識で、わたしだって実はそう思っていたんです。しかし、それでは全体が見えない。全体が見えなければ、差異が見えてこないことになる。アミノ酸の一次元的な配列ではなく、それが形となり、生命をもってくる立体構造における共通性を見出し、たんぱく質の全体を見通すということが今後の研究のためにはどうしても必要なんです。

小林 アミノ酸は二〇種類と言われていますから、いわば二〇の文字からなる配列ですよね？ その配列、つまり一次元文字列には、それがどんな立体構造になるかの情報はないということですか。

横山 たんぱく質は形が機能を決定しているんですが、その形はかならずしも同じ文字列によって決められるものではないのです。つまり、異なる生物種のあいだで、同じような形と機能の対応があっても、それぞれのアミノ酸の配列はかならずしも同じでなくてもいいのです。三〇億年以上の生命の歴史のなかで維持されているのは形であって、配列ではないのです。配列は変わってもいい。

つまり、こういうことだろうか。たんぱく質は分子に働きかける。それぞれの分子を捕捉し、それを取り込んだり、分解したりすることで生命機能を営んでいる。それぞれの分子に対応する部分の形や表面構造がそのたんぱく質の機能を決定しているのであって、それ以外の部分は三〇億年の生物の進化の歴史のなかで生物種に応じて多様に変化してきてもいる。その多様な、複雑な変化を通じて維持されてきた類似の機能・形を見出すことが決定的に重要なのだ、と。ゲノムというシンプルな情報とたんぱく質という、——わたしの言葉で言うなら——ほとんど「生命の現場」の営みの複雑さの両輪が解明されてはじめて生命の全容が見えてくる。すでにゲノムの解明は急速に進んでいる。だが、それだけではだめで、たんぱく質についての全体像が見えてこなければならないが、それはたんぱく質の立体構造を分析して、それを共通の言語で書くということが必要になってくる。

小林　しかし、いったいたんぱく質というのはどのくらいの数があるんですか？　二〇種類のアミノ酸が何千もつながってということになると気が遠くなるような数があるんでしょうか？

横山　いや、だいたい遺伝子の数と桁でひとつ違う、というか、ほとんど同じというか。プロジェクトの最初のころはまだそれもわかっていなかったのですが、いまでは、ヒトゲノムの場合は約二万三千ということがわかっているので、たんぱく質も細かなバリエーションを数えても一〇万くらい。大腸菌はゲノムが四千、ビール酵母は六千、これらのたんぱく質もだいたい同数です。

小林　それでまず三千をやってみたということですか？

横山　端から端まで全部やるという考えもなかったわけではないけれど、結局多すぎる。最終的には、まずたんぱく質を分類する、つまり類似性を探して括っていくということで決着したわけです。つまりドメインのファミリーを決めていく、ということ。ドメインというのはたんぱく質のいわば部品ですね。部品がいくつも組み合わさってたんぱく質ができている。

小林 ドメインというのは、一方ではアミノ酸の配列、他方では形、そしてそれが機能につながる、ということですね。そして、たんぱく質はそれ自体が、そのドメインがいくつも組み合わさった一個の「機械」である、と？

横山 そうです。ある部品がオンになったり、オフになったり、それぞれの関係も変化しているような四次元の「機械」でもあるのですが、そのダイナミズムを分析し理解するためにも、まずはどういう部品がどのようにあるのかが分からないといけないわけで、それがようやくわかってきた。研究の基本のベースがやっとできたわけです。

小林 う〜ん、たんぱく質一個がそのまま時間を含んだ「機械」なんですね。その部品であるドメインというのはだいたいいくつくらい種類があるのでしょう？

横山 これもだいたい遺伝子の数と同じ、一万から二万くらい。

小林 そのドメインが集まってたんぱく質ができているということになりますが、ずばりこのプロジェクトがはじまる前といまとでは、横山さんのたんぱく質についての見方というのは大きく変わったのでしょうか？

横山 いままでは頭のなかで三次元、四次元でたんぱく質を考えることができます。以前は、○、△、□がつながって、というようにしか構造を考えられなかった。

だが、「機械」とはいえ、それはわれわれが普通に考える「機械」とはずいぶん違っている。立体構造を決めていく方法はX線結晶解析やＮＭＲ（核磁気共鳴）ということをあらかじめ調べていたので、なんとなくたんぱく質の構造もそれこそ○、△、□の結合（ペプチド結合ですね）で、幾何学的なものなのかと漠然と想像していたのだが、いやいや、「タンパク３０００」を特集した『ＰＮＥ（蛋白質核酸酵素）』（二〇〇八年四月号）を見てみても、後にインターネットでＰＤＢデータベースをのぞいてみても、そこに表示されるのはぐるぐる螺旋状のリボンと紐がからみあったカラフルな図ばかり。ちょうど前日にわたしが理事をしている三宅一生デザイン文化財団の会議で一生さんにお会いしたばかりだったこともあるのか、こちらは一生さんの一九九〇年代のプリーツ・プリーズやツイスト・シリーズの衣服の展示を思い出してしまった。

たんぱく質には、大きく分けるとαヘリックスと呼ばれる螺旋状の折り畳みと、βシートと呼ばれる二つのサブの構造があって、それが組み合わさってできていることはつとにわかっていた。ドメインはそうした二つの要素の組み合わせであり、そのドメインがまた複数、しかも多重に組み合わさってたんぱく質を形成している（図19-1）。しかもその組み合わせを通じて、電荷の±や凸凹などの相補性を用いて膨大な数の分子からターゲットになる分子を的確に選び出し、キャッチして、たとえば素早く加水分解してしまう。われわれの新陳代謝も神経機能も免疫も発生もみな、ということはわれわれの存在そのものが、そのようなたんぱく質の精妙な営みによって支えられている。すなわち、たんぱく質こそ物理的、化学的な特性をもった実体としての分子とかかわり、操作し、操作される実質なのである。
こうなってくると文系の人間としては、こうしたたんぱく質の立体構造が、目的論的に決まってきたと考えるのか、それともそうではないと考えるのか訊いてみたくなる。

小林　あるいは目的論というのは、なにかを理解するときの障害でもあるのでは、と危惧しながらお聞きするのですが、ターゲットになる分子にあわせてたんぱく質が立体構造を自己組織している

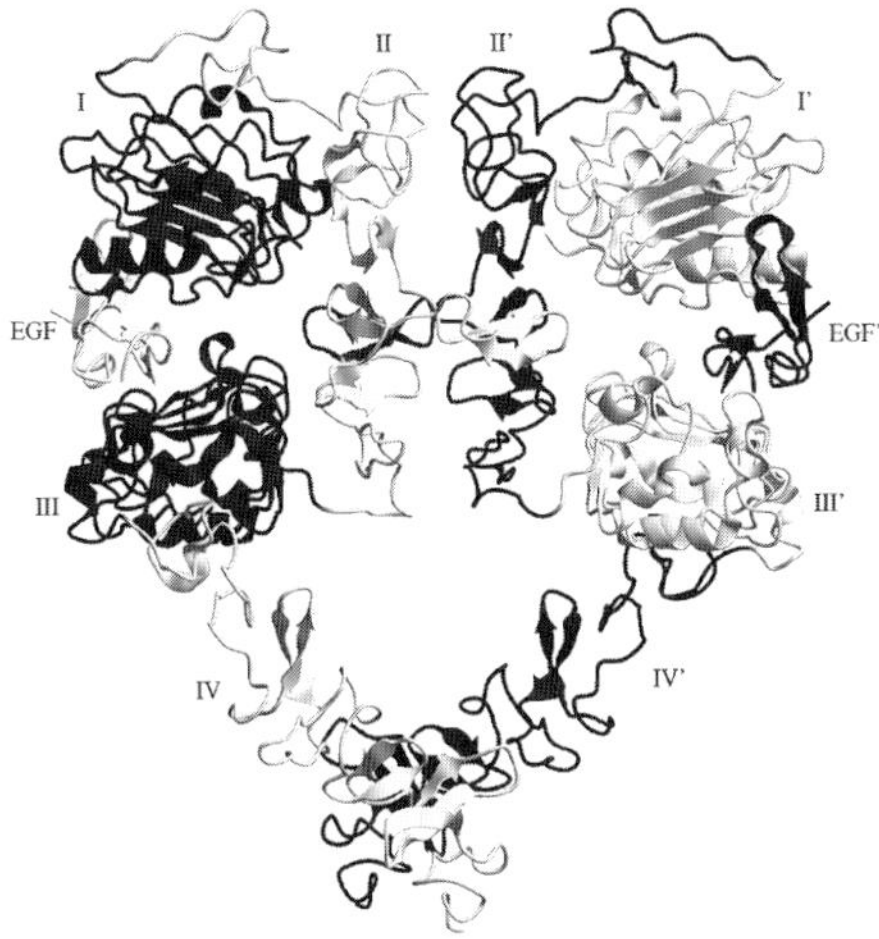

図 19-1　EGF というタンパク質と、細胞表面で EGF を結合する役割の EGF 受容体というタンパク質が、それぞれ 2 分子ずつ会合した様子

EGF はひとつのドメインからなり、EGF 受容体の細胞表面に露出した部分は四つのドメインからなる。EGF 受容体の第一ドメイン（Ⅰ）と第三ドメイン（Ⅲ）は、その間に EGF をはさんでとらえる。すると第二ドメイン（Ⅱ）から伸びた「腕」が水平になり、もう 1 分子の EGF 受容体と「手を握りあう」ことができるようになり、会合する（二量体化）。その結果、2 分子の EGF 受容体の第四ドメイン（Ⅳ）同士が近づき合い、細胞膜を越え内側にシグナルを伝える。

のでしょうか。

横山　部品がどのようにつくられたのか、ということはいまは問わないことにしましょう。生命誕生の過程でできあがったというように考えておく。しかし、その後、生命は進化します。進化するというのは、部品の組み合わせを変えたり、あるいは部品自体を小規模に修正するということです。たとえばアミノ酸をひとつ取り変える、するとよりよい結果が出る、生命はそれを保存する……そこには合目的性が出てきます。

小林　お話をうかがっていると、なによりもゲノムに追いつく、という計画だったように思いますが、それは達成されたということでしょうか？

横山　DNAは床の間に座っているだけで尊いのですが、たんぱく質は一個ずつではばらばら。それが立体構造の解明を通じて、はじめて全体が見えてきた。部品は部品にすぎませんから、それを決めていく作業はつねにおもしろいわけでなく、つらいこともありましたが、それをやり遂げたいま、たんぱく質研究は飛躍的におもしろくなってきた。見えないものが見えてきたのです。単語がわかったことによって、文章が読めるようになったと言ってもいいでしょう。しかも構造分析の技術もまた飛躍的に進歩した。方法そのものは昔と同じだとしても、いまでは、場合によっては卒業研究のレベルでも自分が研究しているたんぱく質の結晶化させて、構造を見ることが可能になってきたんです。これはすごいことです。たんぱく質の形を見るという思考が、構造生物学の専門家だけではなく、生命科学の研究者すべてに確立したのが大きいと思います。

小林　ゲノムにつづく生物学の第二の革命？

横山　そうです。まだ実りはわずかですけれど、大きく展望が開けました。「タンパク3000」の成果をもとに、たとえば、薬をいままでは「見つける」のではなく、「設計する」ことができるよ

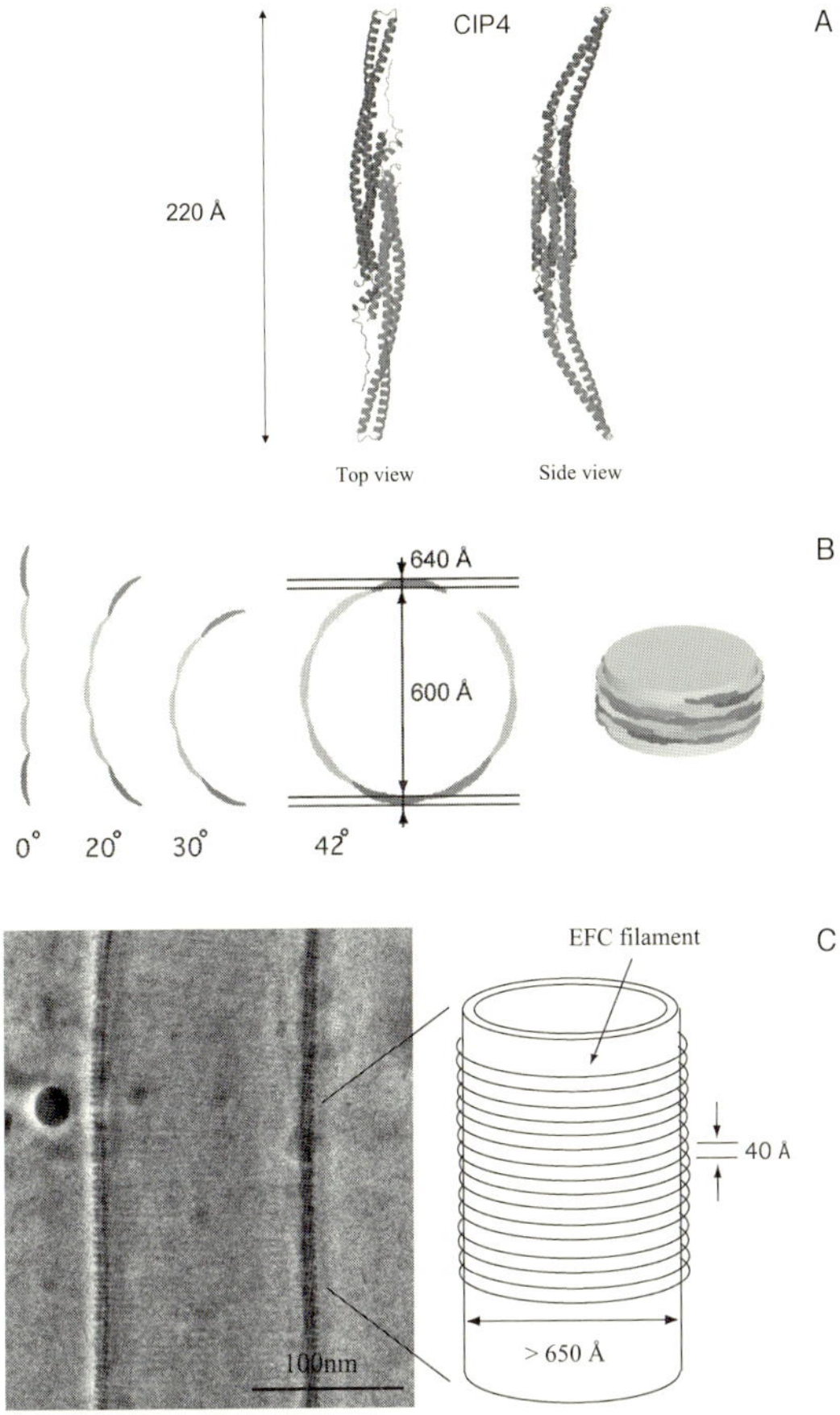

図 19-2　細胞膜を内側に陥入させ細胞外の物質を飲み込む過程で働くたんぱく質の EFC ドメイン（二量体）（横山茂之さん作成）A は EFC ドメイン二量体（X 線結晶構造解析による）で、緩く湾曲した「弓」のような形。B のように弓の端と端で接合して紐状になる。その紐が接合部で曲がり、滑らかな円弧を描く。細胞膜を紐でぐるぐる巻きにし、チューブ状に絞り出すことで陥入させる。C は陥入したチューブの電子顕微鏡写真（永山國昭さん撮影）。たんぱく質の紐が隙間なく巻きつき縞模様に見える。

うになった。近い将来に大きな実りが出てくると思います。

横山さんご自身は、いま、その興奮さめやらぬままに、扱うのがきわめて難しい膜たんぱくの研究に打ち込んでいるという。そのなかで、細胞膜が外の物質を内側に取り込むときに働くたんぱく質の形——二本の弓のような形なのだそうだが——が、わたしの友人でもある永山國昭さん（岡崎統合バイオサイエンスセンター教授）の電子顕微鏡で実際に「見えた」ときの興奮を語ってくださった。それはまさに「形」が「機能」として「見えた」瞬間であったと（図19-2）。

そうか。「生命は形」であるのか。DNAといい、たんぱく質といい、その最初の構造が一次元の文字列であるのは、それが生成の時間軸に沿って要素がつながっているからだろう。だが、それだけでは、生きた生命の営みの全貌は分からない。その一次元が、幾重にも折り畳まれ、三次元の、さらに四次元の「形」となって立ち現れてくるときにはじめて、生きた機能が、つまり「意味」が生まれてくる、ということになる。

生命は折り畳まれたエクリチュールの四次元テクストである——これがこの日、横山さんからわたしが勝手にいただいた「公案」ということになるだろう。しばらくはこの「公案」の襞（折り畳み）を解き開く思考の努力をしてみなければなるまい。

（1）アンリ・フォシヨン『形の生命』（一九三四年）。

第20歌

北の明るい森へ、あるいは水よ！　木よ！

「そこに一本の樹がのびた　おお　純粋な乗り超えよ」（ライナー・マリア・リルケ[1]）

清冽な水が勢いよく溢れ出してくる。膝まである長靴を履いているので平気、水草の生えた岩盤の上を歩いて地下から水が湧き出してくるほんとうの水源までのぼって行ってかがみこみ、掌に水を掬って飲んだ。思ったよりは冷たくない、涼しげなやわらかさ、「清」の一字がそのまま喉を落ちていく。水よ、水よ、深い森の命そのもののような水よ、と、こちらの言葉もどこかすでに詩の律動。この〈場処〉に来るためにこそ、あるいは今回の小さな旅はあったのかもしれないと心満ちたりて。

大げさにおどけて「漂流」と銘打ってこの連載をはじめたときから、託《かこつ》けて訪れてみたいと思っていたところが二つあったのだが、ひとつは神岡、もうひとつは富良野。前者はもう間に合わなさそうだが、眼光輝く女神アテネはそれではあんまりと憐れんだか、札幌に旅するチャンスを与えてくださった。いや、G8サミット関連ではない。二〇〇八年六月二八日から北海道立文学館ではじまった「詩の黄金の庭　吉増剛造展」のオープニング・トークのセッションにお誘いを受けたのだ。

吉増剛造さんは、わたしにとっては特別な詩人で、実は、二一、二歳の頃だったはず、稿料なるものをもらったたぶん人生で二番目くらいの原稿ということになるのだが、もうひとりの詩人と吉増さんを論じたことがあった。そうしたら、なんと吉増さん、ていねいにお手紙をくださった。若かったわたしはどうしたらいいのか、当惑してとうとう返事を出し損ねた。それ以来、ずっと吉増さんの詩の仕事を読ませていただいているし、対談や座談会でも幾度かお付き合いいただいた。一九九〇年頃には、駒場にお呼びして講演をお願いしたこともある。二〇〇七年の一二月、友人のクロード・ムシャールさんが来日された折に、吉増さんは都内でムシャールさんを囲む小さな会を催されて、そこでここ二年あまりつくっていらっしゃる「映画」作品（gozoCiné）を何本か上映したのだが、機械の調子がいまいちで少し不満が残ったこともあって、その場で駒場に来てお話しもいっしょにあらためて上映してくださ い、とお願いした。そして当日、そうだ、それならこちらも「映画」をつくってしまおう、と若い研究員の平倉圭さんに頼んで、わたしが吉増さんを駒場キャンパス東端の現時点では「一二郎池」と通称されている池に案内するシーンからはじまる小さな映像作品をつくってもらった（「Fundus Oculi」）[2]。そうしたら、なんと今度の展覧会にその映像作品も出品されることになったのだ！——というわけで、その日、わたしは、向こうの隅に置かれたモニターからときおりわたし自身の声が聴こえてくるというどうにも落ち着かない状態で吉増さんの展覧会を見てまわることになった。

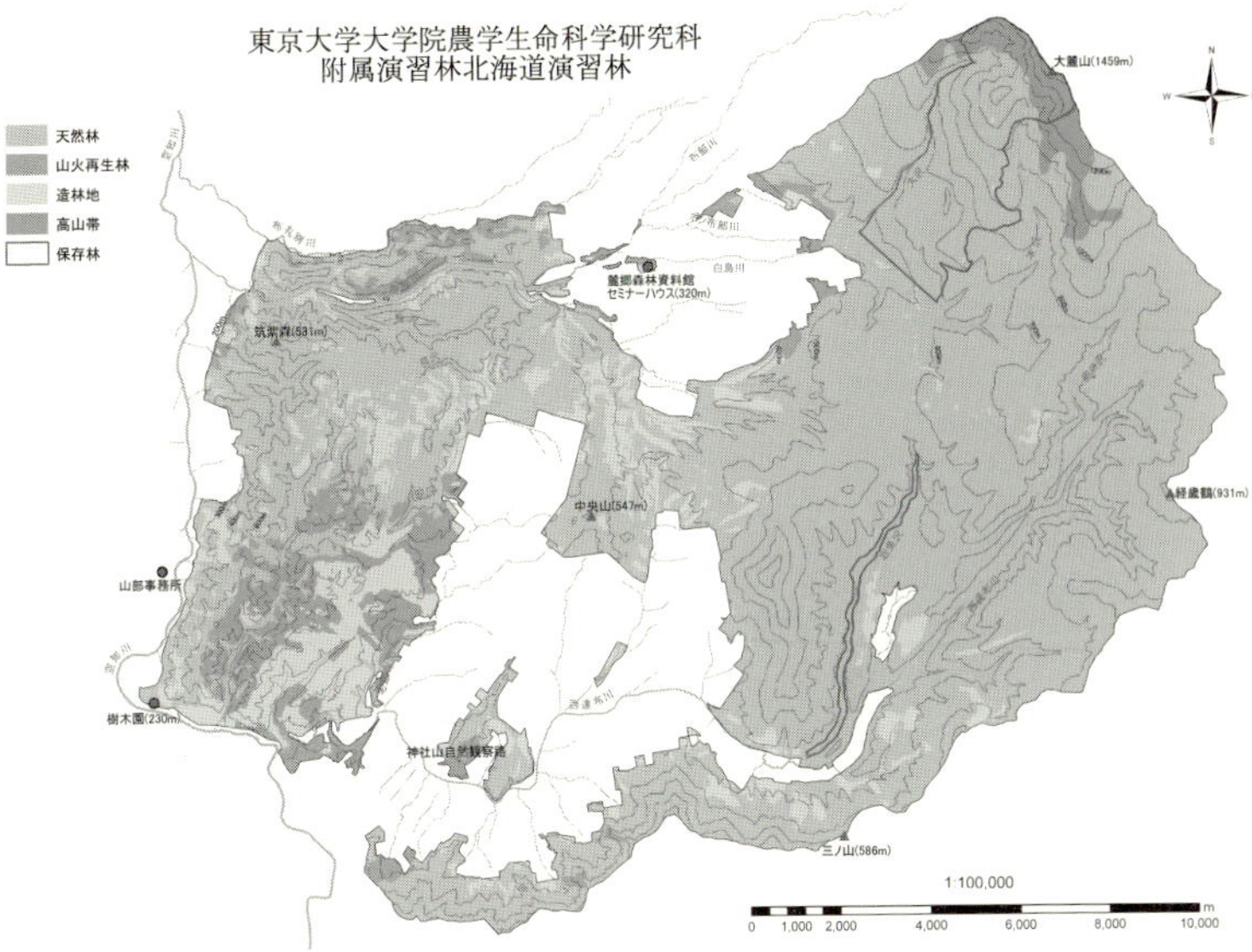

図 20-1　パンフレット『北海道演習林』より（東京大学大学院農学生命科学研究科附属科学の森教育研究センター、2008）

そのトーク・セッションのことはここでは書かない。また、その翌日、これも前々からずっと訪れたいと思っていたイサム・ノグチのモエレ沼公園をとうとう見て（なんという卓抜なスケール感！）、そこからさらに夕張経由で車をとばし、トマムにある安藤忠雄の「水の教会」（神も消えたような静かさ！）もようやく見ることができたのだが、その経験についてもここでは触れている余裕がない。実は、数年前にパリの社会科学高等研究院で講義をしたときに、その二つの構築にも多少触れざるをえなかったのに、自分自身の体験が欠けているのをみずから咎めていた。久しぶりの北海道、いくつもの宿題を清算するまたとない機会となって、そのなかに農学部附属の北海道演習林も入っていた。

北海道演習林は、歴史的には一八九九年に内務省から無償移管されたもので、その後のさまざまな経緯を経て、現在では、保有面積二万二七三三ha、東京ならざっと山手線の内側の約三・五倍という、ご案内いただいた林長の梶幹男先生が遠い山の峰をさして、「あそこまでずっと東大演習林です」と言うのを聞いてはじめて実感するその広大さ（図20-1）。「演習」という言葉に惑わされてはいけない、正真正銘の山林以外のなにものでもない[3]。しかも演習林はここだけではなく、秩父にも千葉にも愛知にも富士にも伊豆にも、さらには都内の田無にもあり、その総敷地面積は三万二三三二ha。実に東京大学の総敷地面積のうちの九九％をしめるというのだから、わたしのように約四〇年の東大人生のすべてを駒場ですごしている者など、まさに「森を見ず」――わたしの知らない「もうひとつの大学」がここにはあるのだ、とあらためて眼を瞠る思いがするが、演習林を通して大学と国家とのあいだの歴史的な関係を考えることが今回の目的ではなく、では今回の目的は？　と問われると、いや、せめて「木」くらいは見たいと思って……ということになるか。

その木をまずは見た。梶さんが最初に連れて行ってくださったのが、麓郷にある森林資料館。このあたりはかつては東大演習林であったものが農地解放で民間に払い下げられたところというわけで、なるほど地図でみても演習林の敷地が蝶が翅を広げたみたいにくびれているのは、そのような歴史的な事情でもあった。熊や鹿の剝製などもあるが、なんといっても圧倒的なのは、高さ二一メートルくらいに切りそろえられた数々の木の標本である。トドマツ、エゾマツ、アカエゾマツなどこの一帯を特徴づける針葉樹からはじまって、広葉樹のダケカンバ、ミズナラ、シナ、ニレ、イタヤ等々（図20-2）……だが、こちらはすでに、複雑系のカオス理論を門前の小僧くらいには勉強していることもあって、目をひきつけられるのは樹皮のパターン。樹皮もまた、池上コレクションの貝殻にも似て、なんと多様なパターンを見せることか。しかも単にパターンだけではなく、それぞれ色も肌触りも、当然だが、ひとつとして同じものはない。こうなるとパターンの比較をしてみたくなって、わたしは、そうだ！「クラス4」のパターンはないか、と目を凝らすのだが、どうもほとんどが「周期解」のパターンで、大雑把なスケールでは、カオスもクラス4も発現しないように思われる。これはやはり木が円として、しかも季節の周期のもとで、成長することと関係があるのだろうなあ、と推測するのが精一杯、梶さんにうかがっても、樹皮のパターン形成についてはまだ目覚しい研究はないみたいだ。

図 20-2　資料館の樹木の陳列

　それから麓郷の農地のあいだを通って、行き止まりの鹿除けの柵（確かに通りすがりに一頭の鹿を見た）さらにもうひとつの錠付きのゲートという二重の関門を越えると、いよいよ樹々の香気が匂いたつ森へと突入する。その日、梶さんが案内してくださった道は、本沢と呼ばれる清流に沿って、幾重にも折れ曲がりながら演習林内最高峰の大麓山（一四五九m）のほうへと登っていくルートだったが、もちろん車が通る林道を通っているということもあるが、それだけでなく、昼なお暗い鬱蒼とした深山幽谷の趣というよりは、はるかに明るい森の相なのである。

そのことをお聞きすると、梶さんは、ひとつには針葉樹と広葉樹が混交した多様性に富んだ林相ということもあるが、なによりもまずは「原生林から天然林へ」とおっしゃる。すなわち、演習林のなかには原生林として残しておく地域もあるらしいが、基本的には、林分施業法(4)と呼ばれる計画的な伐採の技術によって管理された天然林こそが東大演習林の理想であり、その「存在理由《レゾン・デートル》」である、ということになるだろうか。人の手がまったく入らない自然の状態では、森の成長量は低い平衡にとどまるのに対して、適切な計画のもとに、それぞれの林分の特異性との対話を行いながら、病虫害木や他の成長を阻害している木、枯れた木などを伐採することによって森の生命力を最大限の状態で維持できるというわけである。なるほど。そのためにこそ縦横無尽の作業道網が完備されているのであり、途中には、真冬の作業の人々の休息所に使う古いバスがとめられていたりもした（「これちゃんと動きますよ」と梶さん）。あいかわらず複雑系にとらわれている「孤独な散歩者（とはいえ車でご案内されているのですがね）」は、自然がほうっておくとカオス化して鬱蒼とした沈滞に陥るところを、人間の手で周期性を導入することで逆にカオス的な遍歴を始動させる、というようなことかなあ……

きっとこれもまた、ある意味クラス4の一種になるのかもしれなくて、自然と人間とのあいだの創造的な関係にとってのひとつの先駆的なモデルがここにあるのかもしれない、と夢想しつづける。

「ほら、あそこに熊の糞！」と梶さんが言うところを見れば、確かに道の真ん中にこんもり黒々と。「まだ新しいなあ」となれば、ごく近くに熊もいるということか、いよいよ森は深く。「でも演習林では、これまで熊とのトラブルは一度もないんです」と梶さん。人の手が適度に入って、明るく見通しがきき、ほどよい繁みがつづく演習林の森は、野生動物にとってもすみよい環境なのだそうで、エゾシカ、エゾヒグマ、エゾナキウサギなど一九種もの哺乳類、それに天然記念物に指定されているクマゲラをはじめ一〇七種もの鳥類が観察されているそうだ。

途中、車を降りていろいろな木を見せていただいたが、そのなかで一本、いまでも鮮やかにその姿が目に浮かぶのが、すっくと立ったオヒョウの木、しかし無残にも丸裸のままである。「鹿が樹皮を食べてしまったんですね」と梶さんの説明。「ぐるっと円周を食べられてしまうと木はもう養分を根から送ることができなくなって立ち枯れてしまうのです」――う〜ん、これはわたしには衝撃だった。ちょっと考えてみればわかることなのに、そのことをちゃんと理解していなかった。わたしは木がわかっていなかった。わたしは木を単純に大地にどっしりと根を張った垂直性（「純粋な乗り超え」）として考えていた。しかしもちろん年輪が示すように、木の真ん中はすでに死んだものである。生きている木の生命の現在は、樹皮の下、わずか数ミリの形成層にのみある。途端にわたしの目に映る木は、まるでコンピュータ・グラフィックのイメージのように、円柱状の薄い水の皮膜の姿である。なんと

fragile! なんと vulnerable! 木よ、木よ、空に伸びていく円の薄膜よ！ この薄い膜を通して木はときには地上一一〇メートルの高さにまで水を運びあげる。もちろんその力は物理的だけでは説明がつかない。細胞が細胞に呼びかけ、その呼びかけが水を受け渡していくのである。木、この薄い細胞の膜！

そしてもうひとつ、個人授業の最後のレッスンとなったのが倒木更新（図20-3）の現場。「もうこの稜線の先は国有林です」とおっしゃるのでほとんどもっとも深い地点なのだと思うが、案内していただいた森の一角、足元を見ると倒れた木の上を跨ぐようにして木が生えている。しかもそれが一本ではなく、トドマツ、エゾマツが九本。つまり二〇〇年くらい前に倒れた一本の木が床となって、その上に他の木が生育したということ。どの木もおよそ一〇〇年以上経っている大きなもの。しかしそれは、倒れた木が養分を与えたというよりは、その倒木があることではじめて根づくことが可能になったということらしい。

これもわたしには驚きで、「それは、自然の状態で木が生えるということは、結構たいへんということでしょうか」とお訊きすると、まさにそうで、たとえばエゾマツなどは、このような倒木でもなければ、自然に根づくのは「皆無」というお答え。わずか数ミリのエゾマツの種子が、ササに邪魔されることなく、鳥やネズミに食べられることなく、さまざまな菌に冒されることもなく（なにしろ雪のなかで植物を腐らす「雪腐れ病菌」というのまでいるそうだから）、根づくことができる土壌を得て成長できる確率は、数億分の一か、だそうだ。そうか、木の種子にとっては、森は、土壌に根づくことを妨げる空間でもあるのか。倒木は、その種子を迎え入れる絶好の仮の土壌になるというわけだ。ここでもまた、わたしは、木よ、なんとfragile! なんとvulnerable! と呟かざるをえなかった。こうして木を見た。木を見る眼差しを学んだ。

図 20-3　倒木更新

図 20-4　湧き出る森の水

そしたら森はその奥底からほとばしる清らかな初水をご褒美にくれた。

演習林のなかでも仙人峡と呼ばれる秘密の奥地、岩盤からすでに滔々と湧き出す水を（図20-4）掬って、すばらしい、この森の木たちと「同じ水」をわたしもまた分かちのんでいる！

この北の明るい森の正午！

同じ道を戻って山を降り、いったん麓郷に出て、最後に行ったところが、演習林西南の端、たぶん一番標高が低いところ（二三〇m）にある樹木園[5]。ここではエゾマツ、トドマツの苗が年ごとに大きくなっていくのを見せていただいた。数年たって五〇センチくらいになったのを一本一本手で植えていくのだそうで、病原菌対策で土壌を焼却したり、乾燥よけのネットを張ったり、まさに手塩にかけて fragile な小さな苗を育てている。億分の一の可能性から出発して、しかし人間よりははるかに長い時間を生きていこうとする木とつきあうためには、人間はなによりも忍耐ということを学ばなければならないのだろう。われわれの大学がこんなすばらしい森を所有していることのなんという幸運！この森を多くの人々の学びのために育てつづけることをあらためて決意しなければならないだろう。その幸運の「徴」として、わたしは梶先生の車のなかにあった、黄色が目にも鮮やかな、文字通りキハダの樹皮一片をもらい受けてきた。これを書いている机の上には――なぜかチベットの石と並んで――その樹皮がずっと置かれている。

（1）「オルフォイスへのソネット」富士川英郎訳（『リルケ全集第3巻』彌生書房、一九七三年）による。
（2）この作品はUTCPのサイトで見られる（http://utcp.c.u-tokyo.ac.jp/members/data/hirakura_kei/）。
（3）なにしろ、比較的近いところでも一九八一年の台風一五号の倒木の売却だけで約五五億円の収入というのだから驚き。

（4）これについては高橋延清『林分施業法　その考えと実践』（改訂版、二〇〇一年、著者発行）を参照のこと。また、かつて八九年『UP』の連載をまとめた『森林科学の森　東京大学演習林』（一九九二年、東京大学演習林発行）もすべての演習林の活動をまとめている。

（5）ここには、歴代総長の植樹のコーナーもある。ちなみにわたしが訪れた二日後には小宮山宏総長もいらして植えられたはず。その準備で忙しいときに、長時間ご案内いただいた梶先生に感謝！

第21歌

階層構造の科学、あるいは海に向かって《水切り》

「夜よ、来い！　刻よ、鳴れ！　日々は過ぎ去り　ぼくはとどまる」

（ギヨーム・アポリネール[1]）

森の次は海だろう、というわけでもないが、真夏の光に誘われるようにして海に行った。横須賀にあるJAMSTEC（海洋研究開発機構）である。追浜の駅から乗ったタクシーが降ろしてくれたところは、東京湾に面した港の桟橋。巨大な船が三艘もとまっている。しかも遠く彼方に停泊しているのは、見紛うはずもない、原子力空母にちがいない。すると向かい側はアメリカの軍事基地。そして両隣はどうやら日産自動車の工場敷地で、こちらにとまっている船のうちの二艘は自動車運搬用のコンテナー船。道理で大きいわけである。だが、そのあいだに挟まれて、すぐ近くに接岸している船もけっして小さくはなくて、あとで聞いたのだが、全長一〇五メートル、四六二八トンの「かいれい」（図21-1）――そうかTVのドキュメンタリーで見たこともあった深海を探査する調査船「かいこう7000」や「しんかい6500」を運ぶ研究船なのだ。日本の海洋研究の拠点にわたしはやって来たということになる。

だが、ほんとうのことを言えば、ここまでやって来たのは、「海洋」のためではなかった。「階層」のためだった。

図21-1　研究船「かいれい」

この春に東京大学出版会から『階層構造の科学』（二〇〇八年：図21-2）という本が刊行された。「宇宙・地球・生命をつなぐ新しい視点」という副題が示す通りに、宇宙から生命までさまざまなフィールドにおける階層性の現れを具体的な現象を軸に、分かりやすい言葉でまとめてくれていて、おもしろく読んだのだが、同時に、まだなにか決定的な一言が言われていないような微かなもどかしさが残った。それは、あえて言えば、多様な分野に階層構造が見出せるとして、それを横断する「階層構造の科学」の像がいまいち不分明である、ということかもしれない。そのあたりを著者たちがどのようにつかんでいるのかを知りたい、というのがわたしの当初の関心。なかでも階層構造をリズムと結びつけている議

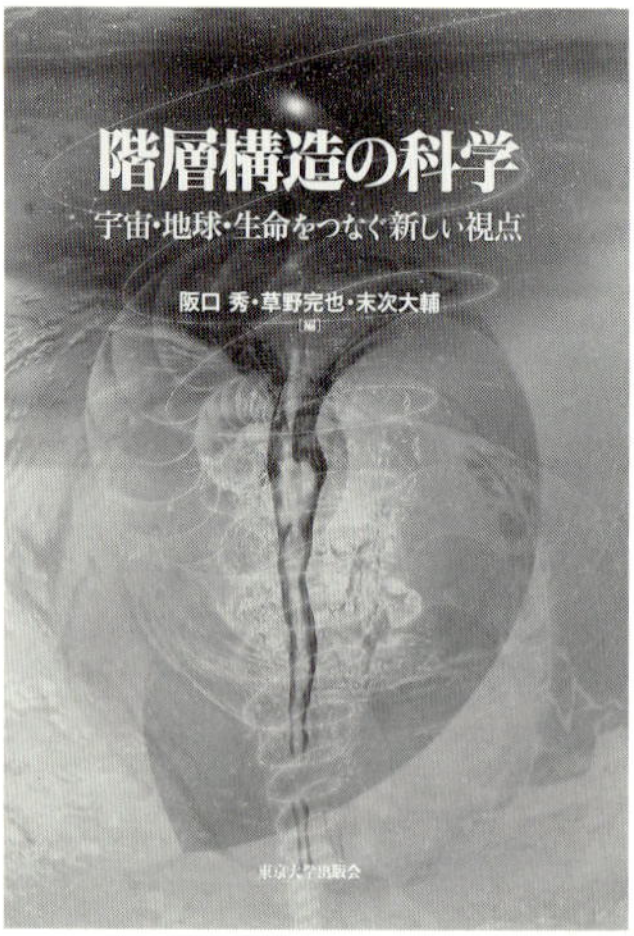

図 21-2　『階層構造の科学』書影

論に特別な興味があってそう連絡したら、なんとその章（第2章「神は命をつくりたもうたか」）を共同執筆した四名の方がおそろいで、わたしを迎え撃つという応援になった。四名の方とは、阪口秀さん、出口茂さん、三輪哲也さん、向井貞篤さん――最初の三名はＪＡＭＳＴＥＣ所属だが、向井さんは九州大学で、わざわざこのために飛んできてくれたという次第。ちょっと恐縮。

さて、会議室の一角のテーブルを囲んでのインタビュー（図21-3）、早速、どうして「階層構造の科学」なのか？　と。最初はＪＡＭＳＴＥＣではじまった「横断研究開発促進アウォード」というプロジェクトに採用されたから、という公的なお答え。だが、わたしとしては、もう少し研究者としての魂に踏み込みたい。それが可能になったのは、実は二時間あまりみなさんとお話しをして、最後にそれぞれの方のいまの研究テーマをおうかがいしたとき。

このプロジェクトの旗振り役である阪口さんは地球内部変動研究センターに属していて、地震の大きさと頻度の関係を力学的に研究してもいるそうで、地震で巨大な岩盤が割れて裂けるような場合、きわめて大きい力が働くと、その力の巨大さが逆に岩をナノ・スケールにまで粉砕してしまうのだが、そうなると微細な粒子が逆に破壊を修復し、そこに抵抗が生まれて岩盤の運動が抑制される、と。そうでないと――いくらなんでも、とわたしは思うが――地球を真っ二つに裂いてしまうことになるかもしれないのに、実際は、地震の大きさの限界はマグニチュード八くらいにとどまっている。すなわち、これは、巨大なスケールからナノ・スケールに「トップダウン」方向に力が働き、その結果として、下から「ボトムアップ」方向への逆の力も生まれてくるという階層間の二重運動の明らかな例ということになる。

図 21-3　左から小林康夫、出口茂さん、阪口秀さん、向井貞篤さん、三輪哲也さん

なるほど。だから、阪口さんが書いたこの本の序文「なぜ階層構造なのか」のわずか三頁目に、ほとんど突然に「破壊」の話が出てくるのか、ちょっとわかったような気になるのだが、地震というきわめて大きなスケールの出来事の本質を理解するためには、それとはまったく階層が異なる次元の現象も見なければならない。そのような研究をしている阪口さんが、階層間の複雑なダイナミクスが、自然科学の諸領域――さらには社会科学や人間科学の領域すら――を横断するある共通のプラットフォームになりうるのではないか、とさまざまな分野の研究者に呼びかけることからプロジェクトがはじまったというわけだ。

だが、この本のなかで阪口さんはかならずしもいま自分の興味が向かっている地震、さらには地球の地殻変動を可能にしている階層構造について論じているわけではない。それよりも、数百万年あるいは数千万年単位の地殻変動が「確実に複雑な状態に向かっている」のは、「どことなく生物の機能発現と進化過程に似たメカニズムの存在を匂わせている」と言いながら、極限環境生物を研究している出口さんや三輪さんらといっしょに生命の階層構造について論じている。つまり、この本は専門家が分担して書いた本ではなくて、研究者があえて自分の守備範囲を超えた分野で議論しあいながら書いたものなのだ。そこがこの本の強みでもあり弱みでもあるのだろう。

実際、四名で書いたこの第2章は、「ネコは何からできているのか」からはじまって生命組織の階層構造に及ぶと、それがコオロギの尻にある尾葉という気流感覚毛がフォトンの一〇〇分の一くらいのエネルギーを感知できるほど高感度であるというトピックへとジャンプし、それが細胞内の情報伝達の仕組みへと流れると、いつの間にか生命体の環境、とりわけたんぱく質にとっての水の問題が扱われるのだが、それがすぐさま高温・高圧のいわゆる超臨海水の話になっていく（これぞ「極限環境生物学」だとこの場所に来てはじめて納得）。そこから――これはわたし自身もこのオデュッセイアで触れたことがある――細胞内は実は均質な水に満たされているのではなく、きわめて狭い空間に多種多様の物質が混在しており、拡散が進みにくい、つまり不均質な状態が維持される空間であることが指摘されて、細胞の構造をつかさどるアクチンの重合と脱重合という反対方向の運動が非常に近接したところで起きることで平衡が生み出されていることが言われる。さらには、このアクチンの重合によって細胞が動くメカニズムが解説されるとそこから微生物の培養の可能性にまたしてもジャンプ。「自然界でこれまでに確認された微生物のうち、人為的に培養できる微生物はわずか10%に満たない」のだそうで、単独の培養ではなく、コロニー的な共生の方法、つまりは階層構造的な培養方法を開発する夢が語られる。かと思うと、生命発生の系統樹をかすめたあとの最後の着地はリズムの問題で、細胞の情報伝達の重要な回路であるカルシウムイオンの流入現象について、「実際の細胞の膜構造は地球のように丸い。地震波が地球を周回するように、カルシウムイオンの波も、細胞膜表面を伝搬し広がっていく」という一文で、そうか！　地震と細胞とがうまく統合されることになる。

でも、おかしいでしょう？　こういう文章はひとりでは書けない。妙にディテールがはっきりしているあるトピックからぜんぜん別のトピックへと、まるで「水切り」のように跳んでいく。どこかユーモラスですらあるその横断的な疾走感こそ、あるいは専門という重力を離れて、階層構造を考えることの魅力なのかもしれなくて、実はジャンプする石があってはじめて、そこになにやらおぼろげに浮かび上がる、階層構造という「水」の面が見えてくるのかもしれない。

というわけで、この第2章を中心にいろいろ質問させていただいたが、ひとつの質問がぐるぐると四名の方のあいだをまわって談論風発、ブレーンストーミングに参加している具合になってくる。わたしが特に興味があったのが、階層の異なる次元のあいだの関係がリズムの同期として現象すること。とりわけこの章の最後のところで、「原核生物であるシアノバクテリアの場合、わずか三つのタンパク質と、エネルギー源であるＡＴＰのみで、そのサーカディアンリズムが再現できることが、近年明らかにされた」とあって、「この場合、遺伝子調節機構は寄与しておらず、タンパク質間の相互作用（化学反応）のみによりリズムが生み出されている」と言われていることが気になっていた。

このリズムはどういうリズムなのか？　とうかがうと、それは濃度のリズムでしょう、と。うむ、わたしの脳のどこかで「注意！」の信号がともる——濃度という勾配は、量と質のあいだの弁証法にとって、決定的に重要なのだ、ということ。それがリズムを生むというのは、先ほどのアクチンの重合と脱重合のように二重の反応が共存しているということを意味するだろう。では、それがどのようにして、ほぼ一日周期のサーカディアンリズムになるのか？　ここでもまた議論が沸騰するのだが、結論的に言えば、たまたまサーカディアンリズムの反応があって、それがほかのリズムよりも生体にとって都合がよかったので生き残ったのでしょう、と。もちろんこう答えないとしたら、たんぱく質なりシアノバクテリアなりが、地球の自転周期をなんらかの方法で感知していると仮定しないわけにはいかなくなるという事情はよくわかるのだが、わたしの脳はどこかで納得していなくて「？」の信号が明滅している。「結果としての進化」の論理はどうも思考を停止させてしまう傾向がある。実際、この著者たちも、この章の最後のところでは「スケールの異なる個々の自立したリズム運動が、別のスケールのリズム運動から引き込み現象のような影響を受けている可能性がある」と書いているのである。そう、わたしの脳の欲望は、このような「引き込み現象」をもっと知りたいのだ。

階層があるということは、個の積算によっては説明できない全体の状態ないし形態があるということである。それは、単に膨大な計算が必要だからというような計算や認識の技術的限界においてそうなのではなく、本質的には、「個」というものが、現実には、存在しえないからである。「個」は「表象」にすぎない。存在するものは、すでにあらかじめ――阪口さんがこの本で強調しているように――境界条件その他のさまざまな拘束のもとに、いや、それらの拘束を「引き込み」つつ存在している。にもかかわらず、この拘束は、けっして完全ではない。完全ならば、変化はなく、時間はないことになる。ところが、時間が「ある」（という言葉で言えるのかどうか微妙だが）ということは、まさしく拘束が完全ではなく、すべての存在するものはそれ自体としてはてしなく流動を続けているということ、あるいは別の仕方で言えば、「時間」は「記憶」であること（「時間」があって「記憶」があるのではなく）を意味している。すべての存在は根源的に不安定なのである。大地を見よ！　地震は、けっしてアクシデントなのではなく、地球の、そしてすべての存在がけっして動くことをやめないことのなによりの明証なのだ。

しまった！　阪口さんたちの「水切り」につられて、わたしの脳も水を切りはじめてしまった。この本の最後には人間の認識そのものが階層構造であることが示唆されているのだが、認識とは、それがどのような形であれ、認識されるものと認識するものとのあいだに、ある種の「引き込み」が起こることでもあるだろう。階層構造は、自然科学と社会科学、人間科学とを媒介するプラット・フォームになる可能性もありそうだ。自然科学の側からこのような横断的な動きが出てきたことはたのもしいし、ありがたい。いまこそグローバルな世界理解が待たれているときはないのだから。

ブレーンストーミングのなかで絶妙のタイミングで理論的なまとめをしていた若い向井さんは、高分子などソフトマターの物理学が専門。いつも笑い転げていたにぎやかな出口さんは、まだ名前もないような深海の微生物をバイオマスに用いる研究をしている。後で研究室でセルロースを食べる微生物を見せてもらった（とはいえシャーレを見ただけだが）が、どうやら深海微生物の応用で人類に巨大な貢献をすることを夢見ているみたいだ。さらに、静かにほかの人たちの議論に耳を傾けていた三輪さんは、深海七〇〇メートルにすむオオグチボヤなどの研究。「生きていなければ生物ではない」とおっしゃる通り、地上で生きたままの深海生物を研究するという難題に取り組んでいる。前の週も「かいれい」に乗船して研究していたというのを聞いて、こんな機会は滅多にない、お願いして「かいれい」を見学させていただいた。

阪口さんによると、このプロジェクトの次への展開は、なるほどそう来たか、「破壊と修復」だそうで、地震はもとより、生物における傷とその修復、さらには経済学や社会学など広い分野をまた「水切り」することになっているという。「階層構造の科学」の進化形が見えてくるのだろう、期待したい。

（1）「ミラボー橋」より。ジョルジュ・ブラッサンスに「水切り」（一九七六年）というシャンソンがあって、一八歳のときに南仏のセートからパリに出てきたブラッサンスがミラボー橋のアポリネール像に挨拶に行くことが歌われている。こちらも石が跳ねるように、ミラボー橋の下を流れすぎる「時間の波」に挨拶。

第22歌

ポセイドンの逆襲、あるいはニューロンの詩学

「したがって、厳格な実証主義と弱々しい形而上学のあいだで進むべき道を見出さなければなりません」
（カトリーヌ・マラブー[1]）

暑かったこの夏の終わり、夜毎の稲妻と雷鳴のなかで脳についての本、いや、まだ本になる以前のゲラの束を読んでいた。この原稿が活字になる頃には、もう書店の棚に並んでいるはずだが、東京大学出版会から出ている「脳科学」シリーズの第4巻『脳の発生と発達』（二〇〇八年：図22-1）である。

二年ほど前にこの漂流をはじめたときから、自然科学のいくつかの海域をふらふらと彷徨って、しかし最後に「人間」に帰還するのは、やはり脳というこの不思議な島に寄港してのことだろうと思い定めていた。いやいや、「島」とは言ってみたが、なにしろわれわれ文科系の研究者が扱うような領域の事象はすべて、端的に、脳が生み出したものだというわけだから、「島」どころか「大陸」そのものかもしれなくて、われわれとしてもけっして知らん顔で安閑とはしていられない。長いあいだに

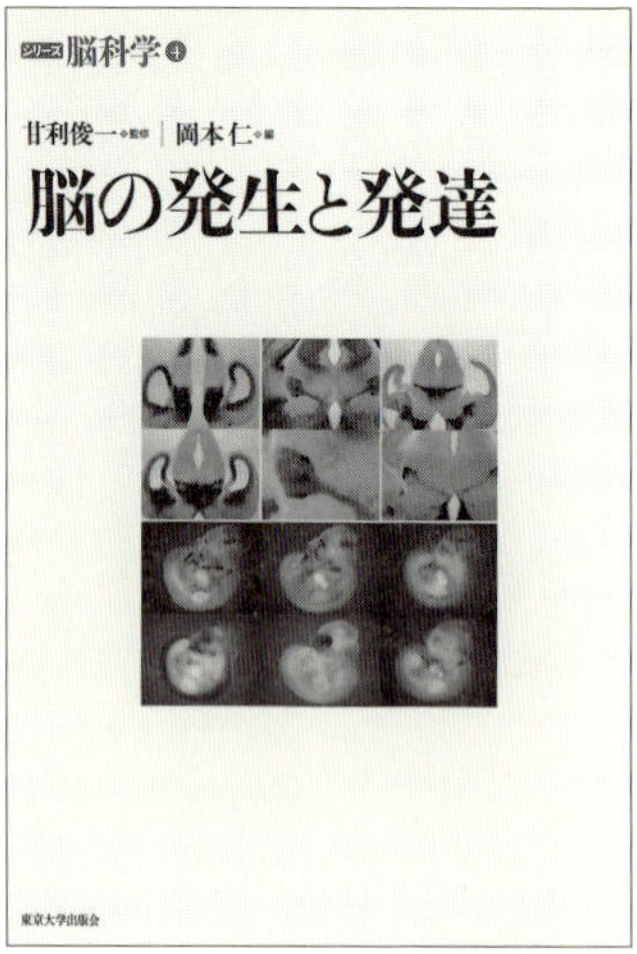

図 22-1 『脳の発生と発達』書影

人文科学が積み重ねてきた「人間理解」が脳という物質的な器官＝装置の機能に還元される可能性が見えてきたということは、ある意味では、自然科学がとうとうその認識の方法を、人間という主体の主体性そのものにまで届かせはじめたということでもある。もちろん、脳は——そう言っていいのかどうか「それが問題だ！」——自分が「脳」であることを知らない、言い方を変えれば、われわれはわれわれが「脳」であることを知らない、という根源的な「無視＝無知」の断絶（まるで「中心溝」か「シルヴィス溝」か、なんて！）[2] があるのだが、しかしもはやそれを盾にして、人文科学の自律性が自明のものとしてまもられていると呑気を決め込むわけにはいかない、というのが、みずからの無力を棚にあげた、わたしの意地にして好奇心。世界のなかの人間の意味を問いつづけてきた哲学が、たとえば「神」という他者を問い、ついでそれを反転させて「自我」を問うてきたとして、今日ではどうしても「脳」というこのどうしようもなく三人称のなにやらグレーの襞状の物質組織の相手をしないわけにはいかないのではないか。応答まではできなくとも、少なくとも「溝」を超えて反応くらいはしてみたい。その手がかりくらいはつかみたいもの。

しかし同時に、人間の脳を完全に物質的な対象として扱うわけにもいかないのも確かで、ここには自然科学の原理がはじめてぶつかった倫理的な、ということは人間的な限界がある。つまり脳科学は、基本的には、一方では、さまざまな動物、とりわけマウス、ラット、さらにはサルなどの脳を対象に侵襲的な分析を行うか、あるいは他方で生きた人間を直接に対象とするならば、核磁気共鳴を用いたｆＭＲＩなどのイメージング技術を通して、脳の局在的な機能分析をするか、このふたつの「限界」に囲いこまれているように思われる。言い換えれば、科学はここで「人間」というものにぶちあたってしまっている。脳科学のまっただなかに、「人間」という限界線が走っているのであり、それは「人間」と「物質」とを分ける限界線である以上、人文科学の中核を撃つ問題提起と受けとめるべきだろう。少なくとも脳科学がなにを行っており、なにを明らかにしたかを知ろうとすることくらいは、二一世紀の人文科学者の義務なのではないか。

いや、柄にもなく見得を切ってしまった。この「奇妙な漂流」へとわたしを駆り立てているある種の苛立ちがちらっとのぞいた格好だが、ロシナンテにまたがるいつもの調子に戻らなければならない。で、——この漂流の「掟」！——まずなによりも誰か脳科学の研究者に会って話を聞こうと思った。しかも、「脳地図」に代表されるような脳の部分の機能分析ではなく、脳を「まるごと」考える通路を開くようなトピックに触れてみたかった。ちょうどそのとき『ＵＰ』二〇〇八年九月号の『脳の発生と発達』の広告が目に入った。そうだ、脳もまたどこからか降ってきたものではなく、あらかじめ与えられたものでもなく、なによりも発生し、発達し、みずからを形成していく組織である。脳をひとつの自己形成のダイナミズムとしてとらえるとどうなるのか——さっそく編集部に電話をして、ゲラの段階のテクストを取り寄せた。それを毎晩、稲妻と雷鳴のなかで読んでいたのである。

もちろんその広汎な専門的内容をここで要約することなどできるわけがない。わたしの脳に強い刺激――ということはほとんど詩的な刺激と言い換えてもいいのだが――を与えたものを二、三マークしておくにとどめるしかないが、まずは「進化」の問題。Scala Naturaeと言うのだそうだが、脳のいちばん深いところに「爬虫類脳（反射脳）」があって、その上に「哺乳類原脳（情動脳）」、さらにその上に人間などの「新哺乳類脳（理性脳）」がかぶさる三層構造という進化図式がきっぱりと否定され、「基本的な脳のパーツはどの脊椎動物も持って」おり、「各部位の大きさや形が変動する」だけなのだという指摘は、まさに生物における人間中心主義の脱構築に通路を開くもの（だが、そうなると、ほんとうに人間は「動物実験」をする権利があるのか、という大きな問題も浮かび上がってくることは言っておかなければフェアではない）。

次にわたしを感動させ、夢見心地にさせたのが、脳室（ventricle）。われわれの大脳皮質のもっとも奥に空洞があることはなんとなく知ってはいたが、この空洞部分からニューロン（神経細胞）が生まれるということ、しかも驚くべきことに、「後からできた神経細胞が、前にできた神経細胞の層を追い越すことによって」つねに外側に新しい層が次々と生み出されていくというメカニズム（inside-out）は知らなかった（図22-2）。まるで靴下を裏返すよう新しく生まれたニューロンが外へと送り出されていく。そのおかげで脳室の空隙はけっして塞がることがなく、ニューロンの数を飛躍的に増大させることができる。それが、実際はわずか数ミリの厚さと聞いてこれもまたびっくりだが、いくつもの襞を伴った多層的な大脳皮質を形成しているということになる。そこに「わたし」を構成している膨大な情報が「存在」しているのだ。

となれば、この靴下の裏返し、つまりニューロンの「旅」（トランスロケーション）は実際にどのように起こるのか。それこそ、実は本書の中心で、しかもそこには長年学会で支配的であったいわゆる「放射状グリア説」というドグマを、いかに日本人研究者が中心になって打破していったかが、分子生物学の知見も含めて詳細に論じられている。そこでは細胞分裂に伴う非対称性が大きなテーマになっているのだが、わたし自身としては、その非対称性の原点に、発生の時間軸における分裂軸の水平・垂直という空間的な要素が議論されていることになにか「遠い暗号」を見る思いがするということを言っておくだけにする。いずれにしても、わたしの脳は、その最深部にある空洞から情報の基底

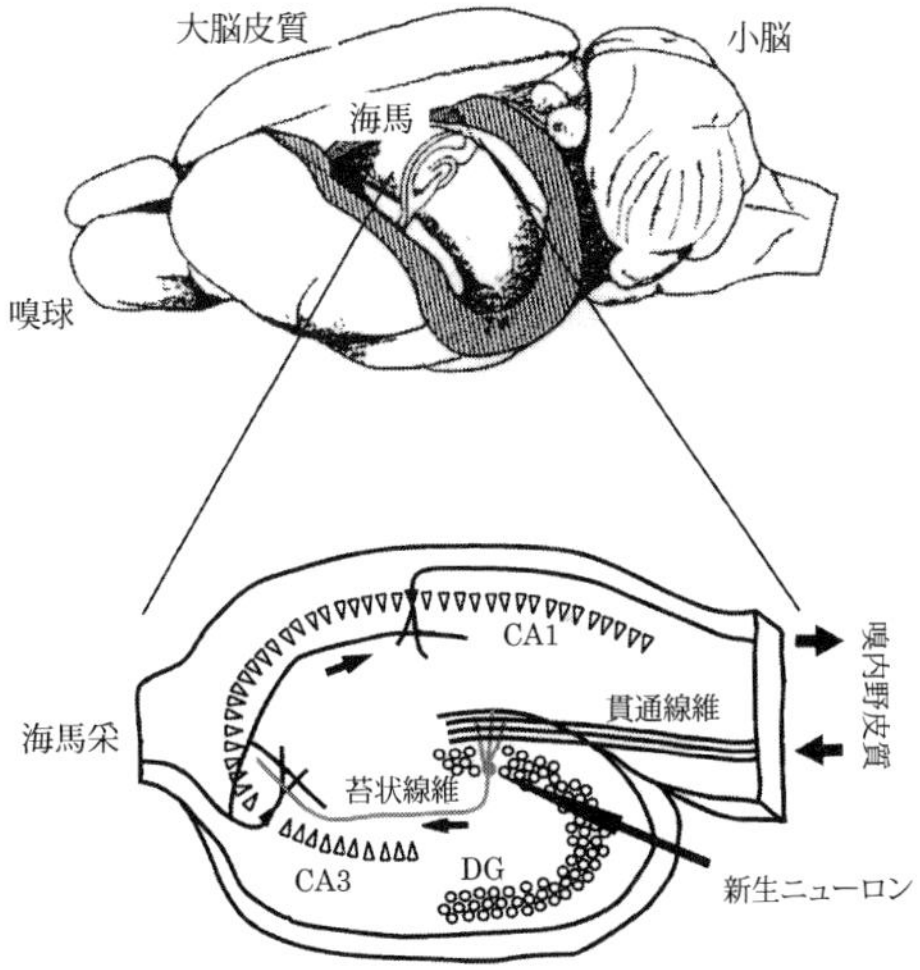

図 22-2　成体海馬の歯状回に存在する新生ニューロン（『脳の発生と発達』p. 249）
上図に、マウスの脳の大まかな構造を示した。下図には、海馬回路と新生ニューロンの関係を示した。海馬歯状回（DG：dentate gyrus）の新生ニューロンは、貫通線維からの入力を受け、CA3 の錐体細胞へ（苔状線維で）出力する。

組織が次々と生み出される事実を前にして、デカルトも精神の座を「松果腺」ではなくて、この脳髄液に満たされた海のなかの洞窟のような「脳室」に求めればよかったのに……と勝手に妄想するだけ。なにしろ言語学的には「わたし」とはなによりも囲われた空洞、しかもそこから意味が生み出される無の場所なのだから……。

で、途中をカットして一挙に最終章「学習、可塑性、成体ニューロン新生」に跳ぶ。ここで問題になっていることこそ、まさに脳を「まるごと」考え直すためのヒントがある、と直観したからだ。鍵は可塑性である。可塑性については、わたしのUTCP（共生のための国際哲学教育研究センター）でも三年前に講演をしてもらったこともあるが、フランスの哲学者カトリーヌ・マラブーさんが『わたしたちの脳をどうするか』[3]という小さな本を書いていて、それは現代哲学、とりわけわたしと同様にデリダ的哲学の圏内から脳科学へ、そして「脳化」した現代社会への応答の試みとしてユニークなものであったが、彼女の議論の中心がまさに可塑性だった。脳を可塑性においてとらえるということは、それを絶えざる自己形成——つまり発達、調節、修復——のダイナミックな器官としてとらえることである。とりわけ、ごく近年になって、「人間の脳細胞のはたらきは、成人のころピークに達した後は、年をとるとともに衰える一方である」という通俗化されたドグマが完全にひっくり返されたのだとなればなおさらのこと。成人の海馬においても「どんなに年をとっても」！　新生ニューロンが生み出されていることがわかったのだ。おお、わが老いたる海馬よ！　なかなか捨てたもんではないぞ、というわけで筆者の久恒辰博さんにお会いするために、UTの三極構造のうちまだ足を踏み入れていなかった柏キャンパスにはじめて出かけていった。

　颪も目に見えるほど秋めいてきた九月の晴れた日。駒場から来た人間には柏キャンパスにはどうも「大学」を感じられない。「大学」はもう少しゴチャゴチャしているべきだと思うのだが、そんな勝手な感慨は捨て置いて生命棟四階の実験室へ。出迎えてくれた久恒さんに、まずどのような経緯で海馬の新生ニューロンという現在の研究に至ったのか、と。すると久恒さん、実は、農学部の出身で、もともとは食物アレルギーの研究をしていたのが、合衆国への留学を契機に可塑性をテーマに脳研究へシフト。「独学でたいへんだったなあ」と笑いながらおっしゃったが、医学系、心理学系、その他さまざまな脳科学の主要な流れに棹ささない孤立系ということになるか。しかしもともと細胞を扱っていたこともあって、興味の中心はあくまでも神経幹細胞、とりわけ成体海馬におけるニューロン新生のプロセスの解明にここ数年取り組んでいる、と。

　言うまでもないが、ギリシア神話のポセイドン（と出会うのも「オデュッセイア」を僭称する以上は宿命かもしれない）にその名を由来する海馬（hippocampus）は脳の深いところにある、バナナのような形をした小指ほどの大きさの部位で、記憶にかかわる機能の中心部位として知られている。この「馬」はどうやら「歯」をもっているようで、いわゆるV字型の歯状回と呼ばれる部分があり、そこで神経線維を通してもたらされた外からの刺激に応じてニューロンが新生される、その仕組みを徹底解明することが問題なのだ。

　久恒さんが本のなかで使った図をここに掲げるが（図22-3）、左端のいわゆるグリア細胞から、そ

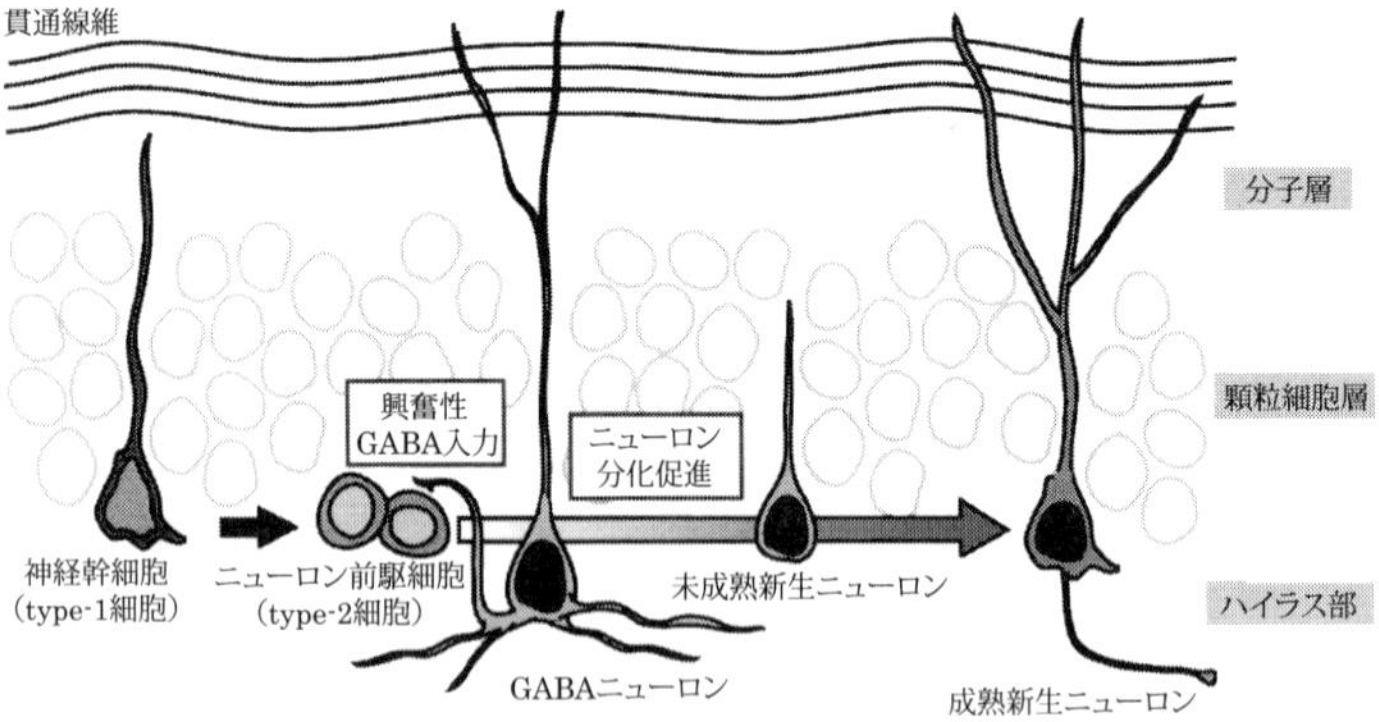

図 22-3　成体神経幹細胞から新生ニューロンへ至る細胞分化のプロセス（『脳の発生と発達』p. 255）
放射状グリア様の type-1 細胞より type-2 細胞が分化する。この type-2 細胞に、周辺の GABA ニューロンからシナプス様入力があることが発見された。興奮性 GABA 入力により、ニューロン分化が促進されることがわかった。

の突起がとれて前駆細胞が生まれ、それが既存のニューロン（GABAニューロン）[4]からの刺激を受けて、未成熟な新生ニューロンへと分化し、ついにはシナプスもできて新しいニューロンの誕生となる、という次第。これは大枠を図示しただけなのだそうで、この新生のプロセスに脳波のなかのいわゆるθ波がどのように関与しているかを突き止めることが久恒さんの積年の課題らしい。

わたしとしても久恒さんのテクストを読んでいて、ニューロンの新生が脳波に結びつけられていることに強く刺激された。では、いったいθ波とはなにか？　そこで脳波のおさらいをお願いしたのだが、わたしがびっくりしたのは、脳波というのは脳の全体の状態の表現というよりは、それぞれ特定の部分が特定の波を出していたり出していなかったりする、ということ。θ波は、周波数としては5－12Hzだから比較的ゆっくりした波だが、それは――「ナビゲーション」という言い方だったが——動物が空間探索行動をしていたり、走っていたり、ともかく「集中」[5]しているときに海馬を中心に強く検出される波で、記憶の固定化に関わると考えられている。「では、そのような脳波というのはどうやってできるのですか?」と訊いてみると、驚くなかれ、「よくわからない」と。α、β、γ、δ、θとパターン化されて分類され、簡単に検出されるというのに、その発生の機序はまだ解明されていないというわけか。たとえば中隔野を破壊すると海馬におけるθ波が検出されなくなるという実験もあるそうで、そうなると特定の脳の部位が特定の波を発生させているということになる。われわれの脳は複数の波動の器なのである。

動物は走ったり、ジャンプしたりするときにθ波が出るのだが、よく観察すると、その行為がはじまる直前からその波が検出されるのだそうだ。しかもその波の強さは、たとえばジャンプの高さと相関するそうで、それはすでに波が出来事あるいは行動の時間に先立つ!　ということを暗示しているように思われる。わたし個人としては、きっと脳という物質装置の解明を通じて、究極的にはわれわれの存在が無数の時間の波の重ね合わせとして見えてくることを夢見ているのかもしれない。

人間の成体の脳でニューロン新生が行われる場所は、海馬と脳室の二カ所しかないが、そこで生まれるニューロンは性質がまったく違っていて、海馬のほうは興奮性、脳室のほうは抑制性なのだそうだ。そこにも脳室の特別な意味がありそうで興味深いが、それは今後のイマジネーションの展開に委ねよう。

いろいろ質問をさせていただき、どれにもとても丁寧に答えていただいて、最後に、「そのように脳の研究をやってこられて、ずばり一言で脳とはなにか、と言わなければならなくなったら、なんと言います?」とわたしが訊ねると、「難しい問いだなあ」としばらく考えたあとで、「脳はむしろ感情の器官なのだと思いますねえ」と。自分であって自分でない、コントロールし難いその情動の状態ということだろうか。感情を通じて、しかし脳は、日々可塑的に、みずからを自己形成しつづけている。同じ問いに、わたしならちょっと気取って「脳は時間の器官です」と言っただろうか。

帰途、まだ緑の多い平野を高架で突っ走るTX（つくばエクスプレス）に揺られながら、わたしは、広大な外の海から打ち寄せる波が、脳室の、あるいは海馬の、洞窟のようにくびれた空隙で――Inside-Out!――裏返しに折り返されていくつもの「襞」を形成していくという可塑性のイメージを想像し続けていたが、はたしてそのときわたしの脳からはθ波が出ていたのだったろうか? それともα波?

（1）『わたしたちの脳をどうするか』桑田光平・増田文一朗訳、春秋社、二〇〇五年、一八三頁所収の著者インタビューより。
（2）言うまでもなく、この「無知＝無視」の断絶は、フロイトが無意識を「発見」したときに見出した「否認」の断絶と完全にパラレルなものである。このパラレルの意味を完全な形で見出さなくてはならない。
（3）マラブーは可塑性という言葉に「発達、調整、修復」だけではなく、なんと「プラスティック」から「プラスティック爆弾」を経て、形の爆発的な消滅という過激な希望を、ニューロサイエンスと平行するグローバル資本主義に対する突破口として論じているのだが、ちょっと勇み足かなあ……。
（4）GABAとは、γ―アミノ酪酸。抑制性の神経伝達物質のこと。

（5）「長年考えてきて、θ波とは、〈集中〉なのだと答えたい」と久恒さんきっぱりと言っていた。θ波＝集中、というこの言い方に意味がある。

第23歌

もうひとつのend、あるいはブエノスアイレスの休日

Time is the substance I am made of. Time is a river which sweeps me along, but I am the river; it is a tiger which destroys me, but I am the tiger; it is a fire which consumes me, but I am the fire. The world, unfortunately, is real; I, unfortunately, am Borges.

（ホルヘ・ルイス・ボルヘス[1]）

ボルヘスの隣でボルヘスを読んでいた。人生にはときおり不思議な時間が訪れる。とても遠いところまで行って、その終点（end）から少しだけ戻った。戻ったら春、プラタナスの若葉が街を彩り、空はどこまでも空虚に青く、そして日曜日。明るい光のなか、ラ・プラタ河に臨むダルセナ・ノルテ（北港）からドッグを歩き、大統領府を廻りこむようにして五月広場へ、そこから同じ名のアベニューを通って途中にあるカフェ・トルトーニに入りこむ。創業一八五八年にふさわしく、まさに一九世紀のパリのカフェの空間そのもの。大理石のテーブルと赤い皮張りの椅子のあいだをくぐり抜けるといちばん奥の隅にボルヘスがいる。

他の二人の友人たち（カルロス・グランデル、アルフォンシーナ・ストールニ）がまっすぐに前を

見ているのに、ボルヘスだけは、盲目ということもあるのか、杖の上に両手を重ねて自分の心のなかをのぞきこむようにうつむいている（図23-1）。思いがけず小柄で、静かで、どこまでもグレーのその佇まいに、こちらも旅のなかの休日、耐えられないほどではないが、浮遊する存在の軽さを重ね合わせてもいいかもしれない。ダブルで珈琲を頼み、こちらに着いてから買ったペンギンブック版の『迷宮』の頁をあけた。

アルゼンチンに自分が行くということを想像したことはいちどもなかった。ところが二〇〇六年の一一月そして今年（二〇〇八年）の一月の二回にわたってパリの国際哲学コレージュとわれわれUTCP共催のシンポジウムを行って、そのどちらにも参加して発表してくれたブエノスアイレス大学のフランシスコ・ナイシュタットさんを、今年の二月に駒場に招いて講演をしてもらうという流れになり、するとそこで、今度はかれのほうから、二年おきにバリローチェで開かれる哲学のシンポジウムのテーマが今年は「メタ哲学」なので、アジアを代表して来てくれないか、また同時期にブエノスアイレスでも、国際哲学コレージュのプログラムの一環として「大学の危機」ないし「人文科学の危機」をテーマにシンポジウムを開くから発表して欲しい、と。数日のあいだに、英語の講演と仏語の発表と二本！ ――いくらなんでも、と思わないでもなかったが、今年選ばれてまた国際哲学コレージュの「通信員」になったところだし、グローバルCOEで哲学の国際的な拠点の構築をうたっている手前、退くわけにはいかないなあ。結局、中島隆博さんと、研究員の西山雄二さんと三人でチームを組んで、遠征への招待に応じることにしたのだった。

図 23-1　カフェ・トルトーニ（ブエノスアイレス）のホルヘ・ルイス・ボルヘス

初秋の日本を飛び立って、まずはパリへ。そこでも「もう秋か！」――透明な光が心の奥まで差し込んでくるのだが、実は、ブエノスアイレスのほうの発表原稿ができていなかった。テーマは「人文科学の危機」みたいなことだから日頃から言いたいことは山ほどあるし、言語は仏語で、しかも通訳が入るので短いテクストを、という制限だから、どうにでもなるはずなのに、書けない。単なる状況分析ではなく、この際だから、humanities の根拠を自分なりの言葉で言い切ってみたいという気持ちがかえって思考をデッドロックに打ち上げる。シベリア上空でも、サン・ジェルマン・デ・プレのカフェでもラップトップを広げるのだが進捗しない。その難渋を引き摺ったまま、動物行動学者＝哲学者のドミニク・レステルさんに会いに高等師範学校（ＥＮＳ）に行った。かれは、今年の二月にも六月にも、「こんなレベルの高い質疑ができる場所は世界中にここしかない」と言いながら、われわれのセンター（UTCP）にやって来ては講演をしてくれた。今度一一月にもかれのお世話でENSでわれわれが主催するシンポジウムをやらせてもらうことになっているのでその打ち合わせもあったのだが、それよりも昼食をいっしょにしたトルコ料理店での会話が楽しかった。

ちょうどその日の朝、ユネスコで開かれた地球外生命！　についての国際シンポジウムで講演をしてきたばかりのレステルさんの話は、人間と他の生命（動物から宇宙人にまで広がったわけだ）とのあいだの相互関係のあり方についての哲学的なアプローチで実に刺激的。まさにわたしが悩んでいる人文科学の中心的な理念としての「人間」――というより「中心としての人間」という理念と言ったほうが正確か――の限界をめぐる最良の対話者だった。実際、そのとき問題になった人間の言語の問題、つまり「〈すべて〉を語ることができる人間の言語」という問題設定が、わたしのデッドロックをブレークする契機になって、その日の夜から原稿は進みはじめる。もっとも書き終えたのは、フライトの都合で、ブエノスアイレスに飛ぶ前夜に思いがけず一泊するのを余儀なくされたアトランタのホテルでだったが。

というわけで、なんとか間に合ったという安堵感とともにブエノスアイレスに着いた。すると、そこは早春。「南米のパリ」と言われるきわめてヨーロッパ的な街の佇まいは新芽の薄緑に彩られて、一瞬、アトランタからまた春秋反転したもうひとつのパリに舞い戻ったような錯覚に襲われる。こちらの先入観が間違っていたのか、どうも「ラテン・アメリカ」にいるという気がしない。早速、ホテルに来てくれたナイシュタットさんに連れられて「クラシカ・イ・モデルナ」という書店を併設した文学カフェに行き、そこで昼食をとりながらいろいろうかがってみて思ったことは、アルゼンチン、いや、少なくともブエノスアイレスという都市は、ヨーロッパ文化の「ひとつのend」なのだ、ということ。スペイン、フランス、イタリア、イギリスといったnation単位ではなく、それらが融合した「ヨーロッパ」なるものの鏡像的な収斂点とでも言おうか。だから話の途中、ナイシュタットさんに、アルゼンチンの原型的な「哲学者」というと誰になるのかしら？　と訊ねると、即座に、やはりホルヘ・ルイス・ボルヘスでしょう、と返ってきたのは、不意をつかれたと同時に、深く納得した。そう、歴史を見てもはっきりしているが、時代の真正の哲学は、そのつど新しい表現形式とともに出現する。なにも大学の「哲学科」がやっていることがフィロソフィアとは限らない。ボルヘスの作品の底を流れるのは、一貫して「世界の歴史」への根源的な問いかけと近代的な自我への徹底した懐疑、そして「いま、ここ」の時間と空間の向こう側にもうひとつの時間錯誤的な世界が広がっていることへのノスタルジーに満ちた不安。ブエノスアイレスまでやって来てはじめて、わたしはボルヘスの文学を、ヨーロッパのさまざまな歴史が集積された「図書館」のごとき「もうひとつのend」における、壮大な非望の哲学であったと突然に理解する。ならば、この旅のあいだだけでも、ボルヘスを読み直そう。そのまま奥の書店に行って『迷宮』を買ったというわけだった。

翌日は、ブエノスアイレス大学のPDの女子学生二人の案内で、社会科学の大学院とフランス・アルゼンチン・文化交流センターを訪問。後者のディレクターが、パトリス・ヴェルムランさんで、同じパネルの発表者のひとり。かれはパリ第八大学からの客員教授として出向している形のようで、かつてパリの国際哲学コレージュ創設のときのもっとも若いメンバーだったというので、わたしも日本の通信員という資格で少し関係があったのだけど、と言うと、あなたの名前は？　と確かめるので、あらためて告げると、なんだ覚えているよ、とそこから急に敬称のvousで話していたのが親称のtuにかわった。ほら、やっぱり「いま、ここ」の時間の奥から不意打ちで、二〇数年前の世界の一部が回帰してくるではないか。あっというまに、パリを媒介にして、東京とブエノスアイレスが結ばれる。

だが、ボルヘス片手にブエノスアイレスの迷宮をさまよう時間はあまりなくて、その翌日には、また首都から一六五〇キロも離れたサン・カルロス・デ・バリローチェへ。琵琶湖より少し小さいくらいの大きなナウエル・ウアピ湖に面した標高七七〇mの山岳都市。もうパタゴニア地方の入り口で、地図で調べると南緯四一度――おそらく日本からはもっとも遠いところで行われる哲学のシンポジウムではないだろうか。しかもその場所が、なんとCentro Atómico Bariloche つまり原子力研究センターである。いただいたパンフレットにはちゃんと小さい反応炉も記載されている。その講堂で「メタ哲学」の会議を行うというのである。

このシンポジウム、大学もかかわっているが、いわゆる学会ではない。ユネスコの後援を仰いでもいるようだが、基本的には、バリローチェという場所で二年に一度、自主的なボランティアの運営を通じて三日間の集会を行うというもの。今回が第九回目という。もちろんスペイン語が主流だが、海外からのゲストの場合は英語のセッションとなる。われわれの会は二日目の昼前に決まっていて、「アジアの思考の可能性――もうひとつのメタ哲学」というタイトルで、ナイシュタットさんが司会。

冒頭、かれは、われわれを「日本からアルゼンチンにやってきた最初の哲学者」と紹介。ふむ、そういうことになるのか。そんな歴史的な役割を担うにふさわしいかどうかは別にして、われわれのほうは、わたしが佛教、中島さんが中国哲学（老子）、西山さんが日本の哲学（田辺元）を扱うことで、東アジアの哲学のさまざまなメタ哲学的可能性を主張するというストラテジー。わたし自身は、これまで間歇的に考えてきた、佛教のもっとも原始的なエッセンスのうちに、現代哲学の条件でもあり限界である「内在性」immanence の、より「内」への脱・構築の可能性を見るというモティーフを展開する。もちろん、これまで日本の哲学者の多くが取り組んできた西欧哲学と佛教とのある種の「相互浸透」という未完のプログラムの延長にすぎないことは承知のうえで、構造主義、ポスト構造主義によって、いったん退却を余儀なくされた「実存」の思考——とりわけ、「意味」へのその本質的な傾斜——を、非実践の実践のほうへと「空」化するという思考のエスキス。まあ、自慢できるような代物でもないが、少なくとも、歴史上のすでにある哲学について論じるのではなく、無能は無能なりに、いま東アジアという文脈のなかで「哲学する」ことを、自分の責任において、演じてみたということは言えるだろう。

終わったときに、わたしの隣でナイシュタットさんが即座に inexistentialisme（非実存主義）と呟いたのが印象的。(2) なにかは伝わったんだという感慨があったが、後に、聴衆のひとり、まだ学部生の女子学生が、昼食のテーブルで、わたしが言った「空」とマイスター・エックハルトの Gelassenheit（放下）とはどうちがうのかしら、と訊いていたというのを耳にして、まさにそれこそが問題の核心、

図 23-2　アンデスの山道を彷徨する

たぶん聴衆のなかでもっとも若い彼女がわたしが言いたかったことを完全に理解したのだ、と嬉しくなった。[3]自分の言葉のなにかが受けとめられた、という感覚こそ、このような場にあってもっとも貴重なもの。誰かになにかが伝わるというただそのためだけで、すでに遠い距離を越えてくることの「意味」はあって、講演内容とは反対にいつまでも「解脱」できないわたしは、いまだこうした「意味」！　に感動してしまう。

さて、一応、役目は終わったが、英語のセッションは参加するにしてもスペイン語まではこちらの能力が届かない。こんな最果の場所に再び来ることもよもやあるまい。飛行機の舷窓から見下ろしていても何百キロにわたって無人の荒野と山が続く壮大な光景、少しはこの「自然」のなかに分け入りたいという欲求やみ難く、ナイシュタットさんの勧めもあって、小さな車を借り出しアンデスへと走り出す。七つの湖のルートというのがあって、それを少しだけ行って戻るつもりが、運転はベテランのわたしにしてはどうしたことか、分岐点を見逃した。結局、まるでなにかに誘導されるかのように、奇怪な岩峰が聳えたつ山道を行くはめになった（図23-2）。一時間半の山道を行くあいだ行き交う車も追い抜く車も一台もない、まったくの無人。土の道がかろうじて固められているのを除けば、いかなる人間の痕跡もない。風だけがひゅーひゅーと鳴っている。なんだか「ヨーロッパ」が侵入してくる以前の、太古からのアンデスの神々の神域に入り込んだ感覚がしてくる。少し大げさだが、「世界の歴史」のendでその裏側に突き抜けてしまったような、崇高なものをまえにした陶酔と不安。わたしはここより「遠く」には行くことがないな、と（あとで地図を見たのだが）ピエデラ・ソラ山とコルドバ・コルドバ山のあいだを抜ける峠に立って来し方行く末を、茫然、「空」となって見つめていた。

このendからブエノスアイレスに戻ったら、わずか四日のあいだに街はもう一気に春たけなわ。日本庭園では、躑躅までが咲き誇っていた。穏やかかな日曜日。旅の途上にも休日はあって、その無為に流されて街を歩き、すでに述べたようにカフェ・トルトーニに腰を落ち着けてしまう。珈琲、ついで、休日だ！　とシャンパーニュまで頼んで、ボルヘスの隣でボルヘスのテクストをあちこちと拾い読み。そうしたら、'A New Refutation of Time' では最後に佛教のレフェランスが出てくるではないか。そうだった、思い出したぞ、ボルヘスは最晩年に『佛教とはなにか』という本まで書いているのだった。(4) わたしがバリローチェで言ったことなどとっくにボルヘスによって先取りされていた。かれこそ、ヨーロッパの「もうひとつのend」からその限界を超えて、「さらにもうひとつのend」へと、どこまでもグレーの「メタ哲学」の思考を突き抜け、のばしていたのだ。

ボルヘスよ、ブエノスアイレスの春に乾杯！　――わたしは、少しふるえる声で、シャンパーニュをもう一杯、注文する。(5)

（1）Jorge Luis Borges, "Labyrinths", Modern Classics, Penguin Books. 'A New Refutation of Time' より。ここでは英訳をそのまま引用しておく。
（2）ブエノスアイレス最後の晩に、ナイシュタットさんと夕食に行ったが、そこでかれ自身の哲学のひとつの軸が inexistence（非実存）だとはじめて明かしてくれた。その問いをめぐってかれは詩も書いているようで、次回――といっても一一月にはまたパリで会うことになっているが――にはその「詩人の魂」のところで対話しようと約束している。
（3）当然ながら、そのエックハルトを受けたハイデガーの論文「放下」（一九五九年）とわたしの言ったこととの関係が先鋭的に問われてもよかったのだ。
（4）一九七六年、アリシア・フラードとの共著。そのときかれは七七歳。わたしはこの本は未読なので、日本に帰ったら早速に手に入れて読まなければならない。
（5）で、ブエノスアイレスでの発表については次回（エピローグ）で触れる予定。今月はカフェ・トルトーニに「わたし」を置き去りにしておく。

第24歌

エピローグ、あるいは「前夜」への帰還

〈教養〉とは学ぶということが人間の本質であると理解していることにつきます(1)

さて、帰還ということになるのかどうか。

ブエノスアイレスのカフェ・トルトーニに置き去りにしておいた「わたし」を拾いあげるまえに、実の時間では、それよりも後のことだが、日本の秋に特有の柔らかな光が稲刈りも終わった田畑に静かに降りてくる土曜日、またしても東海道を下ったことを書いておく。実は、アルゼンチンから戻ったところに、盟友と言ってもいい永山國昭さんからメール。生理学研究所（自然科学研究機構）の一般公開のイベントのひとつで「脳と心」というテーマで講演を行うことになって、そのために一カ月間「集中的に文献を読み思索に没頭してきた」という。「脳の根源的な問題」にアプローチするぞ、とわざわざ事前に講演用パワーポイント数十枚分のデータも送ってくださったのだが、いや、顔を合わせて話を聞くことに最大の意味を見出すのが、一〇年以上にわたっていっしょにワークショップを

企画してきたわたしたちの「掟」。しかも、その心はこの連載の旅にも受け継がれているのだから、岡崎ならたかが半日の遠出、行かないわけにはいかない。

　実際、永山さんとはここ二、三年会うたびに脳をどうするか、という議論をしてきた。問題となっているのは、究極的には、生命と人間とのあいだの関係をどう考えるか、である。物理的世界と生命世界とのあいだの不連続を「情報」によって説明できるとして、では高度な情報処理を行っていることが明白なわれわれの脳と人間の文化や心理は、同じ「情報」概念によって（高度に複雑なのは言うまでもないとして）連続的に理解可能なのか、それともそこにもうひとつの不連続な飛躍を考えなければならないのか。もしそうなら、どのようなものか。これは、同時に、理系の学問と人文科学がどのように接続しているのか、という問いでもあって、とりあえずの「漂流」の終わりにあたって、わたし自身があらためて自分の思考に問う問いでもある。物質の世界、生命の世界のほうからどのように「人間」へと帰還できるのか。

　永山さんの講演は、一般聴衆向けのものではあるのだが、科学とは「無矛盾」の整合的な体系であるというところからはじまって、進化論を概観し、たんぱく質の構造生成の二重制御、脳の神経細胞のネットワークや階層構造を説明、アイゲンの進化方程式、チャーマーズの「ハード・プロブレム（意識の二面性）」、ノイマンの「自己増殖オートマン」、チューリングテスト、ドーキンスの「ミーム（meme）」概念などに触れながら、最終的には、「心は物理現象に還元できないが、コンピュータのなかに再現可能」と主張するもの。これを一時間で話すのだから力技だが、遺伝情報のような物質的

な基盤をもつ「一方向的な伝達」の「シグナル情報」と、人間の言語のように情報物質とそれがコー
ドするものが恣意的であるような「双方向的な伝達」の「シンボル情報」を区別することによって、
前者から後者への不連続的な「飛躍」を説明しつつ、返す刀で、すぐにとは言わないにしても、原理
的には、コンピュータによって「意識をもったロボット」をつくることができると明言するわけだ。
明快である。永山さんがすてきなのは、なにしろ大学時代は陵禅会に入って座禅をしていたくらい
だから「心」に向かって最大限に開かれていながら、しかし同時に、つねに物理学者としてのロゴス
を徹底してくるところ。わたしのようなフィロソフィアの徒にとってはもっとも厳しい、しかしもっ
とも創造的な対話者なのである。もちろん、創造的対話は、反応、反論、反駁からはじまる。講演会
のあと、永山さんの研究室で紙コップで珈琲を飲みながらただちに、その間にわたしの脳を横切った
危ういシンボル群を文字通り「双方向」の伝達へと投げ出した。

わたしの思考が立ち止まったのは、まず（自然）科学の無矛盾的な整合的体系性の問題。そしてそ
れとリンクして、シンボルの「双方向性」の問題。すなわち、人間にとっての「双方向性」とはなに
よりも「矛盾」として現れてくるのではないか、というもの。しかもこの「矛盾」は、論理的なもの
というよりは、はじめから実践的なものではないか。つまりは「禁止」あるいは「抑圧」である。実
践の欲望が他者によって否定される――そこにもっとも原初的な「矛盾」があり、その「矛盾」を通
じて人間は「学ぶ」。それこそ、まさに前々回（第22歌）に取り上げた脳の可塑性。脳は、可塑的な
自己組織化を通じて、それそのものが「進化」する。しかもそれは、とりわけ他者とのあいだの「矛

盾」を取り込み、自己組織化することによって行われる。だから、「双方向性」というだけでは足りなくて、少なくともロボットが、そのような実践的な否定性を含み込んだ共同性のネットワークを通して「学ぶ」のでなければならないのでは？(2)

その議論を延長しながら、生理学研究所の一般公開のパネルもいっしょに見に行ったのだが、そこでも足が止まったのが、脳波の研究。ともかく前々回のθ波以来、脳波発生の機序について関心が強いわたし、パネル説明をしている若い研究者も巻き込んで、永山さんと脳波についてのディスカッション。脳波は波動なのだから、複素数的世界へと開かれているはずだ、とここを好機と、まさにその世界への眼を開いてくれた永山さんに詰め寄る。わたしとしては、永山さんにこそ、われわれの脳が複素数的器官であることを実証的に断言してもらいたいのだ。つまり実数《リアリティ》と虚数《イマジナリー》の複合的な波動装置としての脳。そこからわたしは、（人間の「言語」がそのひとつの特殊な形式である）「ことば」というものが、本質的にそのような「実＋虚」の複合体、あるいは「空間＋時間」の複合体であるというところへ行きたい。そうすれば、あるいは物理世界から生命世界、そして人間の歴史的な世界を全部、垂直に！　貫いて、複素数的な統一世界の原理を見出すことができるのではないか。ああ、もどかしい！　カルダーノ(3)から四百数十年も経っているというのに、科学の歩みはのろすぎる！　——と、ゴマメの歯軋り、つい嘆いてみたくなる。

この無頼な難癖に、永山さんは冷静沈着、ちょうどご自分の電子顕微鏡をつかって神経細胞の活動を「見る」実験を進めているところで、あるいは脳波を発生させるループする回路をそのまま「見る」ところまで行くかもしれない、と。なるほど、その「円周上のディフェランス」が、単なる脳地図上のマッピングを超えて、脳が「円」の器官であることを実証してくれるかもしれない。いつか「複素数的器官としての脳」という論文を書くときには、永山さん、わたしの名も co-author のひとりにあげてくれると約束してくれたので、それを楽しみに待っていることにしよう。勝手なことを言わせていただいて、ほんとうに感謝(4)。

さて、今度は、虚の時間を少し遡って、ブエノスアイレスの休日、カフェ・トルトーニでシャンパーニュなんぞを飲んでいい気分になっている「わたし」を拾いあげる。浮かれている場合ではない、翌日は、建物は新しくなってちがってしまっているが、ボルヘスが館長をしていた国立図書館のなかにある講堂でシンポジウム(「現代の大学と人文学の未来(5)」)である。この発表原稿を書くのに苦労したことは前回触れたが、その困難の理由は、「人間の思考」の根拠を究極的にどこに見出すか、であった。少し乱暴すぎることは承知のうえで、わたしとしては、「システムの思考」と「人間の(＝についての)思考」とを分けたうえで、それでは、前者に回収されない後者がどのように可能なのか。後者による前者の「批判」が可能なのか。可能だとして、いったいそれはなにの名において行われるのか、と自問したのである。

なにの名においてか？——答えはすぐに到来する。「責任」の名において。だが、その「責任」はどのようなものか。折しも世界は、金融システムの破綻で大騒ぎだった。システムにもシステムの責任がある。あらゆる現実的な実践に対する責任である。より精緻で、より巧妙で、より正確で、つまりはより機能的なシステムへの責任。だが、もし「人間の思考」がそのような「システムの思考」に還元されないものとして「残り」続けるのだとしたら、その「責任」とはなにに対するものなのか、どこからやって来るのか。ここで窮したのだった。前回語ったように、この窮を抱えたまま、パリで高等師範学校のドミニック・レステルさんに会いに行き、そこでかれが話してくれた「人間は〈すべて〉を語ることができる」というフレーズがわたしにとっては突破口となったのだった。

そうだ、人間は〈すべて〉を語ることができる。〈無〉も〈空〉も〈不可能性〉も、あらゆる否定性までをも含んで〈すべて〉を語ることができる。もちろん、〈すべて〉はけっしてそれとして与えられているわけではないのだから、その度ごとに語ることによってのみ――「存在する」とも「生成する」とも言えないのでトートロジーだが仕方がない――「語られる」。この「〈すべて〉を語る」という言語が与えてくれる可能性こそが、「人間の思考」の「責任」を「呼ぶ」、という方向へわたしの思考はジャンプした。すなわち、こう言ってよければ、「人間の思考」は、人間をその度ごとに更新される「すべて」へと開くことにおいて「応答する」、と。[6]

このジャンプがいかほどのものか、自信があるわけではない。わたしとしては、ただ自分の思考がデッドロックを超えて先に進んだ感覚が大事。ささやかなそのジャンプから、「〈すべて〉は変わる」へ、そして「その変わる〈すべて〉の歴史こそが歴史だ」とステップが踏まれて、いまこそ、「人間」を超えてあえて〈すべて〉を問うことへと向かうべきだ、というラインが引かれるというわけ。多少の高揚があったせいか、旅先で原稿を書いているというのに、最後には、アルチュール・ランボーの「別れ」（『地獄の一季節』）の末尾を引用して、「時は厳しい」。だが、「明日には肉体と魂のうちに真理を所有することがゆるされよう」と締めたのだったが、この「前夜」の詩学、ちょっと気取りすぎだったか。

ともかく、わたしとしては、「人間の思考」がもはや「人間」のうちに自足するのではなく、「人間」という内在性原理を超えて、人間ならざるもの、「非人間的なもの」（ジャン＝フランソワ・リオタール[7]）との「交渉」へ突入しなければならないだろう、と言いたいのだ。だから「人間」へと帰還するのではない。そうではなくて、「人間」を超えて、「非人間」へと「帰還」するしかない。そして、それこそがいま、「人間の思考」なのだ、とわたしとしては、暫定的に結論しておきたい。

そしてコーダ。たしか『洞山録』のなかの一句だったはずだが、忽然、「門を出ずれば便ち是れ草」という言葉を思い出した。なぜだか、よく分からない。分からないが、しかしとりあえず門を出て、一面の草をちょっと摘んでみたかったのか、それとも元より門などさらさらなくて、はじめから便ち是れ草、だったのか。「南を画し北を画し西東を画し」（一休宗純）、傍迷惑にもあちらこちらふらふらと道筋もなく草野をさまよって二十四景。この迷走（カオス的遍歴）を通じて得心したものをさあ、出してみろ、と言われると空拳困ってしまうが、このオデュッセイア漂流、わたしには貴重な、しかも楽しい経験であった。

多忙な時間を割いて、わたしの風狂の相手をしてくださった方々に、衷心、お礼を申しあげる。

（1）大学のメールに、文科Ⅲ類一年の内藤君という学生からアンケートのお願いというのがきた。立花隆さんの全学自由研究ゼミナールに属していて、今回、駒場祭で教養教育に関する企画を行うそうで、教養とはなにか、についてのアンケートに答えて欲しいというもの。アンケートに直接、お答えするかわりに、つい条件反射的にここに掲げた文を書いて返信した。この文はそのあとに、「どんなものからも学ぶことができ、かつ学びは無限でけっして終わりがないということを知っていること、そしてそれゆえに一生学び続けることを――どのようにしてか――決意していることが〈教養〉というものでしょう。教養学部の教育とは、そのような〈教養〉への誘いなのだと思っています」と続いている。書きながら、この連載もわたしなりのその実践だよなあ、と少しく感慨があった。一九六八年に駒場の一年生になって、光陰如矢、はや四〇年もの時間が流れた。その間、ずっと〈進学〉できないまま、駒場で〈漂流〉しながら学び続けているだけなのかもしれない。で、ほんとうのエピグラフはこっち――「野ざらしを　心に風の　しむ身かな」（松尾芭蕉）。

（2）この議論に対しては、永山さんは、ここでわたしの言う「矛盾」は、「葛藤」のことでそれは、「論理的矛盾にというより、可能な「選択」の問題だ」と応答。「葛藤」があれば「解」は存在しないが、「問」は残る、と。つまりは「アポリア」ということですね。

（3）第6歌（『UP』二〇〇七年六月号）参照のこと。

（4）永山さんからはこの原稿に対する応答のメールがきて、そこには「代数における虚数導入（複素化）は新しい次元導入による「矛盾」の解消（解）です。この点に「葛藤」との違いを感じます。脳内の複素構造は、二つの局面に現れると感じています。一つは神経回路。もう一つ情報コード。前者には回（円）の文字があることに注意して下さい。生物現象としての脳内現象においては、信号伝達は双方向ではありませんが、回路（円）を作れば信号は帰還されます。ここに双方向性の萌芽が見えます。二つ目の情報コードでは、たぶん量子化符号と同等のなにかがあるのでしょう」。ほら、やっぱり「帰還」だ、「回（円）」だ。たぶん、「同等のなにか」があるんだ！

（5）このシンポジウムは、ブエノスアイレス大学、パリの国際哲学コレージュ、カナダ大使館文化部、そしてわれわれUTCP（共生のための国際哲学教育研究センター）の共催だった。われわれのセッションは仏語で、通訳つき。パネリストは西山雄二さん（UTCP）、第23歌で触れたパトリス・ヴェルムランさんとわたし。

（6）この「〈すべて〉を語ることができる責任」は、ある意味では、「条件なしにすべてを言う権利」というジャック・デリダの言葉に対して余白の関係にある。今日、大学を問うというコンテクストでは必須の参照項とも言うべき『条件なき大学』のなかのテーゼだが、このシンポジウムでも何人かがこの本を引用していたのに、わたしがここで行おうとした「言う（dire）」から「語る（parler）」へ、「権利」から「責任」へのアクセント移動に反応、反論、反駁する人がいなかったのはちょっと残念。問題を深めることができたはずなのに……。

（7）『非人間的なもの』篠原資明ほか訳、法政大学出版局、二〇〇二年。原著は一九八八年の出版。わたしの「先生」のひとりであったリオタールのこの本のプロブレマティックにようやくいま、わたしの思考が追いついたということなのかもしれない。

アートの空へ

芸術の達人　二〇〇六―〇七

1——達人とは「会う力」である

元旦の夜、愛宕神社の石段を登る

二〇〇六年、新年最初の動きは、東京タワーにほど近い愛宕神社の急な石段を登ることだった。胸をつくような角度が、あらたまの年の激しさを予感させるようでいっそ痛快。だが、不思議なのはそのときの連れだった。かがり火が焚かれた境内に参ったのは、フランス人写真家のリュシールさん、イタリア大使館のマリオさん、さらにニューヨークから来たスイス人のキュレーター・シモンさんに日本人の若い女性。リュシール以外、わたしがその夜はじめてお会いした方々ばかり。日本語と英語と仏語が飛び交う不思議な日欧混合チームである。特別な計画があったわけではない、旧知のリュシールが東京に着いたというので顔を見に出かけたら、こうなったというだけ。しかし、だからこそ「今年はおもしろいぞ」と、「小吉」なんぞを引いて喜んでいる欧米人たちを尻目に、わたしにはこの

愛宕神社の石段を登る

状況こそがお神籤《みくじ》、ひとりわくわくする胸を抱えていた。

リュシール・レイボーズの「会う力」

あらたに知らない人と出会うことほど、スリリングなことはない。とりわけ定まった社会的な理由もなく、「ただ」出会うことほど素晴らしいことはない。わたしがそうだと言うわけではないが、「達人」とは、まずはなにかに、誰かに「会う力」をもっている人のことだと思う。

思いもかけなかった年越しのイベントのきっかけになったリュシールは、その意味で、間違いなく「達人」である。

そもそもわたしが彼女に知り合ったのは、彼女の「会う力」だったと言っていい。三年前の冬だったか、パリの芸術学校（ボザール）の近くにあるラ・パレットという古いカフェで、いつものように友人の画家・黒田アキさんとおしゃべりをしていたときに、彼女が突然、近づいてきて「日本の写真を撮っているのだけど、見てもらえません？」と声をかけて来たのだった。見せてもらった写真は、どれも、今どきのあざとく写真的な効果を狙ったものではなくて、日本の風景や習俗そして人びとにまっすぐ向かい合おうとした、しかも技術的なレベルの高いもので、わたしはパリのこんな若い写真家がこういう苦労の多い写真を撮っていることに感動したのだった。

トーゴの村がフランスの若い写真家に「家」を贈る

だが、話してみてもっと驚いたことには、彼女はすでに、アフリカのトーゴの奥地の村にほとんど住みつくようにして撮った写真群から一冊の写真集をつくりつつあるところだったのだ。しかも、その村では、彼女を気に入った村人が、伝統を破って、彼女という外の人間、「白い人」のために、村中総出で、数十日をかけて一軒の家――素晴らしく芸術的なフォルムをした土の家――を建ててくれたというのだ。

なんという贈り物だろう。出会った相手に、そのような破格のギフトを行わせてしまう「出会う力」が彼女にはあるのかもしれない。実際、わたしもまた、彼女が日本に撮影に来るたびごとに、いそいそと会いに出かけるようになってしまった。そして、いつの間に、リュシールがそのつど編み上げる、ちょっと不思議な人ばかりのネットワークのなかに、すっかり取り込まれているのである。

彼女の出会いの魔術こそ、わたしをして元旦の夜、愛宕神社の石段を登らせたのだ。

リュシール・レイボーズの写真集

リュシールと土の家

2――ミラノ・プラダ夫人宅での天心茶会

一本の蠟燭のもとで

紫のクロッカスが一面に咲き誇っている中庭。それに面した石畳の回廊のような空間を「露地」に見立てた。そこを、実は大急ぎで和服・袴に着替えたばかりのわたしが「主人」役で客の皆さんを先導していく。突き当たりの扉をあけてなかに入ると、一〇畳ほどの広さの小さな空間。ほの暗い半闇のなかに蠟燭が一本点っているだけである。一畳の畳が敷かれてあって、その上に青竹の結界、菊の花一輪。さらに風炉の釜がすでにかすかに松籟の声を響かせている。手前の丸盆の上に小さな蒔絵の箱がひとつ。

わたしはプラダ夫人をはじめとする正客たちを、奥の、暗くて見えにくいが、実は岡倉天心の書簡の掛け軸がかかっているその前に座っていただくように誘導する。ほかの客たちは、入り口付近に立つことになる。沈黙――誰ひとり声をあげる人はいない。

張りつめた静けさのなか、奥のドアが開いて、鮮やかな萌黄の着物を着た女性が手に曲げの建水と柄杓をもって現れる。ゆっくりと点前座に座って丁寧に一礼し、茶箱を引き寄せて蓋をあけると、そこから小さなオブジェを次々と取り出しては並べていく。茶筅筒、茶筅、茶巾入れ（暗闇に銀が光る）、棗、香合、振り

元禄時代の浄味作の雲龍釜（左）と江戸中期の茶箱（右）

出し、茶碗などなど……。

“The book of tea” 百周年

わたしは四年前から自分が勤める大学に設置された「共生のための国際哲学交流センター」のリーダーをしていて、今回は同僚の研究者たちとともに、プラダ財団との共同シンポジウムのためにやってきたのだった。テーマは日本の近代思想の再検討である。わたしが自分の発表の対象に選んだのが岡倉天心。かの“*The book of tea*”が出版されて今年はちょうど百周年なのだ。

実は、このシンポジウムのイタリア側オーガナイザーは、哲学者でベネチア市長でもあるマッシモ・カッチャーリさんだった。かれがプラダ財団に話をつけてくれたのだが、わたしは五年前にかれが日本を訪れたときに満開の櫻の京都に案内し、そこではじめてかれといっしょに茶会というものを経験した。そのときわれわれを茶の席に呼んでくれたのが、菓子匠「老松」の太田達さん。わたしはその茶会に感動した。遠来の哲学者を感動させる茶の力に感動した。そして、互いに心の綾が通じたと言うべきだろう、以後、わたしは太田さんとともにそれぞれの友人たちを巻き込みながら、勝手に「非常の茶」と命名した茶のパフォーマンスを京都、直島、パリなどで「決行」してきている。

その原点とも言うべきカッチャーリさんとの再会、そして“*The book of tea*”百周年である。われわれの茶のグループが行動しない理由はない。その思いをプラダ夫人が受けとめてくれたのが、その夜の茶会だったのだ。

A cup of humanity

プラダ夫人のお宅はアートに埋め尽くされていたが、わたしにはそれは「力強い美」の世界と映った。その世界に対してわれわれは、日本から慎重に運んだ江戸中期の茶箱の繊細で小さな「粋」の世界を対置しようとした。究極の細やかさの美――それを小さな椀にいっぱいに詰めて、東洋からの《a cup of humanity》（岡倉天心）としてイタリアの人たちに差し出したのである。

3―モネと吉田喜重

モネを語る

半年のあいだに二回もモネについて語ることになった。

最初は二〇〇五年九月、瀬戸内海の直島の地中美術館――モネとタレルとデ・マリアの三アーティストの作品のみのために安藤忠雄が建てた美術館だ――の関連施設で（そのときの講演はこの春出版された『モネ入門――「睡蓮」を読み解く六つの話』（共著、直島福武美術館財団、二〇〇六年）に収録されている）。

二番目は二〇〇六年四月、東京東中野の映画館「ポレポレ」のレクチャーホールで、である。なぜ映画館かといえば、まず映画監督の吉田喜重さんが一九七〇年代にＴＶ用に作成した『美の美』シリーズを上映し、その後毎回、テーマとなった画家についてゲストが喋るという企画のひとつだったからである。

実は、遠い昔、卒業論文がマネとモネだったので、美術史の専門家ではないが、以来モネの絵がわたしの視界から消えたことはない。特に半年前には、直島で「睡蓮」の名品をいくつかじっくり見て、それについて語ったばかりである。お易い御用とまでは言わないが、気持ちは軽く引き受けたのだと思う。

だが、事前に送られてきた『美の美』マネ篇二本を見ているうちに考えがかわった。フランス各地をまわってモネの作品と関連地をていねいに撮影した一級のドキュメンタリーではあるが、同時に、全編流れるのは吉田監督自身のモノローグであり、ときたま作品の前を横切るのも監督自身のシルエットである。これはもちろん作品のサイズを分からせるための便法ではあるのだが、しかしわたしには、『エロス＋虐殺』（一九六九年）、『煉獄エロイカ』（七〇年）、『戒厳令』（七三年）と日本の現代史の核心を問う衝撃的な作品を撮っていた吉田喜重がぴたっと映画を作るのをやめた空白の時期に制作されたこの『美の美』は、ある意味で吉田喜重が絵画に仮託してみずからの「見ること」の意味を恐ろしいまでにぎりぎりと問いつめている作品群と思えたのである。

この真剣さにわたしも向かい合わなければならない、と感じたわたしは、レクチャーの前日一日かかって、急遽、二十数枚（四〇〇字詰）のテクストを書き起こした。そこでは、吉田喜重が一九七〇年に書いたエッセイ「見ることのアナーキズム」を引用した上で、まさにモネこそ「見ることのアナーキズム」を実践したのではないか、と問いかけたのである。

すなわち、若くして死んだ愛妻カミーユの死顔を前にして、その肌の色彩の変化を描かずにはいられなかったモネこそ、人間的な意味の手前あるいは彼方において、世界という「物質の流動」を見、描き続けたのではなかったか、と（このテクストは『水声通信』二〇〇六年六月号に掲載されている）。

出会い、時をおいて

当日は、満員のお客さんの前でまずそのテクストを読み上げた。それからコーダのようにいくつかのコメントを語ったあとで、会場のいちばん後ろに奥様の岡田茉莉子さんとともに来てくださっていた吉田喜重さんを呼び出して少しお話しし、そして吉田さんにわたしのテクストのプリントをもらっていただいた。朗読の冒頭、わたしが作者の名をあげずに「見ることのアナーキズム」の一節を読み上げたとき、「どこかで読んだことがあるような気がしたが誰の言葉かわからなかった」、と少しはにかむようにして笑っていらした姿が印象的だったが、わたしとしては、監督に三〇年以上前のご自身をプレゼントしてあげた気持ちで、それを喜んで受け取ってくださったことに感激したのだった。

吉田喜重監督（左）×小林康夫（右）

思えば、「見ることのアナーキズム」のなかで吉田さんが、絵画を見ることのエキスパートとして名をあげていた親友というのが、美術評論家・宮川淳だった。ところが、宮川淳とはまさに、物理学を学ぶつもりで大学に入ったわたしを、マネやモネで卒論を書くように方向転換させた張本人というか、二〇歳のわたしにとっての最大の師であったのだ。

宮川淳は一九七七年に亡くなってしまったが、その親友であった吉田喜重さんとこんな風に思いがけず、しかもモネの絵画を媒介にして、お会いできたことにわたしとしては、人生の不思議を感じないわけにはいかなかった。

櫻がひらひらと散っている明るい日曜だった。

4―コスモガーデンでトークする

二〇〇六年五月二五日・京都文化博物館にて

小林　アキさん、コスモガーデンを観客の人にどう見てもらいたいのかしら？

黒田　昨年秋にリヨンのビエンナーレの企画でコスモガーデン4をやったのだけど、そのとき最後に、そこにたくさん来ていたコドモたちがね、もう勝手に自然に踊り出したの。それから一般のお客さんも、みんな。なかにはプロのダンサーもいたのだけれど、そうなるとプロの踊りよりは、コドモたちの踊りのほうが全然すごくて、楽しくて、おもしろいんです。あのような自由へと高まっていくことができたら最高だなあ。

小林　あらかじめ与えられた《意味》を鑑賞します、というのではなく、なにかとなにかの《あいだ》を通りすぎながら、自分自身がいろいろなものの動きを感じて行くということね。

黒田　その自然の動きが想像のCITYへ、さらには宇宙的感覚へとのびていくというか……。ぼくはひとつの場を開いているだけなので、そこにいろいろな人が入ってくる、そして出会い、すれ違い、触れあい、響き合う……。

京都文化博物館での「コスモガーデン5」開場前の様子

来てくださった数十人のお客さんを前にして、黒田アキさんと対話をした。アキさんは、京都出身だが、三〇年以上もパリに住んでいる国際的な画家。今回、小さな個展とかれが「コスモガーデン」と名づけるインスタレーション＋パフォーマンスのために来日した。そのイベントの本番はたった一日だけ。しかし残念ながらわたしは所用があって参加はできない。そのかわりに、前日、ほとんどできあがったガーデンの片隅で、アキさんのアートの根源にせまる対話を試みたのだった。

黒田アキの世界

ひとは誰でも幼い頃にひとりで遊んだことがあるはずだ。画用紙にクレヨンでぐるぐる線を描いているとそれがそのまま怪獣になったり、食器と板きれと人形でもあれば、それだけで自分だけの想像的な一世界が出現したり、夢が羽ばたき、想像が踊りはじけるような時間＝空間。そこでコドモは、思いっきり自由に、一個の完全に無垢な世界を創造している。つまらぬ分別のついたオトナはばかにするかもしれないが、実は、自分でつくったガーデンのなかで無邪気に戯れているそのコドモの姿こそ、とっても孤独で、しかし神々しいまでに楽しい生の根源であるにちがいない。

わたしにとっては、黒田アキとは、そんなコドモの汚れなき創造性を、そのまま（けっして困難なしにではなく）ずっと保って、それをいかにも「フランス的」とでも言ってみたくなるような感覚のエレガンスへと花開かせたアーティストなのである。かれが生み出すどんな作品も、その根底には、奔放な自由さと極度の繊細さとのきわめて自然な結合がある。そしてなによりも、わたしたち自身が、その作品のなかに入り、さらにはそこを「通って」どこか別の世界へと抜けて行くことができるように感じられるのだ。

出来事の予感

旧日本銀行京都支店という荘重な建物（辰野金吾・作だ！）、まだ昔の窓口の桟が残る大きな重い空間――そこに大きなタブロー、ベニヤ板で即製した人型、床一面の珈琲茶碗、レモンの山、ピアノ、不思議な形のオブジェ、木組み、櫓、人形、ヴィデオスクリーン等々が一見、無造作に、しかし精妙な配置でセットされると、途端にそこに出来事の、しかも非常の、しかし軽やかな出来事の予感が漂い、立ち昇りはじめる。

わたしは立ち会うことができなかったが、翌日のイベント本番は、数人のダンサーたちに加えて――実はわたしといっしょに「非常の茶」の行動グループを結成している友人でもある――太田達さんらの「茶」の点前や今様のパフォーマンスも加わったようで、京らしい「雅」もアレンジされた独特のガーデンが展開したらしい。

そういえば、わたしとの対話のなかで、アキさんは、京都の古い伝統のなかにいて、そこから飛びだそうとする人たちのなかに不思議と現代的なエネルギーを感じると言っていた。今回のイベントは、その意味で、将来、もっと大きな規模でパリと京都が結ばれる壮大なコスモガーデンに向けての「約束」のようなものだったのかもしれない。

その未来のガーデンが現実化するときには、今度は、わたしもトークではなく、——一九九七年のパリ郊外の「コスモガーデン2」でそうしたように——わが身をもって参加するだろう。

言うまでもない、ガーデンとはなによりも友情の空間にほかならないのだから。

5――極限を見るジャコメッティの眼差し

「終わりなきパリ」

四月のある日、大学のわたしの研究室に、葉山にある神奈川県立近代美術館から電話がかかった。久しぶりに展覧会カタログの文章か講演かしら、と思った予想は大きく外れて、今まで一度も受けたことのない依頼。なんとわたしが所蔵しているジャコメッティのリトグラフを展覧会のために借りたいというのである。

それは「終わりなきパリ」という大部のリトグラフ集で、最晩年のジャコメッティがパリの街を歩きながらスケッチしたものをリトにしたものだ。若い時に矢内原伊作さんの『ジャコメッティとともに』（筑摩書房、一九六九年）を読んで、パリという芸術と自由と愛と孤独の街に憧れ、ほとんどそのせいで人生の軌跡を転換しパリに留学するようになったわたしにとっては、人生の記念碑としてこれ以上のものは考えられない。十数年前にある画廊で見つけて、相当高価であったにもかかわらず、ただちに購入を決め、支払も済んでいないのに大事にかかえて帰った時の喜びをはっきりと覚えている。

その作品を「矢内原伊作とともに」というサブ・タイトルが冠せられた今回の展覧会に出品するというのは、わたしにとっては若い時に熱狂したあの決定的な本への「恩返し」のようなものだったろうか。館長の計らいで六月三日のオープニングには、ジャコメッティとアネット夫人、そして矢内原のあいだの「崇高な、運命的な友情」に乾杯を捧げる役まで仰せつかったのも不思議な縁だった。

「見えるままに」描く

ついで六月二三日には、NHKのスタジオで檀ふみさんと野村アナウンサーを前にして、わたしはジャコメッティが「見えるままに描く」と言い続けたことの意味を説明する役を振られていた。「新・日曜美術館」(七月二日放送)の収録だったが、なぜかれの彫刻がどんどん小さくなり、細くなったのか、を言うために、かれには、人間の存在というものが、無(死)の方へとずっと消えていく、と同時にこちらへ、この世界へとずっと近づき迫ってくるという二重の運動のうちにあるものとして見えていたのだ、と語った。「見る」ということは、ジャコメッティにとっては、その生と死、光と闇とのあいだの激しい二重運動のなかにあるものとして存在をつかみとることなのだ、と。

それを簡単に理解するためには、われわれは向かいあった人の顔を、眼球を少しも動かさず、息すらとめて見るべきなのだ。その時はじめて、われわれは、その存在が限りなく遠ざかりつつ、しかし同時

「終わりなきパリ」より

に、限りなく近づきつつあることを「見る」だろう。ちょうど親しい方が亡くなったその死顔をじっと凝視している時に襲われるあの「もうここにいないが、しかし今まで以上にここにいる」という感覚のように。

ああ、あなたがこんな深い底なしの夜のなかから、こんなにも光満ちて現れてくることの不思議よ！「おそろしいほど美しい！」——それこそジャコメッティがヤナイハラの顔を描きながらつねに発していた叫びなのだ。

あるいは「愛」

ジャコメッティは「見て」、そしてそれを「見えるまま」描いたのではない。むしろ逆に「見るために」かれは描かなければならなかったと考えるべきだろう。描くことを通じてはじめて見ることができ、そしてその「見ること」はそのまま「愛する」ことである。われわれはふだん「見ること」がどんなことか知っていると思っている。だが、ジャコメッティの作品を見ながら、ひとは突然理解する——そう、「見る」とはその極限において愛することであり、そしてたぶん、愛することもまさに「見る」こと以外のなにものでもないということを。

二〇〇六年七月二二日に、わたしは、葉山のその美術館で山梨館長と友人でもある画家の松浦寿夫さんと三人でジャコメッティの仕事についてのトークを行うことになっている。夏の光がきらきらと輝くその海辺の美術館で、わたしはやっぱり夜のなかの稲妻のようなジャコメッティの「愛」について語るにちがいない。

6　夢・神・竜――《夏の思考》三題

二〇〇六年の夏、当初、不順ではあったが、八月に入ってからは、連日、世界を荘厳するような素晴らしい夕焼け。その光を浴びながら、夢見るように、あるいは極限にまでぎりぎりと、純粋に思考してみる――そんな今回の試み。

夢

まず夢。今年は「モーツァルト・イヤー」ということで、NHKではBSで「毎日モーツァルト」という番組を放送している。実はわたしも三月に二回ほど出演して、天使のような作曲家への愛を語っているのだが、その制作プロデューサーである旧知の菊池さんと食事をする機会があった。番組も後半に入って、これから名作ばかりの紹介です、という話をうかがって帰宅したわたし、大好きな「ドン・ジョヴァンニ」や「魔笛」のフレーズが頭のなかで鳴りやまない。そのうちに突然、たとえば「魔笛」の映像をアレンジできないか、と思いつく。六～七分の短い時間を五回、それで「魔笛」のエッセンスを紹介するという課題に夢は一気に迸《ほとばし》る。

「魔笛」の登場人物は、人間ではない、というのがわたしの昔からのテーゼだから、人物を人形に置き換えて、さらに合計三〇分なら、思い切って夜の女王とパパゲーノとパミーナだけのドラマに還元してしまったらどうか。いっそこのドラマのすべてを、太陽系の上に配置して……そうなれば夜の女王がアリアを歌うのは、月か土星か。鳥刺しパパゲーナは、ハレー彗星か、その後には、パ・パ・パと無数の小惑星が生まれてくる……と音楽とイメージとが頭のなかを駆けめぐる。その興奮のまま翌朝、菊池さんにメールして、どうでしょう？　と言ってみたら、しばらくして、二日間ほど熟考しましたが、やはりすでに撮った材料もありまして、と丁寧なご返事。考えてくれただけでもありがたいこと。夏の一夜の夢でした。

神

夏の楽しみのひとつは、時間がなくて積んだままになっている本や雑誌を読むことができること。友人の志村さんが、ご自分も編集にかかわった昭和女子大学の文化講座の記録「女性文化　第24集」を送ってくださっていた。なかにみずからも修道女である渡辺和子さんがマザー・テレサについて語った文章があって、マザーが「この世で見捨てられた人々が、最期の大切な瞬間に、愛されたと感じながらこの世を去ることができるために」と言っている言葉が紹介されていた。そのことを眠りながらも考えていたのだろうか、翌朝、眼が覚めてベッドでぼーっとしているときに考えたのは、マザーはある意味で神の存在を人間化するために一生を捧げたのだな、と。こんなことを言うとキリスト教徒の方々には反発されるかもしれないけれど、信仰というものは究極的には、神を、つまりは世界を、微笑みというもっとも人間的なものに変えようとすることなのだ、と理解した。だって、どちらを見てもこれほど非人間的な世界！　――そこに「人間」を返すこと、それが同時に「神」を返すことにもなる。なんという途方もない、しかし貴い仕事だろうか。マザーの行動が信仰そのものなのである。ほかにはない。

竜

『ゲド戦記』がアニメ化されるというので、どの本屋にも本が山積みにされている。もう昔のことだが、Ⅳ巻までは夢中になって読んだことがある。Ⅴ巻の訳が出たのは知っていながら、読む時間がなかったのが、これも夏休み効果か、夜の散歩のついでに買ってしまったら、やはりそのまま竜と魔法使いが出てくるアースシーの世界に拉致されて一気に読み通してしまった。竜が象徴する「自由」と人間の「大地の生」との根源的な「分割」（ヴェル・ナダン）という壮大な精神ドラマをファンタスティックに描いて、やはり突きつけてくるものがある。生死の境界をどう見極めるか。しかも境界を壊すことで境界を確定するという複雑な手続き——現代哲学の底流にも通じる深い、きらめく思考である（これほどの深さがアニメになるわけがないので、映画は観に行かないだろう）。

作者のル＝グウィンは、この最終巻で、ようやくもはや竜も魔術もない、「人間の世界」がはじまるところにまでこぎつけたのだった。竜と魔術のファンタジーを描いて、それらを二つながら否定するところに至るところが、「ハリー・ポッター」なんぞとは桁の違う精神の糧である。

それにしても、夏の夕空を染め上げる尋常ならざる黄金の光の渦を見詰めていると、あの遠い空の彼方に、何頭もの竜が光を浴びてきらきらと舞っているのが見えるようだ。いや、確かに、自由の西風にのったその「火」の魂が、わたしの眼にはいまだに見えるのである。

7 ―「月」に向かって――再生の儀礼を創造する

「天」と「円」の「縁」

青森市街から八甲田山塊にまっすぐ登っていく森のはじまりに、国際芸術センター青森というユニークな場がある。安藤忠雄さん設計の「円」を主旋律にした建築、そこに内外から芸術家がやって来て滞在しながら作品をつくっていくというわが国では稀なレジデンス型の芸術施設である。

二〇〇五年、昔からの友人の辻けいさんが、ここに滞在して、森のなかに直径五メートルの大きな円筒状のインスタレーション作品をつくった。けいさんは、染織アーティストだから、その円筒の内側一面にみずからが染めた色とりどりの無数の糸を張りつめ、かつ床は縄文時代から青森の地に出土しているベンガラの赤を塗り込めた空間。ほぼ身幅のスリットを抜けて内側に入ると、地味な木壁の外からは想像できないような鮮やかな色が立ち昇る空間なのである。

この作品「青森―円」の話をけいさんから聞いたときに、まるで原始の茶室のような空間だなあ、わたしが友人たちと行っている「非常の茶」の舞台としては格好かもしれない、と思わず呟いた。その呟きをけいさん、ちゃんと覚えていて、今回、同センターで彼女が青森の荒川で行った布のパフォーマンスを軸に展覧

「青森一円」のなかで　辻けいさん（左）、太田達さん（右）と

会「あかからあかへ」を開くのにあわせて、遊びに来ない？　とお誘いがかかった。わたしの「非常の茶」グループはその名を「天」という。その中心である太田達さん（京都「老松」主人）に訊いてみると、グループの活動の最初が安藤忠雄さんの「ベニヤの茶室」を借りての茶会であった縁もあり、二つ返事の応諾――「天」は「円」へと参入することを決めたのだった。

死と再生

その日九月九日の夜。客はわたしを先頭に、浜田館長、けいさんなどわずか七名。森の端を待合いとし、客は露地草履に履き替え、ひとりひとり和蠟燭があかあかと点る手燭を手渡される。森の気配をうかがううちに、やおら森の奥から嫋々かつ幽々と立ち響くのは、尺八の曲。地元青森に伝わる根笹派の「調」である。曲に引き寄せられるように、暗い森のなかに、案内を含めて八個の手

宮崎豊治さんの風炉釜

燭が一列になって降りていく。「青森一円」の円周をまわって、躙り口に見立てたスリットから中に入る。

すると、ベンガラの赤の円床の中央に、この茶会のために宮崎豊治さんが——はじめて！——制作した縄文へのオマージュである円形の風炉釜がひとつ置かれているだけ。ひとりずつ草履を脱ぎ、みずからの手燭の灯りを頼りに円周の色の景色を鑑賞しながら、円座に着席する。すでに気分は縄文古代である。わたしは正座ではなく、思いっきり胡座をかいて坐り込む。見上げれば、天井のない円の向こうの夜空には銀河がかかり、近くの栗の木が枝葉をのぞかせている。あたり一面、もう秋の虫の声。風炉のなかでかすかに炭のはぜる音がする。

けいさんが焼いた小さな器で木の実がまわされ、茶碗ひとつに入れられた酒を廻し飲みする。そして酒を飲んだ者から順に、ふうっとみずからの手燭の灯りを吹き消すのだ。順番に消えて、最後に亭主役の太田さんが座の蠟燭を吹き消すとまわりは真の闇。しかし、月の出た天のなんと明るいこと！　一同ものも言わず、そうやって擬した「死」の底で、大地と一体化するのだ。

しばらくして、外からひとつの灯りがやってくる。それと同時に、菓子もやってくる。太田さんが作った緑のなかに赤の栗をアレンジした「命の実」――それを食べると同時に、蠟燭がもう一度点される。食とともに再生がもたらされる。そして人間にとってもっとも根源的なこの喜びを共有するために、一同静かに一碗の濃茶を廻してともに味わったのである。

「月」

こうしてわたしは、仲間とともにひとつの「儀礼」を創造した。「茶」という高度に完成された「礼」の形式を、青森という縄文の聖地が残している古代の「儀礼」の精神へと結びつけようとした。数千年という時間の隔たりを超えて過去と現在との「つながり」を生きようとした。それを人と人との、そしてまた、道具と道具との不思議な「つながり」を通して演じようとしたのである。

実は、その夜、われわれが濃茶をいただいた茶碗は、太田さんがつい最近、まったく思いがけない縁から手に入れた本阿弥光悦作の筒茶碗で銘は、なんと「月」。もちろん「儀礼」のあと森を抜けて露地を戻るわれわれの行く手には明々と円《まあ》るい月がかかっていた。一同は「月」に向かって帰っていったのである。

古代より「月」こそ、死と再生のもっとも強く、なつかしい「証し」であった。そのように「いのち」はかならずよみがえる。青森の森の奥でそのことをもう一度確かめたのだ。

8——未完成の崇高さについてⅠ

ミケランジェロに不意を打たれる

涙がはしった。とめどなく。なぜかわからないが、堰《せき》を切ったように溢れてくるものがあって、抑えようとしてもどうにもならない。泣きながら、そういう事態にあっけにとられて訝しんでいる自分もいる。「感動」と言えば簡単だが、しかし毎年、膨大な数の芸術作品を見たり聴いたりして、それなりに感動するものも多いが、まるで少年の日々に返ったかのようなこの涙の「無動機の湧出」はただごとではなかった。

二〇〇六年の春、イタリアを回ったときに一日だけブルネレスキのことを確かめにフィレンツェに立ち寄った。調査は簡単に済んだが、予約していなかったのでどの美術館も長蛇の列で入れない。仕方なく空いていた「花の大聖堂」の博物館に何気なく入って一階の展示を見、そのまま二階への石段を登った。そして、それと出会った。

ミケランジェロ最晩年の「ピエタ」である。それがそこにあるなどとは予期もしていなかった。まさに不意打ちである。打たれて泣いた。

ミケランジェロ「ピエタ」(一五四七—五五年頃)

この作品は、単に未完成というだけではない。キリストの左脚はなく、その部分がはめ込まれるべき「ほぞ穴」があいている。肢体のほかの部分は磨き上げられているが、頭部もその頭部を受けとめるように後から抱きかかえている聖母マリアの顔も姿もまだ荒削りのままである。しかも、ほとんど融合したかにも思える聖母子の全体を頭巾をかぶった老人——ニコデモということになっている——がのしかかるようにして支えている。さらに、荒削りではあれ強いダイナミズムの均衡を感じさせるこの三体の像から少し離れてマグダラのマリアが右側からイエスの身体を支えているのだが、その像は明らかに他と比べて全体の寸法が小さく、しかし全身が磨きあげられているのである。一般的にはマグダラのマリアは、助手のカルカーニが後で仕上げたものと考えられているのだが、実際、そんな知識な

ミケランジェロ「フィレンツェのピエタ」(ドゥオモ博物館蔵)

しに現場で見ていても、どうもミケランジェロのものではない、と明らかに感じられる。いずれにせよ、これは他人の手まで入ってしまった不純な、未完の作品なのだ。

存在の耐えきれない重さ

だが、そんなことはどうでもいいのだ。わたしの涙はとまらない。像のまわりを何度もぐるぐるとまわりながら、この涙がどこからやってくるのかを必死に考える。そうすると、それはなによりも頭巾をかぶった老人ニコデモの姿と顔からやってくるのだということがわかってくる。あとで調べると、これはミケランジェロが自分の墓のためにみずからの顔を彫ったとも伝えられていて、そこではじめて、なるほどと思わなかったわけではないのだが、しかしそのときは、なぜ自分がこれほど感動しているのか、まったくわからないままだったのだ。

いま、あらためて考えると、わたしはニコデモ＝ミケランジェロの眼差しを、人生のすべてを、――その悲劇的な終わりから、しかもその重さを懸命に支えながら――見通している、究極的な「慈悲」の眼差しと受けとめていただろうか。そして、その眼差しのもと、いまにも崩れ落ちようとしているイエスの肉体を、そう、すべての人の「肉体」として、ということは、わたし自身の「肉体」としてすら見ていただろうか。また「死」へと運命づけられたこの「肉体」の重さを、背後からみずからの顔をぴったりと押しつけるようにして支えている女性を、もう単にキリスト教のマリアではなく、きっと誰にでもいるのかもしれない背後からの存在の重さを受けとめてくれている永遠の「女性的なもの」と感じていただろうか。いずれにしても、わたしがそのときそこにわたし自身の存在の「原初的な光景」を見ていたことは間違いない。

日本に帰って一月ほどした頃だったろうか。本の整理をしていたら、かつて大学に入りたてで読んだ古い本が出てきた。羽仁五郎の『ミケルアンヂェロ』（岩波新書、一九六八年）である。ところどころに線が引いてある。それを追っているうちに、本の最後になってこのピエタの記述を見てはっとした。全体が大きく鉛筆で囲われた中に、さらにミケランジェロの「私は老いた、私を死がいつも上衣をひく、いっしょに行こうと」という言葉にはブルーのボールペンも鮮やかに線が引かれてあるのだ。そんなことはすっかり忘れていた。一八歳のわたしがどうしてそこに線を引いたのか、なにも覚えていないが、しかし今年の春、フィレンツェで泣いていた五六歳のわたしのなかで、確かに一八歳のわたしもいっしょに泣いていたのだ。

9—未完成の崇高さについてⅡ

フィレンツェ、ふたたび

二〇〇六年はわたしにとってはイタリアの年。春にミラノ、ヴェネチア、フィレンツェとまわって、その最後の一日にミケランジェロの未完成のピエタに感動したことは前回書いた。ところが、秋にも、またパヴィアで仕事があってイタリアへ行くことになった。仕事のあとに三日ほど時間をとって、今度は用意周到、ウフィッツィにもアカデミアにも予約を入れた。しかし、夕方に着いてまっさきに駆けつけたのは、言うまでもなく、ピエタ像。さすがに今回はもう涙が溢れるようなことはなかったが、感動の音楽は静かに立ちのぼる。後から全体を支えているニコデモ老人の顔が、荒削りのままにもかかわらず、確かに生きていると見えてくる。そのリアリティは、「美」あるいは「優美《グラツィア》」の完成を打ち砕いてなお、ほとばしるなにか荒々しい「真実」であるようにわたしには感じられる。

言うまでもないことだし、ここでその詳細について語る余裕もないが、ミケランジェロは新プラトン主義の流れを汲むマニエリスムの最大の作家である。フィレンツェの市庁舎にあるあの「勝利」の像、メディチ家の廟のあの「眠り」、「夜」の像を見るがいい。そこでは、抽象的な観念（イデア）が蛇のようにうねる内的な力学に翻訳されて、優美な肉体となって現出している。同時代の人々からすでに「神のようだ」と言われてきたミケランジェロほどの天才が、しかしその完成をも打ち破ってなにかコントロールしがたいものの湧出に出会っている。そのことがわたしの心を打つのである。

存在の「奴隷」

最晩年のミケランジェロにおいて、かれがそれまで完璧にコントロールしていたマニエリスム的といってもいいし、新プラトン主義的といってもいいのだが、いずれにせよ「優美」の完成の美学をほとんど台なしにするように荒々しく、湧き上がってきたものこそ、われわれがこうして、生き死にして存在するという根源的なダイナミスムではなかったか、とわたしには思える。

ミケランジェロ「奴隷」(アカデミア美術館蔵)

われわれの存在には、完成というものはない。それは、本質的に未完成であり、中途半端であり、しかも不純である。いや、そうだからこそ、われわれは飽くことなく芸術がもたらす完成の美を求めるのだとも言えるが、しかし同時に、真正の芸術は、「美の完成」を超えてなお、密かに、あるいは公然と、存在の根源的野生へと突入するのである――翌日、アカデミアに展示されている、とりわけ、大理石からようやく姿を現しかかったところで、完全な形にみずからを切り離すことができずに、存在の重力につかまったままであるようなあれらの「奴隷」像――そう、われわれはみな、存在の「奴隷（囚人）」なのだ！　――を凝視しながら、そんなことをわたしは考えていた。

ロンダニーニのピエタ

だが、ここまで考えるなら、どうしても見ておかなければならない作品がひとつ残っていた。ミケランジェロが死の直前まで彫っていたというロンダニーニのピエタである。それは、ミラノのスフォルツァ城にあるのだが、春にミラノに滞在していながら時間がなくて見られなかった。帰国便はマルペンサ空港からである。フィレンツェから特急でミラノ中央駅に着いて、そこから空港までのわずかな時間をやりくりすれば見ることは不可能ではない。運転手の人の良さを確かめてタクシーを城の前で待たせ、城に入り、ほかの展示物の前は駈けるように通り過ぎて、そこだけパネルに囲まれた展示室の一角にわたしは飛び込んだ。

呼吸を整えて、それを見る。今度はマリアとイエスだけの聖母子。だが、もう顔も定かではないほど荒削りのまま、しかしまるで死せるイエスがその身体を抱き抱えるマリアを逆に支えているかのように、ほとんど合体して垂直へと上昇していくような、しかしなんという単純さだろう。およそミケランジェロ特有のあの渦巻くような肉体はなくて、もうかろうじて姿がわかるだけの塊である。かれは最初に別の形の彫刻を作ったが、それを破壊して、この像を作ろうとした。その最初の肢体の一部が、それだけは磨かれたままで残されているのも不思議な光景だが、しかしそれがあるだけにいっそう、ミケランジェロは最後にもう肉体とは違うものを彫ったのだと思えてくるのである。

なるほど肉体というなら、この像は未完成だろう。だが、われわれの存在は肉体にはとどまらない。そのもっと手前あるいはもっと向こうに魂というものはある。そして、その魂が、肉体の孤独を打ち破って、ここではこんなにも溶け合うように一体となって上昇しようとしている。これは未完成というようなものではない。完成などというものがなんの意味も持たないような存在の至高をかれは人生の最後に、ほとんどみずからの死を賭けて、実現したのである。

不覚にもここでもまた、わたしの眼は涙を湧出させないわけにはいかなかった。涙だけが、この存在の湧出にかろうじてわたしが応えられる唯一のものだったからである。

ミケランジェロ「ロンダニーニのピエタ」
(スフォルツァ城博物館蔵)

10――月があってよかった！

毛利衛さんと宇宙を聴く

思わず「わたしたちの地球には、月があってよかった！」と言っていた。一瞬、新国立劇場（中劇場）を埋めた千人以上のお客さんの頭のなかで「？」マークが点滅したのは感じとったが、続けて「月がなかったら、この広い暗黒の宇宙のなかでわたしたちはとってもさみしい」と言った言葉は皆さんにちゃんと届いた。

その日、宇宙飛行士の毛利衛さん（日本科学未来館館長）が宇宙からハイビジョンで撮った地球の映像を見ながら、チェンバロと雅楽の即興演奏を聴いた直後のことだった。楽器のこの不思議な組み合わせは、宇宙船がオーロラの帯のなかを通り過ぎたときに、毛利さんの頭のなかでバッハの音楽と雅楽とが同時に聞こえた、というエピソードによるものだ。毛利さんのその宇宙＝音楽体験を共有しようというのがイベント（「円い音、渦の音」）の趣旨であり、わたしはその舞台に対話の相手として参加していたのだ。

いまこそ宇宙感覚の時！

巨大なスクリーンいっぱいに、高度二〇〇～三〇〇キロメートルから見た地球の姿が、宇宙船のスピード

毛利衛さん（中央右）×小林康夫（中央左）　チェンバロと雅楽の演奏家たちに囲まれて

で通り過ぎていく。砂漠があり、森林があり、海洋、氷原がある。なんと多彩で、しかもひとつひとつの光景が崇高なのだろう。笙《しょう》や篳篥《ひちりき》、龍笛《りゅうてき》のうねるようにのびていく音楽とそこに重なってくるまるで人間の言語のように明晰なチェンバロの二重の響きに身を委ねながら、その息を呑むほど美しい映像を見つめていると、しまいにはまるで自分の身体が無重力となって浮遊してくるようにすら思えてくる。これは、本来、地上の肉体をもった人間には不可能な眼差し、「神」のようなものだけにゆるされた眼差しである。それを、テクノロジーのおかげで、地上にいながらにして易々と追体験できることに驚かずにはいられない。

だが、人類の未来はわれわれがこの「神の眼差し」を心のうちに育てて共有できるかどうかにかかっている。毛利さんは、みずからの宇宙体験を、地球という生命体からひとつの細胞が飛びだすことと表現しているが、われわれが自分たちが何に属しているのかを正確に認識することが、決定的に重要な時に差しかかっていることはまちがいない。われわれは個人とか、民族とか、国家とかをはるかに超えた「大きなもの」に属している。しかも会社員が会社に、国民が国家に属しているのとはまったく違った意味

「なんと雲がなつかしい！」

で、まさにみずからの「存在」において属している。そこには、存在することとの「責任」のようなものがある。宇宙からの地球の映像はそのことをはっきりと確認させてくれるのだ。

そうなると、わたしの夢想は飛躍して、ちょうどかつて西欧の都市のまんなかに巨大なカテドラルが建立されたように、現代の都市のまんなかに宇宙劇場があったらなあ、と思いはじめる。そうしたら、いじめられている子もいじめている子もみんな、そこに行って黙ってすわって暫時ぼうっと、常時流れている地球の「大きな」映像を感受してたらいいのに……立ちのぼる音楽のなかで、自他の区別に汲々としているちっぽけで、けちな「私」なんぞを忘れてしまったらいいのに……いまこそ、宇宙感覚の時なのだ！

なつかしき雲

だが、われわれが「属している」この地球は、広大な宇宙のなかでは、完全に孤独である。実は、このイベントの前日、太陽系外の惑星の研究をしている、同じ大学の天文物理学者・須藤靖さんに話を聞きに行ったところだった。須藤さんは、その著書（『ものの大きさ』東京大学出版会、二〇〇六年）のなかで、太陽系のなかですら生命が居住可能な惑星の範囲というのは、〇・九五〜一・一五ＡＵ（ＡＵとは太陽と地球の平均距離）にすぎないと言っている。地球というわれわれの生命の惑星は、奇跡的な確率で存在しているのだ。だから地球には、いまのところ仲間がいない。それは億光年の暗黒のなかに浮かぶ孤独な青い惑星だ。そのことを考えると、毛利さんの撮った映像の隅にいつも静かに微笑むように浮いていた月はありがたいなあ、とわたしは感じたのである。

そしてもうひとつ。須藤さんはその同じ場所で、水は固体のほうが液体より密度が低いというきわめて特異な性質を持つことを強調していた。つまり氷が浮くが故に、水は絶えず循環でき、それが生命を保証しているというわけなのだ。無意識にそんなことを思いだしていたのだったが、地球の映像を見ているうちに、大地の複雑な表情もさることながら、いつも渦巻いて白く輝く、ひとつとして同じ形のない雲のまばゆさが心に染みとおってきた。「月があってよかった！」に続いて、わたしは観客のみなさんに、「なんと雲がなつかしい！」と語りかけていたのである。

青い海の上の白い雲、赤い大地の上の白い雲――いつかずっと昔、まだ地上に生まれていなかった昔から、わたしはこの雲の光景を見て識っていたのではなかったか。そんなことまで夢みるように考えた夜だった。

11──〈色〉をキーワードに一〇年！「i（愛）とe（善）の彼方へ」

「i（愛）とe（善）の彼方へ」

二〇〇六年の一二月二二日はわたしにとっては、特別の日だった。イッセイ・ミヤケが昔つくっていた銀の皺の蝶ネクタイなんかして、クリスマスも近いので胸元には柊と薔薇のコサージ──かなり気取った格好で人前に立った。というのも、一九九八年の一月からはじめて、毎年数回、合計六〇回にも及んだ「色」をめぐるワークショップの最終回だったからだ。〈色〉をめぐる「科学と芸術との出会い」をテーマにした国際賞「ロレアル　色の科学と芸術賞」の審査員をずっとやってきたが、それと並行して毎年、東京では五反田の東京デザインセンターで科学者や芸術家、作家を招いて〈色〉の不思議な世界をいっしょに語り合ってきた。わたしは、永山國昭さん（自然科学研究機構岡崎統合バイオサイエンスセンター教授）とともに、当初から一貫して国際賞の審査員とワークショップのモデレーターをつとめてきた。その両輪で社会にアピールしていたこの活動が、スポンサーの都合で終了となり、これが最後だ！　というわけで、これまでモデレーターに徹していた永山さんとわたし、この夜は主役に躍り出た。

それで冒頭の演題になるのだが、なんのことやら？　という印象だろうけど、実は、数学史上名高いオイラーの公式というものをめぐって対話をしたのである。つまり「i」は「虚数」、「e」は自然対数の底、いわゆるネイピア数というものなのだ。簡単に言えば、複素数の世界である。虚数を介して、指数関数と三角関数が美しく結びついているこの公式をめぐって、それを新しい電子顕微鏡の開発に結びつけた自然科学者・永山さんと、その「虚数」が英語では「imaginary number」というのだと知って俄然、それを人間にとっての想像的なもの一般への目配せと解釈しようとする芸術理論家のわたしが、若干、すれ違い気味の対話を繰り広げたというわけなのだ。

永山國昭さん（右）×小林康夫（左）

科学と芸術のあいだ

いや、「若干すれ違う」のは、避けられない。一〇年も国際賞の審査をやってきて、それこそ三千に近い数の科学論文や芸術作品を見てきたが、自然の究極に潜む驚くほど単純な真理の発見（科学）と、あくまでも一個の人間がその存在の奥底から汲み上げてくる表現世界（芸術）とは、目的も方法もすべてが異なっている。だから一律の基準などどこにもない。だが、逆にそれこそが、このユニークな賞の楽しみでもあった。毎回、ノーベル賞級の学者たちと議論しながら、賞を決めていくプロセスはスリリングだったが、いつもどこか既成のフィールドからぽんと飛躍して決着がついたように思われる。「すれ違い」を超えた楽しさ、おもしろさがポイントだったのだ。（ちなみに、最後の金賞は北岡明佳さんの「錯四季〜錯視デザインにおける色の効果」である。『北岡明佳の錯視のページ』(http://www.ritsumei.ac.jp/~akitaoka/)をごらんいただきたい。)

最後はショパン!

誰でも学校で、虚数 i とは2乗して「−1」になる数ということは習っている。今回、わたしはこの「二」ということの意味をずっと考えて、それは「かつてあった」のに、「もうない」という時間的な意味なのだ、と妄想した。そこから、虚数とは、われわれの時間を構成する想像的つまり「創像」的なものだ、と勝手に飛躍した。実は、時間の根底がこのように非時間的なものである、という直観はわたし個人には身震いするような真実味があったのだが、そのことを今回は、科学者相手に、うまくは説明できなかったかもしれない。西欧美術のなかの受胎告知の系譜を通してメタファー的に、ということは「像」的に語るのが精一杯だった。

しかし観客のみなさん――たくさんの常連の方々がいらっしゃる！――をこの中途半端な対話だけでお帰ししてはならない。こういうところが、自由に好きなことをやらせてくれるロレアル・アーツ・アンド・サイエンス・ファンデーションの偉いところなのだが、わたしは皆さんにとっておきのクリスマス・プレゼントを用意しておいた。実は、去年、わたしが教える東京大学に二六歳のプロのコンサート・ピアニストが入学してきたのだ。「スタインウェイ・ピアニスト」の称号も持つ彼、高雄有希さんにお願いして、最後の締めくくりはピアノ・コンサートに仕立てたのだ。わたしの大好きなショパンの嬰ハ短調のノクチュルヌにヒナステラのソナタ。そして、アンコールの最後の曲は、わたしが希望したショパンの第3番のエチュード「別れの曲」。ゆったりと切ないこの曲を聴きながら、わたしは同じ舞台でお迎えしたたくさんの人々との出会いのことを思い出していた――伊東豊雄さん、辻邦生先生（亡くなる前、最後の舞台だった！）、池内了さん、マーティン・ケンプさん、憧れの山口小夜子さん、石垣昭子さん、観世清和さん、花火師の天野安喜子さん、内田繁さん、リチャード・エルンストさん、木村政司さん、セミール・ゼキさん、その他たくさんの人々、最後には、今年、わたしの招きに応じて、プロのモデルさんまで引き連れて来てくださった三宅一生さん……出会いの数々のありがたさが、身に余ってあふれ落ちる年の瀬だった。

やはりすてき！　人生。

ショパンを演奏した高雄有希さん（右）と

色とりどりに装う三宅一生さん（右から２番目）とモデルさんたちと

12―アート、生きることの激しさとその幸福

出会いの帰結へ

このコラム、二〇〇六年の元日にリュシール・レイボーズというフランスの若い写真家の仲間と愛宕神社に初詣に行った話からはじめた。それから一年、「時」の翼のなんと素早いこと。めぐってこの二〇〇七年一月、彼女の展覧会がニューヨークで開かれた。会場は、愛宕の急な石段をいっしょに登ったドゥ・ピュリー氏がオーナーのオークション・ギャラリー。言ってみれば、東京での約束が一年後に実現したということか。作品は、日本の若い女が自然のなかの温泉や大都会のホテルの人工的な浴槽のなかで、ひとり放心したように心身を投げ出している写真のシリーズ。「みなもと」Sourceというタイトルが示すように、「熱い水」と「身体」との関係がテーマのもので、ちょうどフランスで写真集も出たところ。彼女としては、世界の舞台へのデビューということになるか。三年前のパリでのまったく偶然の出会い以来、なぜか「日本のお父さん」の役を演じてきたわたしとしても、「出会いの不思議」のひとつの帰結を見届けるためには、行かねばならない、と思ってはいた。

しかし、こちらも仕事がある。そうそう自由な身ではない。ところが、真正の出会いには、かならずそう

いうところがあるが、偶然が味方する。わたしが拠点リーダーをしている東京大学のCOEのひとつ「共生のための国際哲学交流センター」のほうで、急遽、NYU（ニューヨーク大学）で国際シンポジウムを開催する案が持ち上がった。いや、実は、昨年末以来、蓄積した疲労が堰を切って正月も体調不良のまま過ごし、いったいどうしたものかと迷いつつ、だが、気がつくとまるでなにかに引っ張られるように、ニューヨーク行きの機内に収まっていた。

Vita Nuova

いつもなら少しは飲むアルコールも飲めず、食事もやっと半分という状態でボーイング777のシートに重い身体を預けて目を閉じていると、この一年なんと海外に出かけたことか、と茫然とした思いにかられる。春のミラノ・ヴェネチア、秋もまたパヴィア・フィレンツェ、ベルリン・パリ、そしてニューヨーク。どれも学術上の国際交流と個人的なアートの世界とが絡み合った仕掛けだが、わが人生でもこれほど「翔んでいた」一年はなかったと思う。好きでやっているのだろう？　と言われれば、確かにそうには違いないが、しかしそれだけではない。心の奥のどこかに、「呼びかけ」に応えるというか、自分自身の枠を超えて「あと一歩だけ外へと出る」というか、ある種の覚悟がないわけではないのだ。

このコラムが「セカンドライフ」という場の一部だということをほとんど意識もしないで、この一年日々出会ったアートの経験を書いてきた。最終回だから、この言葉へのわたしの反応を記しておくとすると、どうも「セカンド」という序列が気に食わないということになるだろうか。「ファースト」が終わって「セカンド」がはじまるというものでもあるまい。すべてはひとつながりのひとつの人生である。問題はただ、その「ひとつ」を日々新たなものを求めて生きるか、過去を維持しようとして生きるか、だけである。他者からの、あるいは「遠い呼び声」に応えようとするのか、それとも誰の声にも耳をかさず、ただ自己を保守しようとするのか。はっきり言っておきたいが、アートというものは品のよい「趣味」などとはなんの関係もない。それは、つねに自己から「一歩外へ」出てすら、新しい生、そう、ダンテのあの「Vita Nuova」（新生）を希求する激しく燃え上がる火のことなのである。わたしはアーティストではないが、しかし「生きる」ということにおいてアートに学ばないでどうする。五〇歳よりは六〇歳がずっと近くなってきたこのごろだが、日々の「新生」への思いはむしろ激しい。

アートの約束

この一年、わたしは、あらためてアートというこの「火」の激しさを世界のあちこちで経験し、実感したのだと思う。ここに書いたことだけではない。書き残した多くのことがある。パリで見たあの素晴らしい「ボナール展」、東京でのピナ・バウシュの「カフェ・ミュラー」の再演、ボローニャのモランディ美術館に復元保存されている画家の独房のように小さなアトリエ、観世清和氏の「檜垣」（その映像の一部をわたしはベルリンの聴衆に披露した）、直島のスタンダード展、ポリーニ、アバドを揃えた東京の「ルツェルン音楽祭」のコンサート、あるお宅でお目にかかった平安時代の息をのむほど美しい阿弥陀如来像、メトロポリタン美術館のラ・トゥールの「マグダラのマリア」、さらには、自分で演出するというわたしの夢を微塵に打ち砕いたジュリー・デイモア演出のメトの「魔笛」の楽しさなどなど……この一年は、わたしの人生のなかでも、アートとの出会いの強度と質においてまったく特筆すべき一年だった。生きることの激しさをわたしはあらためて思い知った。それは幸福な過激であった。その特別な「一年」にあって、このコラムがわが道行きに伴走してくれたのはなんという幸いだったろう。可能にしてくれた皆さん、読んでくれた皆さんに心より感謝！　きっとまたお会いしましょう！　それが「アートの約束」！

あとがき、あるいは「カオス的理性」の初心

「老後の初心をわするべからずとは、命にはをはりあり、能にははてあるべからず」
（世阿弥「花鏡」）

夏至のパリで行われた哲学のコロック（国際哲学コレージュ主催「政治のどのような主体？・」）に出席して、その帰りの飛行機のなかにこの本のゲラ一山を持ち込んで校正をするはずだったのに、講演原稿に苦しんで直前まで書いていた余波で疲労困憊。あまり作業は進まなかったが、しかしあらためて通読してみても、自然科学の先端的な港のいくつかをめぐるというメタファーとしての「漂流」だけではなく、現実的にこのテクストが書かれた期間も――そしていまも――わたしはあてどのない「旅」をし続けているだけなのかもしれないと、そんな感慨に襲われて少し茫然。つまり、漂流であれ、そうでないのであれ、ひとつの「旅」が終わって、それをαとωを備えた一個の完結した「作品」としてここに上程するというよりは、以前も以降も変わることなく、あっちにふらふら、こっちにふらふら傍迷惑も省みずに動き続けているわたしの終わりなき「カオス的遍歴」からたまたま抜き

出したその痕跡、願わくばそれでもそこに「なにか」、わたし自身にとってだけではない「意味」が立ち現れることを期待して……。

だが、想い返してみるのだが、このオデュッセイア連載を開始するのは容易な決意ではなかった。『UP』誌上で連載というお誘いを受けたとき、いくら若いときから専門性に根づくこと――つまり専門という領土化――をできるかぎり遠ざけるように生きてきたとはいえ、わたしにも比較的に専門性が高い領域はあるので、そこで仕事をさせていただければ、それが最後には一冊の専門書にまとまらないでもないだろう――そういう計算がはたらかなかったわけではない。書き継いでおきたいテーマもなかったわけではないのだ。だが、それとは別に『UP』という独特な場に対応したなにか奇抜な「一手」を打ってみたいという生来の天の邪鬼と言ってもよいが、それよりもhumanitiesとも呼ばれる「人文科学」、その「人間の思考」が今日、ある種の「危機」に瀕しているのではないか、という日頃から感じている焦燥を、行為として形にしたいという欲求が目覚めた。いわゆる理系の学問領域で現在、起こっていることの一端にでも触れて、そのサイエンスの現場に、文系ないし広い意味での人文科学の徒として、応答などはできないにしても、なにか触発されるものがあるのかないのか、確かめてみたかった。物理学から生命科学、脳科学、情報学に至るまで、この数十年間のあいだにサイエンスはきわめて大きな転換を遂げたし、遂げつつある。その成果は人間についての思考に転換を呼びかけていないのか、もしそうならいったいどのように転換が可能なのか――そのようなことを考えたり、確かめたりするための最初の勉強をしてみたら、それが同時に、いくぶんかは東京大学（U

T）という研究の銀河系のなかでいま起こっていることのレポートにもなって一石二鳥ではないか。漠然と、物理学の時空概念からはじめて、生命の科学へ、そこから脳の問題の現場をのぞいて最後は情報かな、という道行きはイメージしたものの具体的な計画はまったく立たなかった。ともかく旅立ってしまおうという気負いだけが空回りしていたと思う。

で、ともかく二年間のあいだの文字通り行き当たりばったりで行った「漂流」の記録が本書である。だから、これはわたしにとっての「学び」の記録であって、言うまでもないが、なにか確固としたテーマを主張する論文ではない。また、あくまでもそれぞれのサイエンスの現場を訪ねたわたしの感興を「歌った」ものであって、そこでのわたしの理解や解釈が妥当かどうか自信があるわけではない。構造もプログラムもないこうした「漂流」にそれでもなにか一貫したものがあるとすれば、――わたしの願いでもあるが――それは「初心」と言ってもいいかもしれない。

よく知られているように、世阿弥は『花鏡』において究極の奥義として「初心不可忘、時々初心不可忘、老後初心不可忘」と語っていた。

実は、わたしは一九六八年に東京大学の理科I類に入学した。本文中でも触れたが物理学者になるつもりだったのだ。だが、時代の激しさに押し流されたか、それとも心の奥底での転回であったか、結局は、数理の世界をあきらめてフランス語という一個の言語に人生を賭ける決断をした（わあ、実存主義だなあ！）。理系の学問の美しい形式性への魅力と人間の実存的な思考への止み難い憧れとに引き裂かれるように、しかし学びへの欲望は激しかった。その初心が回帰してきた。ご協力いただいた理系の先生方の研究室を訪ねるときのわたしの心はブルバキの集合論を、カンパニエーツの『理論物理学』を、そしてギーディオンの『空間・時間・建築』を読もうとしていた一八、九歳のわたしの心とけっして異なるものではなかった。

それから十数年の時間が経ち、運命の風の吹くまま、なぜかわたしは東京大学の駒場キャンパスでフランス語そして表象文化論を教える教員となっていた。そして、これもまったく偶然のことなのだが、あるときカリキュラム改定で新設された文系の「基礎演習」のための教科書という文脈でつくられた『知の技法』とそのシリーズの編者のひとりとなってしまう。そこで問題になっていたのは、専門的知識によるのではなく、知の行為論による「教養」の再定義の試みと言ってもいいだろうか、わたしもいくつかの本のために序論を書くはめになったが、そこに貫かれているものこそ、多少の強引さを承知で言えば、新しい時代の「大学の初心」であり、またわたし自身にとってのまさに「時々の初心」にほかならなかった。わたしはそこでもすでに行為の場としての現場性、あるいはダイアローグへの開けを強調していたはずである。その頃そういう言い方はしていなかったと思うが、本書で出会った言葉で言うならアクティヴィスト、まさにそのつど異なる「時々」に応じて「初心」を行為する者——そこに「知の希望」を見ようとしたのだ。

となれば、本書はもちろん大学という制度のなかでという限定つきだが、疑いもなくアクティヴィストKの漂流記、文系というボーダーを内側から破ってほんのわずかだけ冒険を「演じて」みたわけで、これを「老後の初心」と言っていいかどうか。世阿弥は言っている、「五十有餘よりは、せぬならでは手立なしと云り」と。わたしも「五十有餘」どころか、来年には還暦、専門知識がないのだから、まさに駒場の学生と同じ初心者、「せぬ以外には方法がない」ところで、一クセ一サシ乱拍子、怖ず怖ずの舞いを舞ってはみたのだ。

ついでのことに言わせていただくと、この『花鏡』のテクストは能勢朝次の上下巻の『世阿弥十六部集評釈』（岩波書店、一九四九年）から引用したが、実は、これはわたしが大学二年生のときだったか、小山弘志先生の能楽の講義に出席していて買ったもの。理系の貧乏学生が、かならずしも必要でない、そんな高価な本をなぜ買い込んだのかいまとなってはよくわからないが、それもわたしの断固たる初心だったのだろう、以来、わたしの書棚の隅の一番いい場所にはずっとこの二巻が鎮座していた。

もちろん世阿弥は「又老後の風ていに似合事を習は、老後の初心なり」と言っているので、わたしの振舞いはどうみても「老後の風ていに似合事」から遠い単なる無謀だという批判はありうる。そうなるとこの歳にもなってわたしの知はいかなる成熟も知らず、いまだに駒場時代の「初心」から一歩も成長していないということにもなるので、そう思えばそこはかとない寂寥が秋の海辺の波のように足元に打ち寄せないわけでもないが、感傷は放っておこう、むしろわたしとしては、このレポートを提出することで——ざっと四二年にも及ぶのだから——長いながいわたしの駒場時代（前期課程）にもようやくピリオドが打てるのでは、とも思うのだ（しかしいったいどの専門課程に「進学」したらいいのだろう？・）。

ともあれ、わたしとしては、本書が「わたし」という仮象を通して現れる夢うつつの「エネルゲイア」の光跡いささかなりともとどめているとすれば、それが喜びである。

本書を構成するものは次の通り。

(1) 東京大学出版会のPR誌である『UP』の二〇〇七年一月号から〇八年一二月号まで、二四回にわたって連載された「UTオデュッセイア」を、年月などの表記等に若干の変更をおこなった以外は、原則的に文章の改変せずに採録したものである。

(2) それ以前の二〇〇五年四月号の『UP』に書いたエッセイ「駒場の大きな樹の下で夕陽を浴びながら」は、事後的にだが、「UTオデュッセイア」の底を流れる通奏低音を響かせていることもあり、「前奏」として付け加えさせていただいた。

(3) また、期間が一部重なっていることもあって、わたしが二〇〇六年四月から〇七年三月までの一年間にわたって、「Yahoo! セカンドライフ」のサイト上の「芸術の達人」というコーナーに毎月短いアート関係のエッセイを書いていたものも、「アートの空へ」として組み込ませていただいた。こちらは、どちらか言えばアートの領域での「アクティヴィスト」としての記録であると言っていい。

言うまでもないが、ひとはひとりでアクティヴィストができるわけではない。それが可能なためには場が必要であり、場はつねに多くの他のひとととの協同作業で開かれるものである。

前記(1)(2)については、その場を支えてくれたのは、『知の技法』以来のおつきあい、東京大学出版会の編集者であった羽鳥和芳さん、そのアシスタントの矢吹有鼓さんである。羽鳥さんはわたしの連載が終わった直後の今年の春に定年退職されて、みずから新しい出版社をつくられた。かれとは多くの本をいっしょにつくったが、すべては駒場の同僚諸氏を中心に多くの人とともにつくった本だった。もちろん単行本の計画もいくつかあったのだが、わたしの怠惰から在職中に出版にこぎつけられなかったのは残念。この本が出版会から出る最初の単行本ということになるが、これまでの友情溢れる連携プレーに感謝を申し上げたい。
(3)については、愛宕神社の初詣のときにはじめてお会いしたプライベートコンシェルジュの高田歩さんを経由した仕事の依頼だった。
そう、出会いを通じてひとはアクティヴィストになる。いくつもの出会いが糸玉のように絡み合った遍歴、そのすべての貴重な出会いに心より御礼申し上げる。

本書の編集は、羽鳥さんから引き継いだ小室まどかさんのお世話になった。また「カオス的遍歴」をモチーフにした装丁は、『知の技法』以来の盟友でもある鈴木堯さんの仕事である。ありがとうございました。

最後にあらためて、わたしという一個の漂流者を迎えいれて、ときには失礼もあったろう、ダイアローグの挑発を快く受けてくださったみなさんに、衷心よりの感謝を。その「時々」の未知なるものへの開けこそ、知の行為が究極的には、友情の行為であることをはっきりと証していたと、わたしには思われる。

小林　康夫

二〇〇九年七月二〇日

著者紹介
1950年東京生まれ．東京大学大学院人文系研究科博士課程修了．パリ第10大学テクスト記号学科博士号取得．
現在：東京大学大学院総合文化研究科教授．
専門：表象文化論・現代哲学．
主著：『いま，哲学とはなにか』（編著，未來社，2006年），『表象の光学』（未來社，2003年），『増補・出来事としての文学』（講談社，2000年），『青の美術史』（平凡社，2003年），『創造者たち』（講談社，1997年），『大学は緑の眼をもつ』（未來社，1997年），『身体と空間』（筑摩書房，1995年），『光のオペラ』（筑摩書房，1994年），『知の技法』（共編，東京大学出版会，1994年），『起源と根源』（未來社，1991年）他多数．

知のオデュッセイア
——教養のためのダイアローグ

2009年8月25日　初　版
2009年8月31日　第2刷

［検印廃止］

著　者　小《こ》林《ばやし》康《やす》夫《お》

発行所　財団法人　東京大学出版会
代 表 者　長谷川寿一
113-8654 東京都文京区本郷7-3-1 東大構内
http://www.utp.or.jp/
電話 03-3811-8814　Fax 03-3812-6958
振替 00160-6-59964

印刷所　大日本法令印刷株式会社
製本所　牧製本印刷株式会社

ISBN 978-4-13-013026-4　Printed in Japan